中國語言文字研究輯刊

三 編

許錟輝 主編

第 12 冊

先秦楚方言韻系研究

楊素姿 著

花木蘭文化出版社

國家圖書館出版品預行編目資料

先秦楚方言韻系研究／楊素姿 著 — 初版 — 新北市：花木蘭
文化出版社，2012〔民101〕
目 4+194 面；21×29.7 公分
（中國語言文字研究輯刊　三編；第 12 冊）
ISBN：978-986-322-057-2（精裝）
1. 漢語方言　2. 聲韻學　3. 比較方言學
802.08　　　　　　　　　　　　　　　　101015994

中國語言文字研究輯刊
三　編　　第十二冊　　　　ISBN：978-986-322-057-2

先秦楚方言韻系研究

作　　　者　楊素姿
主　　　編　許錟輝
總 編 輯　杜潔祥
出　　　版　花木蘭文化出版社
發 行 所　花木蘭文化出版社
發 行 人　高小娟
聯絡地址　新北市永和區中正路五九五號七樓之三
　　　　　　電話：02-2923-1455／傳眞：02-2923-1452
網　　　址　http://www.huamulan.tw 信箱 sut81518@gmil.com
印　　　刷　普羅文化出版廣告事業
初　　　版　2012 年 9 月
定　　　價　二編 18 冊（精裝）新台幣 40,000 元

先秦楚方言韻系研究

楊素姿　著

作者簡介

楊素姿，國立中山大學文學博士。曾任私立文藻外學院應用華語系助理教授，現任國立臺南大學國語文學系助理教授。講授聲韻學、詞彙學、國音學、漢語言與文化專題等課程。專長以漢語音韻研究爲主，近年來尤其關注字書俗字及俗字與漢語音韻之關聯，著有〈《龍龕手鑑》正俗體字聲符替換所反映之音韻現象〉等多篇論文。

提　要

　　先秦楚方言是一種頗具特色的方言，其形成的時間約在周定王（B.C.595）之前，晚於《詩經》音（B.C.1135～B.C.606），當《詩經》音已發展爲成熟語言，楚方音仍處於持續發展的階段。發展過程中，楚方音容或受有《詩經》音的影響，然而以楚民族所具有的頑強特質，中原文化只能是楚文化在「兼容並蓄」的發展方針之下的一種成分，語言的發展也是如此。再就發展空間而言，楚文化誕生與成長在南方的「江、漢、沮、漳」，與《詩經》發展所在地的渭水、黃河流域，有著一南一北的地理區隔，因此不宜簡單地將先秦楚方言納入《詩經》音系之中，否則便可能輕忽歧出音韻現象所隱藏的語音訊息。研究材料以《楚辭》爲主，並結合近世楚地大量出土的青銅器、竹帛當中的有韻銘文及假借字，以及先秦諸子韻文中采錄楚音者，期能窺得先秦楚方言的語音大貌。又權衡全面音系之構建實在工程浩大，本文先就其韻系進行探討。全文是建立在結合劃時代、分區域的多層考量之下所進行的研究，此成果將有別於過去顯得籠統的古音系，可提供一個時地相對明確的音系，供古文字研究者透過音韻理路考釋文字之用。

謝 忱

本論文曾於八十六學年度榮獲「財團法人趙廷箴文教基金會」頒贈中（國）文系所特優學生獎助學金十萬元整。（86 研箴獎字第 011 號）為感念該基金會對個人的獎掖之情，特別藉此論文出版的機會致上萬分謝忱。

目 次

第一章 緒 論

第一節 研究動機與方法

一、研究動機

上古音研究，向來是以《詩經》做為主要的依據，這我們可以從清儒的研究當中，得到證實。如顧炎武《音學五書‧後敘》說：「此書（《音學五書》）為三百篇而作也。」又江永《古韻標準‧例言》也說：「三百篇者，古音之叢，亦百世用韻之準。」他們都認為在上古音學的研究上，要以《詩經》做為主要對象，甚至百世以來都要以三百篇做為用韻的準則。於是《詩經》韻部在清儒的歸納整理之下，有了相當可觀的成果，影響所及，民國以來有更多的國內外學者，紛紛地將注意力集中到上古音系統的分析與音值的構擬上。

另外，也屬於上古音的重要材料，且蘊涵豐富的楚方言於其中的《楚辭》，學者們在上古音的研究當中，也經常論及。這方面以明陳第的《屈宋古音義》首開其端，其後清代學者如蔣驥、戴震、王念孫、江有誥等人也多所涉獵，但各家往往僅視之為三百篇的羽翼。[註1] 即使近年來已有學者察覺《詩經》與《楚辭》在個別韻部上有差異，如王力《楚辭韻讀‧凡例》所說的：「時代不同了，韻部也不盡相同了。」但仍然不免將《楚辭》納入《詩經》一脈音系中，至於

〔註 1〕前人研究《詩經》韻，往往在《詩經韻譜》之後，有一《群經韻譜》，以為參證。所載群經包含：《易》、《周禮》、《禮記》、《三傳》、《論語》、《孟子》等先秦時代的經書，而《楚辭》雖在群經之外，亦屬之。如此一來，往往容易忽略當中可能存在的方音現象。

二者之間的差異，似乎只認定是時代不同所造成的。

　　然而是否就只能像眾流歸諸大海般地將上古各種語音現象，當成單一音系的材料，並以《詩經》音代表這單一的語音體系？趙誠〈商代音系探索〉一文就曾經指陳前輩學者在周秦古音的研究上所產生的缺失，所論中肯。他說：

> 研究周秦古音的主要根據有二：《詩經》用韻和文字諧聲。一般的研
> 究工作者，在歸納《詩經》的韻字時，總要兼及群經用韻、《楚辭》
> 用韻乃至漢人韻文的用韻。這些材料，從時間上來計算，大體包括
> 一千年左右的作品；從空間來看，差不多涉及今天黃河流域和長江
> 流域的大部分地區，幅員相當廣闊。利用這樣一些材料來歸納韻系，
> 不管多麼嚴密，必然存在著一些致命的弱點，即古今語音和方言俗
> 語的摻雜，使得歸納出來的每一個韻類，每一個界限幾乎都存在例
> 外。所以，對轉旁轉之說應運而起，分開來看，古韻被劃分爲若干
> 部，證明了古代韻系的格局，而通轉正好解釋了那些例外。如果合
> 起來考察，古韻分部和古韻通轉卻是一對不可調和的矛盾，互相以
> 自己的正確證明對方的合理。任何一個規律都會有例外，但一當例
> 外有了大量的事實而成了通例，則這個規律就失去了它應有的價值。

《詩經》用韻在上古音學的研究上具有重大的價值，除了可以透顯上古音的情況外，並且是上古音研究的啟蒙材料，引發了其它相關的韻文研究。但是在研究上因爲缺乏了劃分時空界限的觀念，使得不管多麼精湛的研究，總難免有例外過多的缺憾，而這些例外可能正是其方音的特色。郭云生也以爲：

> 撇開方音影響來侈談古韻部的分合，自然會「仁者見仁，智者見智」，
> 如此一來，就很難將上古音說得明白。〔註2〕

　　實際上，上古時期存在著各種方言，《禮記·王制》說：「五方之民，言語不通，嗜欲不同。」許慎《說文解字·序》也說：「諸侯力政，不統於王，惡禮樂之害己，而皆去其典籍，分爲七國，田疇異畝、車涂異軌、律令異法、

〔註2〕參見郭云生〈論詩經韻部系統的性質〉，頁92。

此外郭氏且論及由於錯誤的單一論，在擬音上會形成何種困境。他說：「他（高本漢）認定《詩經》韻部系統代表一個單一的音系，即所謂『成周國語』，河南一地的方言。對《詩經》部中紛紜複雜的合韻現象和陰入通押的現象無法解釋，於是只好把每主要元音都帶上許多附加符號，如一個 o 可以有 ọôǒ 等等，……方孝岳先生乾脆把高氏體系譏諷爲『滿臉麻子』的擬音。」之所以如此，其因在於「要以一個單一的語音體系去統御眾多的並非單一的語音材料，又怎能不技窮而求之於離奇古怪的擬音呢？」

衣冠異制、言語異聲，文字異形。」都說明周朝末年由於政治局勢混亂，許多「不統於王」的諸侯國，往往自制法度，除了「田疇異畝」、「車涂異軌」、「律令異法」、「衣冠異制」之外，在「言語」和「文字」二方面，所表現出來的差異也是很明顯的。而《孟子‧滕文公》下記載「齊人欲其子之齊語」這件事，敘述楚人學習齊語，需要有齊人專門教授，而且還要置身於齊都臨淄最繁華的街道上才能學會的事實，則更清楚地說明齊和楚是兩個不同的方言。以上列舉的各種證據，使我們相信上古有方言存在的事實。而當我們進一步觀察揚雄《方言》所載錄的方言資料時，更可以發現眾多方言之中，楚方言是一種很有特色的方言，〔註3〕《方言》雖是東漢時期的作品，但其中的方音現象，正有先秦方音的遺留。因此，我們不應該單一化地把先秦楚方言看作是《詩經》音的一部份，而抹殺了先秦楚方言的特色。

　　更具體地劃分《詩經》音和先秦楚方音的不同，我們還可以從語言發展的時間和空間二方面來看。楚國有屬於自己的語言，如《左傳‧宣公》四年記載楚人稱乳虎為「鬭穀於菟」。此外，根據學者的研究，楚人稱熊儀為「若敖」、熊坎為「宵敖」、熊囏為「杜敖」、員為「郟敖」、子干為「訾敖」、柴之尊宮為「莫敖」，〔註4〕這些「都可能是楚語的音譯」。〔註5〕以上是目前所見

〔註3〕參見劉君惠《揚雄方言研究》，頁 29～31。根據劉氏的統計，《方言》中楚出現的次數是 129 次，如果加上西楚的 3 次，以及自楚之北郊 1 次，總共有 133 次。較之秦出現 109 次，晉出現 107 次，周出現 18 次，鄭出現 21 次，趙出現 35 次、魏出現 60 次，衛出現 31 次，齊出現 60 次，魯出現 30 次，東齊出現 62 次，燕出現 18 次，北燕出現 47 次，朝鮮出現 27 次，可見得，東漢時期的楚方言是一個很大的方言，往上推到上古時期，應該也是如此。

〔註4〕楚先公先王自鬻熊以後均以「熊」為氏，據宋人羅泌《路史‧後記八》云：「附敘（沮）始封於熊，故其子為穴熊。」譚戒甫〈周初矢器銘文綜合研究〉且指出：「考楚的先公中，初有穴熊，復有鬻熊，自後即以熊為氏。然則楚部落初居有熊氏故墟，即新鄭之地，是沒有疑問的。」「敖」原為部落酋長的稱號，後為一些國君所襲用，楚君亦見有稱敖者。楚君稱敖，過去均以為始於若敖熊儀。但我們細讀《史記》中有關熊渠「不與中國之號諡」，始恍然大悟，原來楚君稱敖並不始於熊儀，當始於熊渠。熊渠以子稱王這是對周王朝的蔑視。然而，熊渠既已封三子為王，他自己的稱號就應該更高一等，若稱天子，還是不能做到「不與中國號諡」，所以只有稱敖才是。在楚國古文字中，敖字皆作嚻，嚻、敖、冒均音通可互作。至於楚君敖前一字應與所葬的地名及楚人早期的諡法有關。如《左傳》僖公二十八年：「若敖之六卒」，杜預注：「若敖，楚武王之祖父，葬若敖者」；昭公元年：「葬王於郟，謂之郟敖」；昭公十三年：「葬子干於訾，訾敖」。可見若敖、訾敖前的若、郟、訾皆地名。以上參見羅運環《楚國八百年》第二章第三、五節。

〔註5〕參見李裕民〈楚方言初探〉，頁 140。

最早的楚語材料，啓示我們楚語約當在周定王（西元前 595 年）之前，便已形成。而到了「楚國始興於江、漢、沮、漳的兩周之際」，〔註 6〕楚語則有著更蓬勃的發展，且還在持續的發展過程當中。至於《詩經》音的年代，我們就三百零五篇的起迄時間看來，可從周初文王（西元前 1135 年）一直算到東周定王（西元前 606 年）這段期間，即使再晚也只能晚到孔子整理成三百零五篇的時代爲止。兩相比較，當《詩經》音已經發展成爲一種成熟的語言時，先秦楚方音則還在持續發展的階段。《詩經》音這種成熟的語言，容或影響著先秦楚方言的發展，但楚民族所具有的頑強特質，絕不可能全盤或是消極地接受這種語言的洗禮，在楚文化「兼收並蓄」的發展方針之下，北方的中原文化只是楚人積極吸收融合的一種文化因子，他們的目的是要「師夷夏之長技而力求創新」，〔註 7〕我們從青銅器銘文中，所見楚國文字，既與北方夏商文字有相合處也有迥異處，具有楚地自己的思維，便可映證這一種說法。透過楚文化這種特殊的發展模式，我們更可以肯定《詩經》音和先秦楚方音，是不可以一體視之。

再從發展空間來看，眞正的楚文化是在南方的「江、漢、沮、漳」等地區誕生和成長的，因此它的語言也可說是在這一個區域範圍中成長的。而《詩經》音的地域範圍，從十五國風來看，大都是偏於北方的渭水流域和黃河流域。二者之間有著一北一南的地理區隔，實在也不容許我們將之混爲一談。

從傅錫壬著《楚辭古韻考釋》、林蓮仙著《楚辭音均》以來，《楚辭》音的研究有了進一步的拓展。傅氏取屈、宋等十篇進行研究，並且根據董同龢所訂之古韻二十二部爲準，〔註 8〕進行音值的擬測，其缺點在於未能顧及《詩經》和《楚辭》之間所存在的差異。而林氏則以南宋朱熹《楚辭集注》爲根據，從中取屈原、宋玉（景差）之韻文十題三十六篇爲研究對象，據歸納所得，定《楚辭》音爲三十韻部。基本上，林氏已能從時間和空間二個方面，來觀照《詩經》和《楚辭》之間所存在的差異，進而與兩漢韻文、中古音，及現代方言進行綜

〔註 6〕語言是文化的一部分，而語言的發展變化會影響文化的發展變化，因此我們有理由認爲當楚文化開始蓬勃發展的兩周之際，也正是楚語蓬勃發展的時期。

〔註 7〕參見張正明《楚文化史》，頁 41～64。在語言文字方面，楚人受華夏的薰陶頗多，春秋時代，楚人儘管還說著楚言，但懂得夏言的越來越多，在國際交往中，楚國的貴族大抵操夏語，且相當流利。但另一方面，楚人在平時仍是操著楚言，長期以來，一種獨具特色的楚方言便形成了，甚至能夠穿越秦的強權專制而延續到漢代。

〔註 8〕參見董同龢《中國語音史》，頁 131～142。

合研究，對後人之研究《楚辭》音，具有很大的啓示價值。

　　與林氏《楚辭音均》時間相近的另一本《楚辭》音研究的著作，是王力的《楚辭韻讀》。王氏以《楚辭》中的〈離騷〉、〈九歌〉、〈天問〉、〈九章〉、〈遠遊〉、〈卜居〉、〈漁父〉、〈九辯〉、〈招魂〉、〈大招〉等屈宋諸人的作品，進行一番整理，得到《楚辭》的韻分爲三十部，只比《詩經》的韻多出一個「冬」部。〔註9〕照他的說法，他只是要讓讀者了解《楚辭》的用韻是和《詩經》一樣和諧的，雖然所得到的韻部和《詩經》有一些不同，但這也只是因爲時代不同的關係。可見得他研究《楚辭》音的動機，與本文所謂先秦楚方言的研究，並沒有很大的關係。最近的一本《楚辭》音研究著作，是陳文吉的《《楚辭》古韻研究》，該書同樣是以《楚辭》中屈、宋等人的作品作爲研究對象，得到《楚辭》二十九部的結果，當中同林蓮仙一樣地，將「東」「冬」二部合併稱爲「東」部，並且都認爲這是上古楚方言的一個特點。與傅氏和王氏比較起來，這兩篇文章的作者，對先秦楚方言和《詩經》音在時間和空間上的種種分別，似乎有了較深的認識。這種努力固然可喜，但是如果以爲先秦楚方言的研究，也就是《楚辭》音的研究，那麼，其結果恐怕還是難以跳脫王力把《楚辭》音納入《詩經》音一脈的路線。

　　屈原的《楚辭》可以說是先秦楚方言的代表作品，以之研究先秦楚方言是正確的，當中如宋黃伯思《翼騷序》所云：「屈宋諸騷，皆書楚語，作楚聲，紀楚地，名楚物」，可見《楚辭》在楚音的研究上頗具價值。但是王逸在〈離騷經章句第一〉正文之前的序言有云：

　　……《離騷》之文，依《詩》取興，引類譬喻，故善鳥香草，以配
　　忠貞；惡禽臭物，以比讒佞；靈脩美人，以媲於君；宓妃佚女，以
　　譬賢臣；虯龍鸞鳳，以託君子，飄風雲霓，以爲小人。其詞溫而雅，
　　其義皎而朗。……

這些話明白的點出屈原之作《楚辭》，不僅在引類取譬上，承襲著《詩經》的用法，並且遣詞造句也沾染著《詩經》溫柔敦厚的文學特質，這和楚國推行的「雙語」政策有關。〔註10〕我們不能說《楚辭》完全是模仿《詩經》而成，但也不能忽略其中受有《詩經》影響的成份。據陳文吉《《楚辭》古韻研究》

〔註 9〕王力《詩經韻讀》分《詩經》音爲二十九部。

〔註10〕楚國人民一般都是使用楚語，但王宮貴族爲能因應國際間的交流活動，每能流利的使用華夏語，而屈原貴爲三閭大夫，閑於外交辭令，因此《楚辭》受有《詩經》音的影響，是在所難免的。

一文的研究結果，「《楚辭》音自當與《詩經》、諸子、秦碑用韻，及《說文》諧聲同歸入『周秦古音』一期」，〔註11〕或許就是因為《楚辭》本身在用韻上，也受有《詩經》用韻的影響所致。因此，研究先秦楚方言不應該只是局限在《楚辭》這個單一材料上頭，而應該更努力地搜檢先秦楚方言的相關材料，從而進行較為全面的研究。

近世以來，有大量的先秦楚國的古文字材料出土，也同樣映證著先秦楚方言的特殊性。除了在字體上，刻劃著楚文字的書寫特徵，並且這些豐富的古文字材料，也保留有當時的楚音。雖然，以古文字做為研究古音的材料，有其局限性，〔註12〕使得我們難以從中獲得什麼驚人的發現。但以這些古文字材料出於地下，未經過傳抄與竄改，其可靠性勝過傳世典籍，略去這些材料不談，總不免有遺珠之憾，是以本文不願放棄對全面性材料進行考察的機會。再者，古文字研究上有一個現實存在的問題，雖然在文字考釋方面，學者已能運用音韻知識尋求更合理的解釋，可惜的是，在上古音的研究上，雖已整理出籠統的音系，然而能夠結合劃時代、分區域的雙重標準，以研究上古不同方言的語音現象者，實在寥寥可數。致使古文字學者在研究上也只得無奈地以《詩經》音系為準則，那麼各方言中所可能存在的特殊音韻現象，也將摒除於此音系之外，考釋結果自有其不可避免之漏洞。筆者有鑑於此，遂汲汲於全面整理《楚辭》、先秦諸子韻文中采錄楚音者，以及近世楚地大量出土的青銅器、竹帛當中的有韻銘文及假借字，期能窺得先秦楚方言的語音大貌。又權衡全面音系之構建實在是工程浩大，非個人能力所及，因此本文之撰寫，以先秦楚方言的韻系為範圍。

二、研究方法

本文的研究方法係採分析、歸納法以進行韻部的整理，分析是劃分韻段，歸納則是歸納韻部，在韻部整理之後，再做韻值的擬測，茲分別說明如下：

（一）劃分韻段

所謂韻段，當指依韻分段而言，也就是將數句同用一韻，或者數句合韻的這些「數句」，劃分為一個一個的段落。道理原本簡單，然而因為本文所處

〔註11〕參見陳文吉《《楚辭》古韻研究》，頁156。

〔註12〕古文字的局部性為：一、重複的韻語多，入韻字較少，並且大多集中在部分的韻部。二、由古文字材料並無傳本可對，因此必須藉助學者們的考釋結果。問題在於釋文斷句上均有不少可商之處，在韻例及假借字的認定上，都有著令人莫衷一是的困境。

理的資料，有些並沒有像《詩經》般的整齊句式，如《老子》、《莊子》；至於《楚辭》雖然句式較為整齊，但是以其具有「意已盡而韻引之有餘，韻且變而意延之而未艾」的寫作特色，總有餘音縹緲的浪漫意味，使得原本句式便奇偶不定，以及韻散夾雜的特殊體製，在韻段的劃分上倍增其困難性。韻段不能明確劃出，韻例也就難以確定，並且容易形成上一韻段的末句，與下一韻段的首句，以其所用韻相同，而誤合為一韻例的情形。陳文吉《〈楚辭〉古韻研究》一文曾以〈離騷〉：「汩余若將不及兮，恐年歲之不我與；朝搴阰之木蘭兮，夕攬州之宿莽。日月忽其不淹兮，春與秋其代序；惟草木之零落兮，恐美人之遲暮。不撫壯而棄穢兮，何不改乎此度？乘騏驥以馳騁兮，來吾導夫先路。」比較了段玉裁以來多位學者劃分該韻段所產生的分歧，說明《楚辭》韻段劃分之不易。這簡短的十二句，就有段玉裁的八句、四句之分；有江有誥十二句通為一段的分法；也有林蓮仙以前六句為一段，後六句為一段的分法。由此可見，前人劃分「體製龐大，句式或奇或偶」的《楚辭》，並沒有固定的準式。但根據本文歸納〈離騷〉所得的八十九個韻例，其中全是整齊的四句二韻的韻式，可見得該篇全是以四句為一韻段，王力的意見正是如此。〔註13〕也就是說劃分韻段時，是可以依據整齊的韻式做考量，如此一來就不會「受（韻部）偶然相連的情形所混淆。」〔註14〕

　　以劃一的整齊韻式做為劃分韻段的標準，可以為我們省去許多的麻煩，以及避免可能的混淆。但是在我們所處理的材料中，並非全部都能如〈離騷〉的文句一般整齊，如《楚辭》中的其他篇章，便因其各自特殊的文風，一篇之中就有變化多端的用韻方式，使得我們必須進一步審視各篇結構的起承轉合。其他再如《老子》、《莊子》這一類韻散夾雜的子書，爬梳各篇當中的韻文部分更非易事，所幸各篇的韻文部分篇幅不大，並且透過虛字的觀察，使我們於劃分韻段時多了一份依據。〔註15〕

（二）歸納韻部

　　歸納韻部，首先必須圈識韻腳，再依系聯的方式，將這些一起押韻的字，集結成部。除此之外，還可以根據韻式與韻部互證。如王力〈詩經韻讀‧詩經韻例〉中所說的：「韻式和韻部是可以互相證明的。知道韻式是多樣的。就

〔註13〕參見王力《楚辭韻讀》（〈離騷〉），載於《王力文集‧第六卷》。

〔註14〕同註11，頁37。

〔註15〕如帛書《老子》中有「萬物之注也，善人之寶也，不善人之所保也」三句，由於各句後皆帶有虛字「也」，因此，我們可以據此「也」字劃此三句為一韻段。

可以試用各種不同的韻式來考察韻部；當然，相反的證明也是重要的，那就是用韻部來證明韻式。」然而由於眼前所能依據的上古韻部，是建立在《詩經》及諧聲等材料上，恐怕未必完全適用於先秦楚方音，因此例外很多。面對這些例外，學者的處理方式有二：一曰「無韻」；二是「校讎」。如江有誥《楚辭韻讀・古音釋》中，遇有不合《詩經》韻例，就以「無韻」說之。舉例言之，〈離騷〉：「汝何博謇而好脩兮，紛獨有此姱節。薋菉葹以盈室兮，判獨離而不服。」江氏便以當中的「節」、「服」二字，在《詩經》音的系統之下，是不可以互押的，故注曰「無韻」。我們認為偶然的「無韻」是可能的，但是不應該太多。另有一種情形是，以既有的《詩經》韻部，重新歸納《楚辭》的韻例，遇有不合格的例子，便從校讎學的角度說之，或以為訛字，或以為是誤字，如〈天問〉：「閔妃匹合，厥身是繼。胡維嗜不同味，而快黿飽。」關於「繼」、「飽」二字是否為韻，眾說紛紜。方績《屈子正音・卷中》以為：「當作『胡為快黿飽而嗜不同味』，『味』與『繼』某音同部」，近人孫作雲《天問研究》則認為「快黿飽」當作「快黿飢」。

以「無韻」之說一筆帶過《楚辭》中不合於《詩經》的韻例，或者從校讎學的角度來解決種種於韻不合的情形，似乎是一種「削足適履」的消極作法，自然地，《楚辭》中所可能反映出來的方音色彩就被抹去了。

段玉裁主張「合韻」之說，有不同於上述諸說。其於〈古合韻說〉一文中指出：

> 古本音與今韻異，是無合韻之說乎？曰：有。聲音之道，同源異派，弇侈互輸，協靈通氣，移轉便捷，分為十七而無不合。不知有合韻，則或以為無韻。如顧炎武於谷風之寬莠怨、思齊之造士、抑之告則、瞻卬之鞏後、易象傳之文緷、文蔚，順以從君是也。⋯⋯或改字以就韻，如毛詩匏有苦葉改軌為軓，以韻牡無，將大車改痕為痕以韻塵，劉原甫欲改烝也，無戎之戎為戍，以韻務是也。⋯⋯，其失也誣矣。

段氏明白指斥「無韻」說，以及「改字以就韻」的說法。雖然所指為學者們於討論《詩經》用韻時，所犯下的錯誤，但在探討先秦楚方言用韻時，其道理應是相同的。「合韻」說確能解決部份韻例上不合的情形，當我們藉著《詩經》韻部來歸納先秦楚方言材料的韻腳，並且發現有許多例外的用韻情形時，「合韻」說便是研究其中各韻部之間的關係的重要橋樑。而透過這種「合韻」現象，也可以呈顯《詩經》各韻部之間關係，其在先秦楚方言中相涉遠近的情況如何。《詩經》韻部雖然是無法涵蓋整個楚方音，但卻是我們討論楚方音

的重要基礎。

（三）擬　音

「擬音」在漢語音韻史的研究上，有其日益重要的價值。何大安《聲韻學中的觀念和方法》一書中說：

> 漢語音韻史的研究，目前所要面對的問題，主要不是文獻材料的歸
> 納分析，而是如何對歸納分析的結果，作適當的詮釋，也就是如何
> 擬音的問題。……爲古語作擬測，其實就等於是提出一種學說，其
> 目的在適切的解釋這份語言材料，與其前後古今各語言或方言之間
> 的種種時空上的聯繫。

研究一份語言材料，第一步工作自然是對之進行分析和歸納，但是所得的並不是最終的結果，而只是一種對語言輪廓的初步認識。眞正語言的內部結構，必須透由擬音的過程，始能清楚明白。王力在談到先秦古韻擬測的問題時，也提到一些重要的觀念，他說：

> 所謂擬測或重建，仍舊只能建立一個語音系統，而不是重建古代的
> 具體音值。如果擬測得比較合理，我們就能看清楚古今語音的對應
> 關係以及上古語音和中古語音的對應關係，同時又能更好地了解古
> 音的系統性。〔註16〕

擬測上古音值，無論再如何準確，也只能求得一個最接近的近似值，而不可能是一種百分之百的古代音值。這是所有研究上古音的人，不得不面對的一種困境。但是爲了能夠看清楚漢語語音的發展史，也就是歷史語音的遞變情形，我們仍然不可輕易放棄擬測上古音值的工作。

在擬測古語的過程中，現代漢語方言可以提供我們許多活的材料，透過這些材料，我們可以尋找出某些音值上的特徵，而這些特徵或許有古語的遺留，因此，我們可以據以做爲音值擬測上的輔證。漢語七大方言中，湘方言和楚方言的關係是親近的。早在揚雄的《方言》中，便經常提到「南楚江湘」這一概念，所謂「南楚江湘」，大概包括了今天湖北、湖南兩省，我們不妨把它當是上古時期和楚方言有著嫡親關係的方言群。〔註17〕長沙是湘方言區的政治經濟文化中心，長沙話在湘方言中無疑是有權威的，〔註18〕所以本文在擬測先秦楚方

〔註16〕參見王力〈先秦古韻擬測問題〉，頁292。

〔註17〕參見詹伯慧《現代漢語方言》，頁124。

〔註18〕同註17，頁128。

言的過程中，是以長沙這一方言點的語音材料，做爲擬測上的輔助資料。

第二節　先秦楚方言的範圍

　　除了爲數不少的先秦古籍，是研究先秦楚方言的重要依據之外，近年來大量出土的古文字材料，也爲楚方言的研究，提供了更多新而直接的有力證據。結合同時代、同地域的韻文及古文字材料，以研究先秦楚方言的韻系，其成果應是可觀的。不過，面對這些龐雜的古籍資料，我們不容易以一己微薄之力，克盡搜檢之功。再者，古文字的出土材料不僅繁多，且出土地分布廣泛，因此我們實有必要在時間上和地域上，爲楚方言中的「楚」釐定一個範圍，以利於楚方言研究的進行。

　　「先秦」一詞，固然可指爲楚立國之後，至戰國末秦統一天下以前而言。但楚形成一個國家的型態，學者一般以「鬻熊居丹陽」的時間算起。以目前所見的材料，最早可以從西周時期談起，然而西周時期所見楚國之銘文都無用韻的情形，除了楚公逆鎛及楚公豪戈、楚公豪鍾兩件之外，因此，本文所論的先秦，必須將時間的上限移到東周以後，而以戰國末年爲下限。至於「楚」這個地域的界定，原來應該以楚國的勢力範圍爲原則，而楚的勢力範圍除了其本身所擁有的疆土之外，還應該連同其所滅、所征服的國家來談。這些諸侯小國和楚本身交織成一個極其複雜的文化區域，而我們之所以必須進一步深究的原因，乃是基於語言的演變與該語言的文化背景之間，有著共生、共存的密切關係，〔註19〕並且同一種方言的內部，也會重複交疊著文化史上歷次浪潮形成的歷史層次。〔註20〕可見得一種方言的形成，是有著文化層面的意義，因此，只有楚的大文化區域確定了，才能進一步劃分楚的方言區。

一、楚文化形成的歷史背景

　　戰國時期的楚國爲一勢力極其強大的國家。根據楊寬《戰國史》的說法，自西元前 481 年開始的戰國時代，〔註21〕楚國的疆域是「從今四川省東端起，

〔註19〕游汝傑《中國文化語言學引論》指出，語言是高一層次的文化現象，表現在以下四　　　　　個方面：第一，語言的習得是無意識的，對所有人都是平等的，不同於其他文化行　　　　　爲的表現會因人而異；第二，語言是人類文化成長的關鍵，其他文化現象的產生和　　　　　存在都以語言爲基礎；第三，語言是文化現象流傳廣遠和長久的工具；第四，語言　　　　　是文化的代碼。

〔註20〕同註 19，頁 24。

〔註21〕關於戰國的開始年代，歷來說法頗爲分歧，該書辯之甚詳。楊氏以爲「以繼魯、

有今湖北省全部，兼有今湖南省的東北部、江西省的北部、安徽省的北部、陝西省的東南角、河南省的南邊、江蘇省淮北的中部。全境東北和秦接界，北面和韓、鄭、宋等國接界，東和越接界，西和巴接界，南和百越接界。國都是郢（今湖北省江陵縣西北紀南城）。」〔註22〕可見在戰國時期，楚國的勢力範圍已跨越了今日的湖北、湖南、江西、安徽、陝西、河南等六個省份。其所以擁有如此廣大的疆域，皆是對鄰近諸小國不斷地侵略擴張而來的。

結合春秋時期有關楚國的史實分析，楚併吞諸小國的方式，主要有滅國及服國兩種。就滅國而言，有滅其國而縣其民，〔註23〕和滅其國而遷其民兩種情況。

（一）滅　國

1、設縣治民

面對日益廣大的疆土，以及被兼併的各國本身所存有的文化習尚，楚國勢必要運用一套特別的統治方式，才足以應付。設縣治民，是「隨著春秋時期各大國開疆拓土、滅國併邑的形勢發展而出現的一種新的統治形式」，〔註24〕用以加強君主集權和地方管理，這正是楚國在崛起之後，能夠迅速成為南土大國的重要因素之一。想要了解楚文化對被兼併國在文化層面上的影響，必須從楚國設縣以治民的政治策略上來觀察。

春秋楚縣的設置，楊寬認為有三條途徑，一是滅國為縣，如權、那處、申、息、鄖、蔡、陳；二是利用小國之舊都改建成縣，商、期思、葉、沈、寢、白縣即是；三是將邊境上的別都改設為縣，如武城、析、東西二不羹，計有十七。徐少華在前人的基礎上進一步考證、補遺，以為應有三十縣之多，〔註25〕以下

晉兩國之後，新興地主階級在齊國取得政權，這標誌著中原地區普遍地進入封建社會，用這個年代來作為戰國時代的開始，是比較合適的。」所謂「繼魯、晉兩國之後」，是指齊國在晉國的六家分晉，及魯國季孫氏、叔孫氏、孟孫氏的「三分公室」和後來的「四分公室」之後，田氏推翻了奴隸主統治，代之以地主階級專政這件事而言。詳見《戰國史》，頁4～6。

〔註22〕同註21，頁311～312。

〔註23〕包括部分滅而為邑者在內。

〔註24〕參見徐少華《周代南土歷史地理與文化》，頁275。

〔註25〕經過初步的清理而肯定為春秋楚縣共有十八個，即：權、那處、申、息、鄖、蔡、陳、商、期思、葉、沈、白縣、武城、析、東西二不羹、鄧、成。徐氏又補入十二縣：呂、上庸、棠、藍、上鄀、湖陽、巢、鐘離、許、江南、廬、陰。從這裡可以確定的是，春秋時期楚縣的數目當在三十以上。

參用並修正徐氏所編列之〈春秋楚縣建置表〉，[註26] 以說明春秋各楚縣設於何時，其地理位置又相當於今日的什麼地方。

〈春秋楚縣建制表〉

時　　期	縣　名	原屬國	今　　地
武王（西元前 740～690 年）	權	權	湖北宜城縣南境
	那處	那處	湖北荊門市東北
文王（西元前 689～677 年）	申	申	河南南陽市
	息	息	河南息縣西南
成王（西元前 671～626 年）	商	鄀	陝西丹鳳縣西
穆王（西元前 625～614 年）	期思	蔣	河南固始縣東北
莊王（西元前 613～591 年）	廬	廬戎	湖北襄樊市西南
	成	楚	河南寶豐縣東
	析	楚	河南西陝縣東北
	沈	沈	安徽臨泉縣
	呂	呂	河南南陽市西
共王（西元前 590～560 年）	鄖	鄖	湖北鐘祥縣北
	湖陽	蓼	河南唐河縣南
康王至郟敖 [註27]（西元前 559～541 年）	上鄀	上鄀	河南西峽縣西
	鄧	鄧	湖北襄樊市西北
	上庸	庸	湖北竹山縣西
靈王（西元前 540～529 年）	陳	陳	河南淮陽縣
	蔡	蔡	河南上蔡縣
	東不羹	楚	河南舞陽縣東北
	西不羹	楚	河南襄城縣東南
	白	楚	河南息縣東北
	葉	葉	河南葉縣南
	許（夷）[註28]	夷	安徽亳縣東南

〔註26〕同註 24，頁 285。

〔註27〕該表此處原作「春秋中晚」，筆者以為與通表所載王號的體例不一，且分期較為模糊，故本文據方詩銘《中國歷史紀年表》之〈十二諸侯紀年表〉改稱為「康王到郟敖」時期。

	棠	房	河南西平縣西
平王（西元前528～516年）	巢	巢	安徽六安市東北
	鍾離	鍾離	安徽鳳台縣西
昭王（西元前515～489年）	武城	鄂	河南南陽市北
	藍	楚	湖北鐘祥縣西北
惠王（西元前488～476年）	江南	楚	？
	陰	楚	湖北老河口市北

　　滅國為縣，是春秋時楚國的一項基本國策，依據上表，共計有十六縣，佔所知春秋楚國所置縣的半數以上。總的來說，楚國所設的縣都是因著故都要邑來設置的，必是當時各個地區人口較密，經濟、文化較發達的中心城邑，利用當中舊有的貴族和平民來進行「楚化」的政策，其中雖然可能遇有許多的困難，然而一旦困難得以克服，對於楚文化的推展將是一股很大的助力。由故都要邑為點，進而推展至整個被滅國或附屬國的全面楚化。而這些被楚國設置為縣的地區，必定受到楚文化的強烈衝擊，將他們劃入楚文化的範圍之內是可行的。

2、遷國移民

　　除此之外，想要洞悉先秦時期楚國文化向外擴展的情形，我們還可以透過「遷國移民」的政治手段來了解。楚滅國遷民的情況，春秋早期只有遷權一例《左傳》莊公十八年云：

> 初，楚武王克權，使斗緡尹之。以叛，圍而殺之。遷權於那處，使閻敖尹之。

克權設縣是為了治理權民和權地，叛亂後遷權的目的也是為了治理權地和統治權民。晚期曾遷陰（陰戎，即陸渾之戎）於下陰，俘蠻子赤及其遺民以歸數例。〔註29〕甚至到了楚靈王在位期間（西元541～529年）曾進行三次大規模的遷國移民。據《左傳》昭公四年（靈公三年，西元前538年）所載：

> 遂以諸侯滅賴。……遷賴於鄢，楚子欲遷許於賴，使斗書龜與公子棄疾城之而還。

《左傳》昭公九年：

〔註28〕許原居楚境之內的葉，今河南葉縣南30里，靈王時復遷之於夷，今安徽亳縣東南，居二年，靈王又遷之於楚內地的荊山附近。

〔註29〕參見《左傳》莊公十八年、昭公十九年、二十五年和哀公四年。

二月庚申，楚公子棄疾遷許於夷，實城父，取州來淮北之田以益之。

伍舉授許男田。然丹遷城父人於城，以夷濮西田益。遷方城人於許。

又

楚之滅蔡也，〔註30〕靈王遷許、胡、沈、道、房、申於荊焉。

三次遷徙的遷出地計有：賴、許、城父、方城外、胡、沈、道、房、申；遷入為：鄢、賴、夷（城父）、陳、許、荊。以下我們先以表列示各遷徙地在今日的地理位置，以及這些被遷徙之民與周王室的關係，就可以進一步明白楚靈王三次遷國移民的目的。

〈楚靈王遷國移民表〉

	地 名	今 日 位 置	與周王室的關係
遷出地	賴	河南省鹿邑縣	
	許	今葉縣南三十里	《詩・王風・揚之水》中將「戍許」與「戍申」、「戍甫」並列，以為周王朝防禦南方的軍事重鎮，可見與西周王室聯繫緊密。
	城父	《後漢書・郡國志》汝南郡：「城父，故屬沛，春秋時曰夷。」地在今亳縣東南城父寨一帶。	
	方城外	即楚方城之外，泛指今南陽盆地東北以外的淮、汝中上游地帶。	
	胡	今阜陽市西北二里。	文獻作歸姓，為戎人的一支，西周時為周的盟國。
	沈	平輿縣北。	姬姓，為周公後代。
	道	確山縣北。	姬姓。
	房	遂平縣。	祈姓。曾於昭王時與周聯婚，可見房國於周昭王時保有密切關係。
	申	今信陽一帶。〔註31〕	與周王朝的關係一如許國

〔註30〕時間為昭公十一年，靈王十年，相當於紀元前 531 年。

〔註31〕據史載，中國有二處，即南陽之申與信陽一帶的中國。南陽之申是中國故地（即西周晚至春秋早期的申伯之國），而信陽一帶，既不是宣王以前的所謂東申之國，也不是宣王時的申王所封，而是春秋早期楚文王取申並於南申故地設縣之後，將申國貴族和臣遷往今信陽一帶安置的結果。南陽之申早在文王時期已為楚有，楚化程度相當深了，靈王時恐無必要在此移民。則靈王所遷之申當為今

			同爲姜姓太岳之後,淵源甚古。
	鄀	今宜城縣北。	
遷入地	陳	今淮陽市	嬀姓,舜後,周武王時封國,與西周王室世通婚姻。
	荊	今南漳縣西北。	
	賴	今河南鹿邑縣。	
	城父	今亳縣東南城父寨一帶。	
	許	今葉縣南三十里。	《詩·王風·揚之水》中將「戍許」與「戍申」、「戍甫」並列,以爲周王朝防御南方的軍事重鎮,可見與西周王室聯繫緊密。

　　上表中,我們沒有完全寫出各遷徙國與周王室之間的關係,原因是文獻不足,無從一一考得。而有些諸侯國在遷徙時已滅國,其地居民族屬,我們只能把他們歸諸所在的諸侯國族屬,至於像「方城外人」的族屬,則無從考起。從上述可知,楚靈王在淮北的三次遷國移民,其對象主要是與姬周有著密切關係的姬、姜姓之人,這些姬姜姓諸侯國不僅與中原華夏文化保持一致,彼此之間有十分緊密的聯繫,種種聯繫表現在血緣上的通婚聯姻和地緣上的彼此鄰近,互通有無。

　　再比較這三次的移民現象,可見第一、二次與最後一次的遷徙是有所不同的。第一、二次遷走了某一地的人之後,便立即補充進來楚的貴族以「城之」,而第三次遷走六國之民後,卻沒有交待是由誰來填充這些空地。照理說,以淮北汝潁地區地位之重要,靈王當不可能將它棄置不用,因此我們可進一步推想楚靈王可能曾經遷徙大量的楚國人於淮北汝潁地區,以利於控制該地區。〔註32〕從楚靈王所遷對象與周王朝的密切關係看來,其實靈王遷移的目的是明白可見的。日本學者安信道子以爲楚靈王遷國移民旨在對(楚)國人舊秩序的強力介入,以打亂原有的氏族秩序,實現楚王權的集中。〔註33〕從上述靈王遷走大量的姬、姜姓之民,又遷入一部分楚「國人」的情況看,此說不無見地。再從另一方面來看,將姬、姜姓之民彼此間的關係切斷之後,再把他們遷移到楚腹心地帶,以加強他們接受楚文化的熏陶,這無非是靈王遷國

　　　信陽一帶之中。說見徐少華《周代南土歷史地理與文化》及晏昌貴〈楚靈王遷國移民考〉二文。

〔註32〕參見晏昌貴〈楚靈王遷國移民考〉,頁54。

〔註33〕安信道子之說轉引自晏昌貴〈楚靈王遷國移民考〉,頁55。

移民的另一目的。

　　儘管靈王的遷國移民，最後招致的是淮北人民和楚人都苦不堪言，因而聯合起來反戈一擊，置靈王於死地。然而我們從楚在淮北汝穎地區勢力的發展上來看，此遷國移民之舉的影響是深遠的。從楚惠王八年（西元前 496 年）滅陳，澈底佔領淮北汝穎地區，至楚頃襄王二十一年（西元前 278 年）遷都於陳，淮北已成為楚國後期的政治文化中心。又《史記·貨殖列傳》：「夫自淮北沛、陳、汝南、南郡，此而楚。」可知淮北的沛、陳、汝南已與早期楚文化中心——南郡融為一體，此種局面的形成與靈王時期的遷國移民是分不開的。

　　分析結果可見，春秋時期楚人對待被滅之國的處理，一般是滅其國、絕其祀、縣其地而撫其民，以利於經濟、文化的發展，逐步納入楚民族的共同體。

（二）服國及其他

　　被楚所服降為附庸之國，有存於故地和遷於他處立國等兩種情況。前一種如隨、唐、陳、胡、沈、道、房等；被遷之國有羅、申、呂、頓、鄀、許、蔡、賴等，其中羅、申、番、呂在春秋早期或早中之際降於楚後即被遷離本土。〔註34〕楚所以對這一大批諸侯小國並未一概「絕其社稷，有其土地」，而只是以為附庸，在楚的勢力範圍內長時期存在，除了有客觀因素之外，也有楚國本身主觀的考量和需要。如隨國（即曾國），〔註35〕隨國雖不在被楚所滅國之列，然而其臣服於楚的時間是很早的，這跟楚國發展漢東地區的計畫有關。因為「漢東之國隨為大」，想要征服漢東諸國，必須征服隨國，所以隨國在「速杞」之戰後，除了在楚成王三十二年（西元前 640 年）一度以漢東諸侯反叛楚外，〔註36〕便一直臣服於楚，為楚的「私屬」。杜預曾分析楚隨兩國之間所以會有如此特殊的關係，大概由於隨在楚國最困難時給了可貴的支援和掩護，〔註37〕因此「楚人德之，使列於諸侯」的緣故。其他如鄀、申、呂、唐、番、許、賴、道、頓、房、胡、陳、蔡、沈等國，楚國存之，也均有其經濟實利和擴大政治影響的利益考量。

　　到了春秋末戰國初，整個江漢地區、南陽盆地和淮河中上游地區已經一統於楚，不管是服而存於原地，還是遷往它處的附庸諸侯大都逐一地為楚所併，納入楚境，部分國小君弱的諸侯如鄀、道、房、賴等，遷徙之後也就不再見史

〔註34〕同註 24，頁 302。

〔註35〕曾國據李學勤在〈曾國之謎〉一文中的考證，應該就是隨國。

〔註36〕事見《左傳·僖公》二十年。

〔註37〕《左傳》定公四年，隨人拒絕向吳人交出楚昭王而答覆說：「以隨之僻小，楚實存之，世有盟誓，至於今未改」楚人遂以德報之。

籍上有所記載，可見楚之存國、遷國都只是一種過渡性的策略、手段而已，當局勢變化、條件允許，最終目的還是在於滅其國、絕其祀、縣其土而有其民，這是歷史發展及民族融合的必然趨勢。而隨著民族融合，楚的文化區域也就蔓延開了。從滅國以縣其民和滅國以遷其民兩方面來談楚文化的形成，還是有所疏漏。如楚、吳、越三國之間雖有越滅吳、楚滅越的滅國關係，然而楚既未縣其民，也沒有遷過其民。楚、吳、越都是中原所視為蠻夷的諸侯國，他們遠離周王朝及中原列國，「鼎立」長江以南的地區。楚文化及吳越文化分別位於長江中游和長江下游，這「共飲一江水」的兩大文化之間，原本便存在著密切的關係，一旦吳、越二國滅於楚後，吳越文化便很自然地消融於楚文化當中了。

二、先秦楚方言區

上一個部分，我們從楚對諸侯小國的滅國和服國等方面，討論了楚國文化可能影響所及的各國地區，主要是為了將先秦楚國文化的範圍做一規範。以下再來談談楚方言區的劃定問題。

語言是文化產生和發展的關鍵，文化的發展也促使語言更加豐富和細密。對於語言與文化間的關係，周振鶴、游汝傑《方言與中國文化》曾指出：

> 語言和文化的發展雖然是互相促進的，但是語言的型式和文化的型
> 式基本上是平行發展的，兩者之間並不存在互相制約的必然關係。
> 也就是說一個社會產生什麼樣的文化型式並不決定於它的語言型
> 式，文化型式的改變並不一定引起語言型式的相應變化，反之亦然；
> 甲、乙兩種文化之間和甲、乙兩種語言之間可以發生互相影響、融
> 合、替換等關係；但是甲、乙兩種文化間的這種關係並不一定會引
> 起語言間發生相應的變化。〔註38〕

以文化型式的改變並不一定引起語言型式的相應變化，在某種背景之下是說得通的，如古代日本和朝鮮曾經受到過中國文化的深刻影響，它們從中國文化中借去大量詞匯，但是日語和朝鮮語在結構上並不因此而改變。但這只能說是國際間文化上的一種交流而已，如果同樣拿來說明先秦楚國文化與語言對各被兼併國的影響情形，恐怕是說不通的。

歷史上經常發生人民集體遷移的事實，不管是被動的或是主動的，如在楚靈王遷國移民的策略之下，就有許多地區的人民被動地從某一地被遷移至某一地。居民逐漸向周圍擴展，或者集體向遠方遷移，都會發生不同民族、不同語

〔註38〕參見周振鶴、游汝傑《方言與中國文化》，頁2。

言或方言間的接觸和相互影響。兩個部落或部族的接觸可以採取各種不同的方式，侵佔、征服，或者是和平相處。如果是侵佔或征服的方式，結果總是文化高的和人口多的語言影響了或者替代了文化落後和人民稀少的語言，廣大人民的語言戰勝了或者同化了少數異族統治者的語言。而繼續保存和發展的語言，在一定地區內，因為與外族接觸特別密切和頻繁，也會吸收外族語言中有用的成分，從而形成自己方言的特點。楚對外的接觸便是藉著侵佔和征服的方式，在人力資源上，楚為大國，故其人口數多於其他部族。在文化上，楚國雖是崛起於南方的南蠻之國，然而其所特有浪漫炫麗的文化色彩，可見其為別出於周王朝之外另一高度發展的文化。在這樣的文化底層之下，楚國人民的語言是足以同化少數異族的語言，進而吸收外族語言中的有用成分，形成特殊的楚國方言。〔註39〕

再從楚國對於兼併而來的各地區所實施的統治政策看來，不管是設縣治民，或者是遷國移民的方式，楚國的統治者必然要使楚文化居於主導的地位，在政治、經濟上如此，甚至在語言也必然如此。我們知道楚國自強大以來所兼併的小國家，有許多是跟周朝文化存在著長久的血緣關係，他們所說的語言也大都是周王朝所推行的「雅言」，這是在周朝長時期統治之下的結果。等到統治權移轉到楚國的手中，這種文化上的關係便有可能在楚與各小國之間重演，所不同的是，它們同時也為楚方言的特殊性提供了養分。

楚文化的拓展與楚方言的形成，二者之間存有互動關係，從上述整個大範圍的楚文化中，我們所規劃的楚方言區如下：北從河南亳縣東南城父寨一帶至陝西丹鳳縣西，西達湖北竹山縣西古庸國所在地，東到安徽鳳台縣西及六安市東北，南抵江西、江蘇、浙江古吳、越二國故地及湖南。就各諸侯小國的國別而言，則包括：權、那處、申、息、郕、蔣、沈、呂、郳、蓼、上郕、鄧、陳、蔡、葉、夷、房、巢、鍾離、鄂、庸、賴、許、胡、道、隨（曾）、吳、越。

〔註39〕 先秦兩漢的文獻顯示春秋戰國時期的漢語產生了重大的變化和發展。周末許多部落互相併吞或聯合，許多小的部落方言融合為幾個較大的部落方言，儘管當時有共同的統一的文學語言產生，即所謂的雅言，但並不意味著方言的削弱。《孟子·滕文公下》：「孟子謂戴不勝曰：『子欲子之王之善與？我明告子。有楚大夫於此，欲其子之齊語也，則使齊人傅諸？』曰：『使齊人傅之。』曰：『一齊人傅之，眾楚人咻之，雖日撻而求其齊也，不可得矣。引而置之莊嶽之間數年，雖日撻而求其楚，亦不可得矣。』」可見雖然有雅言出現，還是有像齊楚一樣的不同方言存在。

第三節　先秦楚方言相關材料之介紹

本文據以研究先秦楚方言的材料，經由筆者多方的爬梳與整理之後，可概括爲：1、《楚辭》中屈宋等人的作品。2、先秦諸子韻文：有《老子》、《莊子》。3、先秦古文字材料：包括青銅器中的用韻銘文及簡帛文字等。以下就各研究材料分點說明。

一、《楚辭》

宋黃伯思《翼騷序》云：「屈宋諸騷，皆書楚語，作楚聲，紀楚地，名楚物，故謂之『楚辭』。若『些、只、羌、誶、蹇、紛、佗、傺』者，楚語也；悲壯頓挫，或韻或否者，楚聲也。」因此考求先秦楚方言，《楚辭》實爲主要材料。《楚辭》所含括的各篇，歷代對其作者、作時、作地，爭議頗多。在此，我們以爲〈離騷〉、〈九歌〉、〈九章〉、〈天問〉、〈遠遊〉、〈卜居〉、〈漁父〉、〈九辯〉、〈招魂〉、〈大招〉等篇應屬戰國中、晚時期屈宋諸輩的作品，而作爲本文研究分析的對象。

歷來有關《楚辭》音的研究，可以概分爲三個階段。第一階段是隋唐宋時期，以釋智騫和朱熹爲代表。據《隋書經籍志·序錄》云：「隋時有釋道騫，善讀之（《楚辭》），能爲楚聲，音韻清切，至今傳楚聲者，皆祖騫公之音」，可知隋朝之時便已開啓了《楚辭》音研究之端。道騫所撰《楚辭音》其內容可分爲：注音、正字及考釋三個部分，其中注音的份量最重，只有兩百七十六則之多，且僅注音讀不涉形義。到了南宋，朱熹著有《楚辭集註》，亦注音讀。此書音讀可分爲兩類，一類爲一般的注音，包括反切、直音等方法；另一類爲叶音，遇韻腳有不諧而改讀者。叶音之說最爲後代學者所詬病，原因在於朱子未明「音有古今」之理，以今範古、以古適今，遂使字無定音定調。其叶音之說雖有不合於古音學的概念，但是在考求古音的方法，以及材料上的運用，尚有可觀之處，雖「『隨文改叶』，卻非『隨意改讀』，切莫以其『誤說』，而遂斷爲『妄說』。」〔註40〕總之，此時期的研究，因爲受到古音知識以及材料上的限制，所以只能以注音或是叶音的方式，根據前人的音讀定其去取，爲《楚辭》注出音讀，其目的只求能夠和諧地用時音通讀《楚辭》，對於《楚辭》古音研究的貢獻並不大。

第二階段是元明清時期，以陳第和江有誥爲代表，此時期的研究，已稍具古今音變的古音觀念，並且在材料和方法上，能夠跳脫前人僅在音讀上打

〔註40〕參見伍明清《宋代古音學》，頁101。

轉的窾臼，正式步上《楚辭》古音研究的道路。明陳第所著《屈宋古音義》，首先能夠進一步就其韻腳歸納韻部以證古韻。該書共分三卷，第一卷取材於屈原〈天問〉之外等二十四篇，[註41]和宋玉騷體及賦十四篇中與今音不同的二百三十四個韻字，以韻爲目，定其古音讀，並排列屈宋原文、旁引他書，以證其說信而有徵，爲全書主要部分。後二卷則列此三十八篇屈宋騷賦，每篇之下以「總題」申明大意，兼引舊注，以明訓詁，並據卷一所定之古音，注於韻字之下。

繼之有江有誥，著有《音學十書》。其中《楚辭韻讀》共收〈離騷〉、〈九歌〉、〈天問〉、〈九章〉、〈遠遊〉、〈漁父〉、〈卜居〉、〈九辯〉、〈招魂〉、〈大招〉十篇，其後並附有〈楚辭韻讀古音釋〉，將各篇韻字收入所屬韻部，且注明音讀，可以說爲《楚辭》古音架構作成了初步的輪廓。此外，可以歸入這一時期的還有段玉裁和王念孫，二人的學說分別載於段氏〈群經韻分十七部表〉以及王氏《古韻譜》中的《楚辭韻譜》。[註42]

第三階段則是指，現代學者在清人的研究基礎上，能夠進一步利用標音的方式，擬測《楚辭》古音的音值，是《楚辭》古音研究的成熟階段。代表學者如傅錫壬《楚辭古韻考釋》、林蓮仙《楚辭音均》、王力《楚辭韻讀》。能夠應用中古韻書如《廣韻》，以對照《楚辭》的用韻情形，進而推測《楚辭》的古音值，是這一派學者的共同特色。[註43]

二、先秦諸子韻文

（一）《老子》

《老子》一書的作者是老子，《史記・老莊申韓列傳》替老子作了一個四百多字的傳，不過，由於司馬遷在傳中用了許多「或曰」、「云」、「蓋」、「或言」、「世莫知其然否」等字以示存疑的態度，[註44]使得後人對該傳也多所懷疑。然而，當中開頭的第一句話：「老子者楚苦縣曲仁里人也」，對於我們考知老子的里籍是有幫助的。歷來學者除了閻若璩以外，對於這句話大都沒有疑義。閻

[註41] 陳第所以不錄〈天問〉一篇，《屈宋古音義》既未明言，時人亦未有說，故本文亦不可得知。

[註42] 《楚辭韻譜》原稱《詩經群經楚辭韻譜》，載於羅振玉所輯《高郵王氏遺書》中，後經渭南嚴式誨自《遺書》中抽刻於《音韻學叢書初編》，而名之爲《古韻譜》，《楚辭韻譜》只是當中的一部分。

[註43] 詳見本章第一節，頁4～5。

[註44] 參見陳鼓應《老子今註今釋及評介》修訂版序。

氏《四書釋地又續》云：

> 苦縣屬陳，老子生時，地楚尚未有。陳滅於楚王，在春秋獲麟後三
> 年，孔子已卒，況老聃乎？史冠楚於苦縣上，以老子爲楚人，非也。

閻氏以爲史遷是用漢代的建制，來記載春秋之史實，因此認爲老子原來應該不
是楚人，說或可信。不過根據嚴靈峰的考證，〔註 45〕老子爲南方人且在楚之南
方，其語言受有楚方言的影響應無疑問。因此，就地緣關係看來，我們還是可
以將《老子》的語言歸於先秦楚方言中。

　　老子曾做過東周王朝的守藏史，後來離職隱去，作《道德經》五千言。此
書常用韻語和偶句、排句來講哲理。韻散並用，奇偶參雜。用韻如第一章的「妙」
與「徼」押韻；「名」與「門」押韻，第二十章「阿」、「何」、「惡」押韻等等。
對《老子》用韻之研究，清代學者有江有誥《音學十書》的《老子韻讀》，以及
王念孫〈周秦諸子合韻譜〉三冊，可惜的是，王氏此書至今尚未刊行。〔註 46〕
見於今日學者的，有劉師培〈老子韻表〉，高本漢《老子韻考》、董同龢〈與高
本漢先生商榷「自由押韻說」兼論上古楚方音特色〉、〔註47〕朱謙之《老子韻例》、
以及陳廣忠〈帛書《老子》的用韻問題〉等四篇文章。

　　江氏《老子韻讀》，載錄《老子》全書中的用韻之文，共有五十一章。各章
都另具標題，如第一章標以「體道」，第二章標以「養身」、第四章標以「無源」
等等。除了在各韻文之中圈劃韻腳，並且註明韻部，在《老子》韻讀的研究上，
頗具價值。不過，其中不乏「僞誤或脫落的地方」，〔註 48〕因此在運用上，我們
必須謹愼地透過韻式的歸納，整理出一個大概的用韻規律，才可以避免這些僞
誤和脫誤。

　　高本漢《老子韻考》一文，〔註 49〕筆者未之見，然據董同龢〈與高本漢先
生商榷〉一文所載，也可略窺一二。依據董氏的研究，高氏《老子韻考》之作

〔註45〕 參見嚴靈峰《老子達解》，頁 426。

〔註46〕 根據陸宗達〈王石臞先生韻譜合韻譜稿跋〉一文，所載王氏著作計有：《周秦諸子
　　　　韻譜》一冊、《西漢韻譜》五冊、《淮南子韻譜》一冊、《易林韻譜》一冊、《史記
　　　　漢書韻譜》二冊、《詩經群經楚辭合韻譜》三冊、《周秦諸子合韻譜》三冊、《周書
　　　　穆傳國策合韻譜》一冊、《西漢合韻譜》六冊、《素問新語易林合韻譜》四冊、《易
　　　　林合韻譜》五冊、《史記漢書合韻譜》三冊等，其中已刊行者，只有遺稿中的《詩
　　　　經群經楚辭韻譜》，收錄在羅振玉所輯《高郵王氏遺書》中。

〔註47〕 以下簡稱〈與高本漢先生商榷〉。

〔註48〕 參見董同龢〈與高本漢先生商榷〉一文，頁 4。

〔註49〕 載於 Goteborgs Hogskolas Arssjrift XXXVIII（1932：3）。

與《詩經研究》同時，高氏依據他所謂新而更有系統的方法，獲得了獨特的結論。他認為《老子》韻文中有所謂「自由押韻式」，在許多方面和《詩經》的用韻迥異，董氏為之歸納，並得到以下三個特點：

1、有四類韻，在《詩經》中分用甚嚴，而《老子》韻文則互混。〔註50〕

2、《詩經》中以-u 為主要元音的字不與以-o 為主要元音的字押韻，而《老子》韻文中則常見。

3、《詩經》中入聲字-p、-t、-k 的界限分得極嚴明，而《老子》韻文中則有時混亂。

對於高氏這三個特點，董氏頗不以為然，其主要原因在於高氏所收集的證據是有問題的。〔註51〕透過與江有誥《老子韻讀》進行一番比對之後，董氏認為高氏全篇的理論中，只能承認以下三種現象：「東」部字可與「陽」部字押韻、「之」部字可與「幽」部字通押、「侯」部字可與「魚」部字通押。此外，還有高氏所沒有注意到的一個特點，即「眞」部字與「耕」部字在《老子》中也有幾次通押的情形。董氏並且以為這四個特點是《老子》和《楚辭》共同的用韻特點，同時也是上古楚方音的特色。

高本漢能夠正視《老子》韻文的價值，可謂見識獨具，不過由於太過執著所謂「自由押韻」的說法，而使得後來學者對其學說不得不產生懷疑。董同龢除了修正高氏的說法之外，並且注意到《老子》和《楚辭》有著共同的方音特色，對於上古楚方言的研究，具有開拓之功。本文踵前人之跡，亦歸納《老子》韻文，而據以歸納的版本，是帛書《老子》寫本，〔註52〕因為它是目前所能見到的《老子》最古的本子。根據文物出版社於西元1975 年所整理出版的《馬王堆漢墓帛書》第一輯，其中所載的帛書《老子》有兩種寫本，字體較古的一種稱為甲本，另一種稱為乙本，本文採字體較古的甲本為主，並參覈乙本的內容。

> 作漁父、盜跖、胠篋，以詆訿孔子之徒，以明老子之術。……楚威
> 王聞莊周賢，使使厚幣迎之，許以為相，莊周笑謂楚使曰：千金、
> 重利；卿相、尊位也。子獨不見郊祭之犧牛乎？養食之數歲，衣以

〔註50〕同註48，頁 1。

〔註51〕詳見本文第三章第一節，頁 59。

〔註52〕這個寫本，是 1975 年從長沙馬王堆三號漢墓當中發掘出來的，根據同時出土的一件有紀年的木牘，可以確定該墓的年代是漢文帝前元十二年（西元前 168 年），因此可知此寫本為最早的《老子》寫本。

文繡，以入太廟。當是之時，雖欲爲孤豚，豈可得乎？子亟去，無
汙我。我寧遊戲汙瀆之中，以自快，無爲有國者所羈，終身不仕，
以快吾意焉。

這段話分別記載了莊子出生的時地、所著書以及學問性格等三件事。就莊子
出生的時地而言，《史記》說莊子與梁惠王、齊宣王同時，這是大家都承認的，
〔註53〕具體推算其生卒年，則莊子大約生於周安王十二年至烈王六年之間（西
元前 390～370 年），而卒於周愼靚王四年至赧王二十五年之間（西元前 317
～290 年）。〔註54〕時代略早於荀子，當亦戰國時人。至於莊子爲蒙人一事，
除了《史記》之外，其他的史料也有相同的記載。司馬貞《史記索隱》引劉
向《別錄》曰：「宋之蒙人也。」高誘訓註《淮南鴻烈解·修務篇》亦曰：「宋
蒙縣人也。」可見漢人一般都是以莊周爲宋人。不過，也有以蒙縣屬於梁國
的，如裴駰《史記集解》引《漢書地理志》曰：「蒙縣屬梁國」，陸德明《經
典釋文·莊子音義序錄》因之曰：「梁國蒙縣人也。」那麼，蒙縣究竟應該如
何歸屬？郎擎霄引杜預注調合此二說。郎氏云：

尋春秋莊十一年〔註55〕《左傳》，宋萬弒閔公蒙澤。賈逵曰：「蒙澤、
宋澤名也。」杜預注曰：「蒙澤、宋地，梁國有蒙縣。」蓋杜以蒙於
戰國時爲宋地，於漢晉爲梁國蒙縣。《漢書地理志》梁國領縣八，其
三曰蒙。〔註56〕

可見蒙縣之屬宋或梁，其實是一地，稱宋或稱梁只是因爲時代不同而產生的異
稱罷了。歷史上，蒙縣曾爲楚縣，只不過，莊子之卒年約在宋將亡之際，因此
一般還是稱莊周爲宋人。〔註57〕蒙縣地處今河南省商丘縣北，與本章第二節所
定之先秦楚方言區，相去未遠，即使莊周之時，蒙縣尚未歸楚，然而以地緣關
係近楚，〔註58〕莊子的語言當亦受有先秦楚方言的影響。

〔註53〕 參見葉國慶〈莊子研究〉一文，載《莊子研究論集》，頁 2。

〔註54〕 參見郎擎霄《莊子學案》，頁 4。

〔註55〕 楊伯峻所編《春秋左傳注》作莊公十二年秋。

〔註56〕 同註 54，頁 2。

〔註57〕 同註 54，頁 2。

〔註58〕 張正明《楚文化史》一書中也指出，宋、陳兩國是近鄰，宋的公室爲子姓，陳
的公姓爲嬀姓。雖忝居諸夏之列，但與諸夏的正宗姬、姜二姓有別。就風俗而
言，宋、陳是夏之近於楚者。楚滅陳之後，宋與楚就也成了近鄰。莊周的出生
地蒙邑老聃的出生地苦縣，前者在北，後者在南，相距只有六十公里左右。莊
周雖不是楚人，但久沐楚風，他的作品不但貫串著南方哲學的思想，表現出南

《莊子》一書的內容一般分為內篇、外篇、雜篇三個部分,而根據黃錦鋐的考證,只有內七篇才是莊子的品。〔註59〕其云:

> 大多數學者都認為《莊子》內七篇是莊子的作品。羅根澤在《莊子外
> 雜篇探原》中,雖然對內篇並沒有名以肯定是莊子所自作,但言外之
> 意也認為莊子內篇是莊子的作品,這是可以理解的。⋯⋯我們看《莊
> 子》內篇,可以說是一個完整的哲學體系,自逍遙遊以至應帝王;由
> 至人無己到外則應帝而王,無論內容條理,都是一貫而成的。

又說:

> 至於《莊子》外、雜篇的文字,後人一致的意見,都認為不是出於
> 一人的手筆。但卻是重要的莊學論文集,也是從《莊子》到《淮南
> 子》之間的道家思想的橋樑。

從黃氏的論證當中,可知《莊子》確定是出自莊子之手的,只有「內篇」,至於《莊子》「外篇」、「雜篇」的時代和作者,則不易確知,而大概可以說是「從《莊子》到《淮南子》之間的道家思想的橋樑」,本文為求得材料使用上的準確性,故只取《莊子》內七篇做為研究先秦楚方言的材料。

《莊子》書中的語言,是一種「韻中有散,散中有韻」的形式,而歷來對於《莊子》韻語的研究,似乎不如《老子》韻語的研究,其原因大概是,學者們認為《莊子》中所呈現的詩歌韻味,主要在於想像和意境,而非韻律。〔註60〕所以《莊子》韻語的相關研究,除了江有誥的《莊子韻讀》,有較為完整的爬梳之外,其餘則被零星地視為研究周秦古音,或是《楚辭》音的輔證材料,鮮少以完整材料對待,這當中自然是因為《莊子》內篇的韻語不是很豐富的關係。然而本文既然視《莊子》內篇為先秦楚方言材料的一部分,則在較完整的方言研究當中,這些份量極少的語音材料也是可貴的。

三、先秦古文字材料

近世出土了許多屬於先秦楚國的古文字材料,不僅使得古文字研究創造了更輝煌的研究成果,更可為先秦楚方言研究上的寶貴語料。本文所應用的古文字材料可概分為青銅器銘文及竹簡帛書兩大類。東周以來至戰國時期,青銅器

方文學的氣韻,而且言多楚事,無論「寓言」、「重言」,一概如此。參見該書頁
256。

〔註59〕參見黃錦鋐《莊子讀本》,頁3～5。

〔註60〕同註7,頁253～254。

上所刻鑄的銘文往往帶有用韻的現象，具備了音韻上的價值。至於簡牘帛書上的銘文，用韻的情形雖比不上青銅器銘文，然而銘文中也往往透露出先秦楚文字之間的假借關係。因此，利用這些出土的古文字材料以研究先秦楚方言，除了可以補足從東周以來至《楚辭》以前這一段時期的研究語料，甚至與《楚辭》同時期的古文字材料，更可以為《楚辭》音研究的參證。歷來學者研究先秦古文字材料當中的用韻現象，以及假借字所呈顯的聲韻關係，已經有了一定的成績，如王國維〈兩周金石文韻讀〉、郭沫若〈金文韻讀補遺〉、陳世輝〈金文韻讀續輯〉、陳邦懷〈兩周金文韻讀輯遺〉、王輝《古文字通假釋例》等等。更有應用以研究先秦楚音者，如喻遂生〈兩周金文韻文和先秦「楚音」〉一文。不過，在沒有清楚地劃界定域之前，這些研究都只能算是初步的整理工作，還談不上是對於古代方音的研究。

第二章　《楚辭》韻例析論

第一節　韻例之歸納

　　韻例的分析跟古韻研究的關係非常密切，孔廣森以爲，治古音學當先求其韻例，其原因如《詩聲分例》所說：

> 苟謂古詩韻無定法，將率臆牽析，亦何所不可通？此愚治音學所以
> 必審例爲先云。〔註1〕

是以循著韻文劃定韻字，再歸納韻字以成韻例，是研究古韻之前很要緊的一個步驟。尤其屈宋等人的作品，往往不像《詩經》三百篇的句式那樣的整齊，因此，如江永在《古韻標準·例言》中所說的：

> 古有韻之文亦未易讀。稍不精細，或韻在上而求諸下，韻在下而求
> 諸上，韻在彼而誤叶此；或本分而合之，本合而分之；或間句散文
> 而以爲韻，或是韻而反不韻；甚則讀破句、據誤本、雜鄉音，其誤
> 不在古人而在我。

所以當我們依文劃韻之際，須仔細歸納其用韻之例，再按所得韻例，重新審視先前所圈選出來的韻字，如此方能避免江氏所指陳的各種誤認韻字的情況。尤其，「據誤本」更可能影響我們劃韻歸例的結果，因此在選用版本方面，也應謹愼。本文所依據的《楚辭》版本爲宋洪興祖的《楚辭補注》。該書乃專爲補充王

〔註1〕語見孔廣森《詩聲分例》，頁6下。

逸《楚辭章句》，糾正其錯誤而編撰的，為了補充王書的不足，當中並且參閱徵引大量古籍，在保存舊說方面可謂有功之臣。至於洪書中仍有疏漏之處，本文亦參酌前輩學者的考證與校勘以補苴之。

本文所據《楚辭》的材料，是限定在屈宋諸輩的作品，包括了〈離騷〉、〈九歌〉、〈天問〉、〈九章〉、〈遠遊〉、〈卜居〉、〈漁父〉、〈九辯〉、〈招魂〉、〈大招〉等篇。以下按韻式列舉各篇的韻例。

本文歸納《楚辭》韻例的凡例如下：

1、首以韻式標目，次依〈離騷〉、〈九歌〉、〈天問〉、〈九章〉、〈遠遊〉、〈卜居〉、〈漁父〉、〈九辯〉、〈招魂〉、〈大招〉的篇目次序羅列各篇韻例。

2、本文歸部係依據陳新雄的《毛詩》韻三十部。

3、韻例中只摘錄入韻句句尾的實字，在韻式中以「Ａ」表示，不入韻者不錄，僅用「○」表示其位置。

4、入韻句句尾若帶有兮、些、只、之、也、乎、焉、者乎等虛字，在虛字下方劃一橫線，如虛字「兮」作「兮」。

（一）兩句連韻：ＡＡ

篇名	韻例
湘君	來思
少司命	辭旗、離知
東君	節日
河伯	望蕩、歸懷
山鬼	阿蘿、笑窕、冥鳴、蕭憂
國殤	甲接、雲先、行傷、反遠
天問	畫歷、到照、揚光、龍遊 [註2]
卜居	凶從
九辯	化何、思事、意異、歸悲

以上共二十三例。

（二）三句兩韻：○ＡＡ

篇名	韻例
卜居	○意事

[註2] 江有誥《楚辭韻讀》以「虬、龍」二字為韻。陳文吉《《楚辭》古韻研究》引王逸注云：「有角曰龍，無角曰虬。言寧有無角之龍，負熊獸遊戲者乎？」可知王逸所謂「無角之龍」就是指「虬龍」，可知江氏所說非是，當以「龍、遊」二字為韻。

以上共一例。

（三）三句連韻：ＡＡＡ

篇名　　　　　　韻例

河伯　　　　　　堂宮中、魚渚下

九辯　　　　　　平生憐

以上共三例。

（四）四句兩韻：○Ａ○Ａ

篇名　　　　　　韻例

離騷　　　　　　○庸○降、○名○均、○能○佩、○與○莽、○序○暮、
　　　　　　　　○度○路、○在○茝、○路○步、○隘○績、○武○怒、
　　　　　　　　○他○化、○畝○芷、○刈○穢、○索○妒、○急○立、
　　　　　　　　○英○傷、○蕊○纕、○服○則、○艱○替、○茝○悔、
　　　　　　　　○心○淫、○錯○度、○然○安、○詬○厚、○反○遠、
　　　　　　　　○息○服、○裳○芳、○離○虧、○荒○章、○常○懲、
　　　　　　　　○予○野、○節○服、〔註3〕○情○聽、○茲○詞、○
　　　　　　　　縱○巷、○狐○家、○忍○隕、○殃○長、○差○頗、
　　　　　　　　○輔○土、○極○服、○悔○醢、○當○浪、○正○征、
　　　　　　　　○圉○暮、○迫○索、○桑○羊、○屬○具、○夜○御、
　　　　　　　　○下○予、○佇○妒、○馬○女、○佩○詒、○在○理、
　　　　　　　　○遷○盤、○遊○求、○下○女、○好○巧、○可○我、
　　　　　　　　○遙○姚、○固○惡、○寤○古、○之○思、〔註4〕○

〔註3〕節、服二字，江有誥、王力皆以爲不相叶。考《廣韻》節字入「屑」韻屬古音「質」
　　　部，收-t尾；服字入「屋」韻，屬古音「職」部，收-k尾。不過，節字從即得聲，
　　　即入《廣韻》「職」部，故陸志韋說：「『節』，即聲。『即』本可叶服。屈原的方
　　　言裡，諧聲跟韻文正相合，可是跟詩韻『節』收-t不同。」若就其諧聲而言，陸
　　　氏所云可聊備一說，不過，從本文所列韻例來看，節字還有一次和「質」部押韻
　　　的例子，如《楚辭·東君》有「節、日」押韻，那麼，準陸氏之說，就反而要多
　　　出一個「職」「質」合韻的例子。故本文不以「節、服」二字爲韻，僅列其目說
　　　明之。

〔註4〕金小春〈試論《離騷》「慕之」當作「莫之思」〉一文，指出：「慕之」當是「莫之
　　　思」的脫誤。「曰兩美其必合兮，孰信脩而莫之思」，思字與上句「索藑茅以筳篿
　　　兮，命靈氛爲余占之」的之字押韻。此外《楚辭》中單個之字與它字相叶乃是常
　　　例，如《離騷》：「欲與靈氛之吉占兮，心猶豫而狐疑；巫咸將夕降兮，懷椒糈而
　　　要之。」（之、疑二字押韻）。其所以產生訛誤，乃在於「莫之思」的思字與下一

	女○女、○宇○惡、○異○佩、○當○芳、○疑○之、
	○迎○故、〔註5〕○同○調、○媒○疑、○舉○輔、○
	央○芳、○留○茅、○長○芳、○幃○祗、○化○離、
	○滋○沬〔註6〕、○女○下、○行○糧、○車○疏、○
	流○啾、○極○翼、○與○予、○待○期、○馳○蛇、
	○邈○樂、○鄉○行、○都○居
湘夫人	○堂○房、○門○雲
河伯	○浦○予
天問	○爲○化、○加○虧、○屬○數、○分○陳、○氾○里、
	○育○腹、○子○在、○明○藏、○施○化、○功○同、
	○多○何、○方○桑、○繼○飽、〔註7〕○蠭○達、○

句「思九州之博大兮」的思字相連而脫落了一思字。

〔註5〕迎字，或以爲迓字之誤，如方績曰：「迎必迓之誤。漢儒讀御爲迓，迓、御一字也。」江有誥入「魚」部。然張亨於〈離騷輯校〉一文中云：「……除元本外，各本並作『迎』，騫音亦作『迎』，音『魚敬切』，疑元本自改之，非王本之舊也。……『魚』『陽』部字，主要元音同，古籍不乏叶韻之例……。」張氏從版本及韻部音近來談，較方、江等人的說法更爲有據。

〔註6〕陸志韋〈楚辭韻釋〉疑此爲「第一第二句錯簡，當作『委厥美而歷茲兮，惟茲佩之可貴』。觀其文義，游國恩《離騷纂義》以爲：「二語承上眾芳之易變，因言惟有己所操持甚固，磨涅不渝，故見棄於時，以至於斯也。歷茲與前段歷滋同，猶言至斯困厄也。」游氏並贊同汪瑗：「委厥美而歷茲，是屈子自言己有瓊佩之美，而爲黨眾薆然而蔽之，嫉妒而折之，其棄之一至於此也」的說法。二說董理甚明，至於陸氏之說，既乏佐證，且未明言二句當做何解釋，在此我們保留原來說法，即作「惟茲佩之可貴兮，委厥美而歷滋」。至於「沬」字，朱子《集註》作「沬，莫之反」。游國恩《離騷纂義》曾有下列評斷：「沬與昧，音義並同，從未不從末。《易・豐》：『日中見沬』，《釋文》：『鄭作昧』，朱熹訓爲昏暗，本不誤也。昏昧晦暗，皆爲日光虧損之義，故芬芳之虧損者，亦得以沬言之，與從未之沫，音義迥別。」是不必從朱子所改。

〔註7〕《楚辭・天問》：「閔妃匹合，厥身是繼。胡維嗜不欲同味，而快朝飽？」繼字，段玉裁入「脂」部，飽字歸「幽」部，以爲「脂」「幽」合韻。然而「脂」「幽」合韻，在《詩經》及兩漢韻文皆無此例，故後人以爲是方音，如朱熹「疑有『備』音」、戴震則以爲「讀如閉，蓋方音」。也有以爲是訛句、誤字的，如方績、郭沫若，另外，孫作雲以爲「快朝飽」當作「快朝饑」，則繼、饑二字於韻合，與郭氏說同。林蓮仙《楚辭音均》評論諸說云：「『繼』、『飽』二字，既不同韻，復不同調，更不同聲，謂之合韻，似太輕斷，謂爲錯訛，則理論又嫌不足。」林氏所評甚爲公允，卻難有具體之結論，而本文也缺乏足夠之例證以供說明，故亦僅列其目說明之，不以爲叶韻。

躬○降、○歌○地、○民○嫡、○射○若、○謀○之、
○營○盈、○堂○藏、○死○體、○嫂○首、○止○殆、
○鰥○親、○害○敗、○止○子、○饗○喪、○摯○說、
○宜○嘉、○臧○羊、○逢○從、○牛○來、○寧○情、
○兄○長、○極○得、○子○婦、○尤○之、○期○之、
○嘉○嗟、○施○何、○底○雉、○流○求、○市○怓、
○佑○弒、〔註8〕○惑○服、○方○狂、○牧○國、○
依○譏、○告○救、○識○喜、○悒○急、○故○懼、
○輔○緒、○亡○莊、〔註9〕○饗○長、○怒○固、○
欲○祿、○祐○喜、○憂○求、○云○先、○言○勝、
〔註10〕○長○彰〔註11〕

惜誦　○情○正、○服○直、○　○之、○變○遠、○仇○雠、
○貧○門、○志○咍、○釋○白、○情○路、○聞○忳、
○杭○旁、○恃○殆、○好○就、○言○然、○下○所、
○尤○之、○忍○軫、○糧○芳、○明○身

〔註8〕朱子云：「『殺』音『弒』，一作『弒』。」江有誥云：「『殺』當作『弒』。」林蓮仙《楚辭音均》以為：「考《廣韻》去聲七志小目『弒』字，音『式吏切』」，註云：「『大逆，亦作殺。』與此文音義相符。」故本文改殺為弒。

〔註9〕《楚辭・天問》：「勳闔夢生，少離散亡。何壯武厲，能流厥嚴？」王逸於《章句》本作「嚴」，於〈哀時命〉篇下則序云：「〈哀時命〉者，嚴夫子之所作，夫子名忌。」洪興祖《補注》曰：「忌，會稽吳人，本姓莊，當時尊尚，号曰夫子，避漢明諱曰嚴。」又朱子《集注》則直言：「〈哀時命〉者，梁孝王客莊忌之所作也。」林蓮仙《楚辭音均》也說：「王逸的《楚辭》註（即《楚辭章句》），以至於涉及作者，如莊忌的姓字，一律要避諱，在當時中國來說，那是合理合法的事。這樣，〈天問〉此處的韻叶，當無問題。」避「莊」諱「嚴」之例，除了易「莊忌」為「嚴忌」之外，據王叔岷《斠讎學》所舉漢人避諱之例，還有將「莊遵」改為「嚴遵」的例子。避諱說為我們解決了不少語言訓詁上的問題，此又為一證，是本文亦采「亡、莊」二字為韻。

〔註10〕《楚辭・天問》：「悟過改更，我又何言？吳國爭光，久余是勝。何環穿自閭社丘陵，爰出子文？」六句之用韻，學者意見不一。段玉裁〈六書音均表〉五以「言勝陵文」為韻；江有誥《楚辭韻讀》不收勝、陵二韻，認為是「元文」通韻。劉永濟《屈賦通箋》則主張「言、文非韻，蓋此二問各脫一偶句」。而江氏所歸的韻例似乎又比較奇特，因此本文折衷段氏和劉氏的看法，以為前四句中，言、勝二字為「蒸」「元」合韻，而後面兩句當有脫句。

〔註11〕《楚辭・天問》：「吾告堵敖以不長。何試上自子，忠名彌彰？」按諸全篇韻例，本文疑「吾告堵敖以不長」之上有闕句。

涉江	衰○嵬、○風○林、○汰○滯、○陽○傷、○如○居、○雨○宇、○中○窮、○以○醢、○人○身、○遠○壇、○薄○薄、○當○行
哀郢	愍○遷、○亡○行、○極○得、○霰○見、○江○東、○反○遠、○心○風、○如○蕪、○接○涉、○復○感、○持○之、○天○名、○慨○邁
抽思	傷○長、○浮○憂、○鎮○人、○期○志、○婟○怒、○敢○憺、○聞○患、○亡○完、○儀○虧、○作○穫、○正○聽、○歲○逝、○星○營、○同○容
懷沙	莽○土、○默○鞠、○抑○替、○鄙○改、○盛○正、○章○明、○下○舞、○量○臧、○濟○示、○采○有、○豐○容、○故○慕、○強○像、○暮○故
思美人	眙○詒、○發○達、○將○當、○詒○志、○化○為、○度○路、○悠○憂、○莽○草、○揚○章、○木○足、○能○疑
惜往日	○戒○得、○佩○好
回風	○恃○止、○膺○仍、○湯○行、○至○比、○聊○愁、○還○聞、○解○締、○儀○為、○顛○天、○雰○媛、○江○洶
遠遊	○遊○浮、○語○曙、○勤○聞、○懷○悲、○留○由、○得○則、○仙○延、○一○逸、○怪○來、○都○如、○息○德、○馳○蛇、○耀○驚、○行○芒、○路○度、○涼○皇、○麾○波、○屬○轂、○屬○衛、○撟○樂、○鄉○行、○涕○弭、○疑○浮、○飛○徊、○門○冰

〔註12〕

〔註12〕《楚辭·遠遊》：「舒并節目馳驚兮，連絕垠乎寒門。軼迅風於清源源兮，從顓頊乎增冰」四句，江有誥主張「無韻」，段玉裁則以為是「文蒸合韻」。以〈遠遊〉全篇用韻之例來看，「無韻」之說似不可從。傅錫壬嘗就音理言之：「『文』『蒸』二部，主要元音相近，僅韻尾一屬舌尖鼻音，一為舌根鼻音，正如『真』『耕』二部通韻之理同，或屈子方音『n』、『ŋ』不分。」乍看之下，傅氏之說似乎可從，但是以屈子方音「n」、「ŋ」不分的說法，從《楚辭》中很多「n」、「ŋ」分用的例子看來，這個假設並不能成立。況且到了兩漢時期，「n」、「ŋ」分用還是很明顯，甚至《淮南子》裡也未見有任何「諄」「蒸」合韻的例子。而江氏的

漁父	○清○醒
九辯	○衰○歸、○重○通、○溉○嘆、○下○處、○固○錯、〔註13〕○毀○弛、○冀○欷、〔註14〕○月○達、○天○名、○暇○加、○約○效、○下○苦、○薄○索、○躍○衙、○從○容、○臧○恙
招魂	沫○穢、○征○生、○薄○薄、○乘○烝、○淹○漸

以上共二九六例。

（五）四句三韻：ＡＡ○Ａ

篇名	韻例
湘君	極息○側、淺翩○閒
湘夫人	渚予○下、望張○上、蘭言○澻
大司命	門雲○塵、下女○予、翔陽○坑、被離○爲、華居○疏、轔天○人、何虧○爲
少司命	青莖○成、池阿○歌、〔註15〕帶逝○際、旍星○正

無韻說，則又把問題簡單化了，並不是很好的解決之道，所以本文暫且附之闕如，但列其目。

〔註13〕聞一多嘗有「改鍪爲錯」之說，云：「『鍪』當爲『錯』，聲之誤也。（鍪、錯二音，古書往往相亂。《史記·晉世家》出公名鍪，六國年表作錯，是其比。）古韻錯在『魚』部，鍪在『宵』部」此本以錯與上文固相叶，後人誤改作鍪，以與下文教樂高叶，則固字孤立無韻。〈離騷〉曰：「『固時俗之工巧兮，偭規矩而改錯』，〈七諫·謬諫〉曰：『固時俗之工巧兮，偭規矩而改錯』，本篇上文曰：『何時俗之工巧兮，背繩墨而改錯』，語意俱與此同，而字皆作錯。《文選·思玄賦》注引此文作錯，尤其確證。」聞氏就文例及音理二方面審視，證固、錯二字音義可通，故本文從其說。

〔註14〕冀字，屬於陳新雄的〈古韻三十二部諧聲表〉的「沒」部之下，然而在陳先生的「微」部〈群經韻譜〉，卻將《楚辭·九辯》「冀、欷」二字視爲「微」部自韻，對於冀字的歸屬頗不一致。王力從文字形體來觀察，發現冀字乃是純粹的象形字，不應該像段玉裁、朱駿聲把它看成「從北，異聲」的形聲字。而高本漢劃歸於他的第十一部，江有誥歸入「脂」部，都是正確的。本文認同王氏之說，故此爲「脂」「微」合韻之例。

〔註15〕洪興祖《補注》以「王逸無注，古本無此二句（與女遊兮九河，衝風至兮水揚波）。」且推論「此二句，〈河伯〉章中語也。」朱熹《集註》亦採洪氏之說，而段玉裁不收河、波二字，亦以爲「〈河伯〉章中語也。」觀此二句與〈河伯〉：「與女遊兮九河，衝風至兮水揚波」二句甚爲相仿，且二篇位置相去不遠，洪氏疑爲後人所竄，於理可從，故本文亦不收河、波二字。

東君	方桑○明
河伯	河波○螭
山鬼	間蔓○閒、若柏○作〔註16〕
天問	營成○傾、錯洿○故、暖寒○言、首在○守、衢居○如、
	趾在○止、所處○羽

以上共二十七例。

（六）四句連韻：ＡＡＡＡ

篇名	韻例
國殤	馬鼓怒野
九辯	清清人新、廓繹客薄、歸棲衰肥

以上共四例。

（七）五句三韻：Ａ○Ａ○Ａ

篇名	韻例
涉江	璐○顧○圃、英○光○湘

以上共二例。

（八）六句三韻：○Ａ○Ａ○Ａ

篇名	韻例
湘夫人	○張○芳○衡、○浦○者○與
山鬼	○下○雨○予
涉江	○中○窮○行
哀郢	○時○丘○之
思美人	○之○時○期
惜往日	○廚○牛○之、○代○意○置
悲回風	○紆○娛○居
遠遊	○榮○人○征、○天○聞○鄰
卜居	○長○明○通
九辯	○濟○至○死、○教○樂○高、○哀○悲○偕、○藏○

〔註16〕本文疑此中必有闕句。就句式觀之，〈山鬼〉句式整齊，兩兩對稱，故此四句的
句式亦當同於該篇其他句式。再從文意來看「山中人兮芳杜若，飲石泉兮蔭松柏。
君思我兮然疑作」與上四句「采三秀兮於山間，石磊磊兮葛蔓蔓。怨公子兮悵忘
歸，君思君我兮不得閒」皆表君實思我，奈何小人讒言妄作之感慨，八句意義可
以貫串。

當○光、○中○湛○豐

以上共十七例。

（九）六句四韻：ＡＡ○Ａ○Ａ

篇名	韻例
雲中君	降中○窮○懷
湘君	征庭○旌○靈、枻雪○末○絕
少司命	蕪下○予○苦
東君	雷蛇○懷○歸、裳狼○漿○行、〔註17〕鼓簴○姱○舞
山鬼	狸旗○思○來
國殤	弓懲○凌○雄
禮魂	鼓舞○與○古

以上共十例。

（十）六句五韻：ＡＡＡＡ○Ａ

篇名	韻例
湘君	猶州修舟○流

以上共一例。

（十一）六句連韻：ＡＡＡＡＡＡ

篇名	韻例
九辯	息軾得惑極直

以上共一例。

（十二）八句四韻：○Ａ○Ａ○Ａ○Ａ

篇名	韻例
湘夫人	○裔○溘○逝○蓋
哀郢	○蹠○客○薄○釋
思美人	○佩○異○態○竢 〔註18〕

〔註17〕 此韻段，學者或以「裳、狼、漿、翔、行」五字爲韻，如段玉裁、江有誥，王力；而王念孫、林蓮仙則多收一「降」字。傅錫壬以爲：「求之九歌文例，凡六句爲韻者，奇數句均不爲韻，此不當例外」，故亦刪去「翔」字不錄。今以傅氏說爲準式，不收「降、翔」二字。

〔註18〕 《楚辭·思美人》：「芳其澤其雜糅兮，羌芳華自中出」二句，段玉裁以「出」字與「佩、異、態、竢」相叶，爲「之」「脂」合韻。而江有誥以來則有「脫句」之說，聞一多說的更明白：「出字不入韻，疑二句上或下脫去兩句。」本文亦不以「出」字入韻。

惜往日	○之○疑○辭○之、○憂○求○游○之
悲回風	○處○慮○曙○去、○紀○止○右○期
遠遊	○居○戲○霞○除、○予○居○都○閭、○顧○路○漠○壑
卜居	○輕○鳴○名○貞
漁父	○移○波○醨○爲
九辯	○聲○鳴○征○成、○秋○楸○悠○愁、○入○集○洽○合、○食○得○德○極、○通○從○誦○容、○溫○餐○垠○春、○適○惕○策○益
招魂	○先○還○先○兒

以上共二十例

（十三）八句五韻：ＡＡ○Ａ○Ａ○Ａ

篇名	韻例
雲中君	芳英○央○光○章

以上共一例。

（十四）九句五韻：Ａ○Ａ○Ａ○Ａ○Ａ

篇名	韻例
卜居	清○輕○鳴○名○貞

以上共一例。

（十五）十句五韻：○Ａ○Ａ○Ａ○Ａ○Ａ

篇名	韻例
湘君	○渚○下○浦○女○與
抽思	○北○域○側○得○息
惜往日	○流○昭○幽○聊○由、○載○備○異○再○識
悲回風	○愁○適○迹○益○釋、○積○擊○策○迹○適
遠遊	○征○零○成○情○程
九辯	○錯○路○御○去○舉

以上共八例。

（十六）十二句六韻：○Ａ○Ａ○Ａ○Ａ○Ａ○Ａ

篇名	韻例
遠遊	○傳○垠○然○存○先○門、○行○鄉○陽○英○壯○

放、○妃○歌○夷○蛇○飛○徊

九辯　　　　　　○房○颺○芳○翔○明○傷

以上共四例。

（十七）十四句七韻：○A○A○A○A○A○A○A

篇名	韻例
九辯	○帶○介○慨○邁○穢○敗○昧

以上共一例。

（十八）十四句八韻：A A○A○A○A○A○A○A

篇名	韻例
東皇太一	良皇○琅○芳○漿○倡○堂○康

以上共一例。

（十九）二十句十韻：○A○A○A○A○A○A○A○A○A○A

篇名	韻例
悲回風	○傷○倡○忘○長○芳○章○芳○睨○羊○明

以上共一例。

（二十）二十二句十一韻：○A○A○A○A○A○A○A○A○A
　　　　　○A○A

篇名	韻例
惜往日	○時○疑○娛○治○之○否○欺○思○之○尤○之

以上共一例。

（二十一）二十四句十二韻：○A○A○A○A○A○A○A○
　　　　　A○A○A○A

篇名	韻例
九辯	○霜○藏○橫○黃○傷○當○伴○將○攘○堂○方○明

以上共一例。

（二十二）二句連韻，韻字後有虛字

1、A兮A

篇名	韻例
漁父	清兮纓、濁兮足

2、A乎A乎

篇名	韻例
卜居	駒乎軀乎、輨乎亦乎、翼乎食乎

以上共五例。

（二十三）四句兩韻，韻字後有虛字

1、○A也○A也

篇名	韻例
離騷	○舍也○故也、○時也○態 也、○艾也○害也
惜誦	○保也○道也、○志也○態也、○伴也○援也
懷沙	○怪也○態也

2、○A之○A之

篇名	韻例
離騷	○蔽之○折之
天問	○道之○考之、○極之○識之、○度之○作之、○尚之○行之、○寶之○壙之、○興之○膺之、○安之○遷之、○厚之○取之、○尚之○匠之、○懷之○肥之、○行之○將之、○沈之○封之、○竺之○燠之、○將之○長之、○戒之○代之
九辯	○蔽之○汙之、○知之○訾之

3、○A焉○A焉

篇名	韻例
天問	○聽焉○刑焉、○從焉○通焉、○越焉○活焉、○得焉○殛焉、○億焉○極焉

4、○A兮○A兮

篇名	韻例
涉江	○遠兮○壇兮、○薄兮○薄兮、○當兮○行兮
抽思	○潭兮○心兮、○願兮○進兮、○姑兮○徂兮、○思兮○媒兮、○救兮○告兮
懷沙	○正兮○程兮、〔註19〕○錯兮○懼兮

〔註19〕《楚辭・懷沙》:「懷質抱情，獨無匹兮。」朱熹《集注》曰:「匹，當作正字之誤也，以韻叶之，及以〈哀時命〉考之，則可見矣。」徐泉聲〈九章韻譜〉引嚴忌〈哀時命〉云:「懷瑤象而握瓊兮，願陳列而無正」，以為與本句其意正同，因此匹字

| 橘頌 | ○服兮○國兮、○志兮○喜兮、○摶兮○爛兮、○道兮○醜兮、○異兮○喜兮、○求兮○流兮、○過兮○地兮、○友兮○理兮、○長兮○像兮 |

5、○A乎○A乎

篇名	韻例
卜居	○忠乎○窮乎

6、○A些○A些

篇名	韻例
招魂	○輔些○予些、○方些○祥些、○心些○淫些、○里些○止些、○字些○壺些、○門些○先些、○眾些○宮些、○代些○意些、○房些○光些、○矙些○閒些、○堂些○梁些、○日些○瑟些、○夜些○錯些

7、○A只○A只

篇名	韻例
大招	○靜只○定只

8、○A○A者乎

篇名	韻例
漁父	○衣○汶者乎

以上韻字後帶有「也」字的共七例；韻字後帶有「之」字的共十九例；韻字後帶有「焉」字的共五例；韻字後帶有「兮」字的共十九例；韻字後帶有「乎」字的共一例；韻字後帶有「些」字的共十三例；韻字後帶有「只」字的共一例；二韻字中只一韻字後帶有「者乎」二虛字的共一例。

（二十四）六句三韻，韻字後有虛字

1、○A也○A也○A也

篇名	韻例
思美人	○度也○暮也○故也

2、○A些○A些○A些

篇名	韻例
招魂	○止些○醢些○里些、○止些○里些○久些、○絡些○

當為正字之訛，其說可從。

呼<u>些</u>○居<u>些</u>、○怪<u>些</u>○備<u>些</u>○代<u>些</u>、○簿<u>些</u>○迫<u>些</u>○白<u>些</u>、○楓<u>些</u>○心<u>些</u>○南<u>些</u>

3、○A<u>只</u>○A<u>只</u>○A<u>只</u>

篇名	韻例
大招	○安<u>只</u>○延<u>只</u>○言<u>只</u>、○豫<u>只</u>○存<u>只</u>○先<u>只</u>、○曼<u>只</u>○顏<u>只</u>○安<u>只</u>、○假<u>只</u>○路<u>只</u>○慮<u>只</u>

以上韻字後帶有「也」字的共一例；韻字後帶有「些」字的共六例；韻字後帶有「只」字的共四例。

（二十五）八句四韻，韻字後有虛字

1、○A<u>兮</u>○A<u>兮</u>○A<u>兮</u>○A<u>兮</u>

篇名	韻例
懷沙	○汨<u>兮</u>○忽<u>兮</u>○慨<u>兮</u>○謂<u>兮</u>、[註20]○喟<u>兮</u>○謂<u>兮</u>○愛<u>兮</u>○類<u>兮</u>

2、○A<u>些</u>○A<u>些</u>○A<u>些</u>○A<u>些</u>

篇名	韻例
招魂	○食<u>些</u>○得<u>些</u>○極<u>些</u>○賊<u>些</u>、○瓊<u>些</u>○光<u>些</u>○張<u>些</u>○璜<u>些</u>、○分<u>些</u>○紛<u>些</u>○陳<u>些</u>○先<u>些</u>、○假<u>些</u>○賦<u>些</u>○故<u>些</u>○居<u>些</u>

3、○A<u>只</u>○A<u>只</u>○A<u>只</u>○A<u>只</u>

篇名	韻例
大招	○昭<u>只</u>○遽<u>只</u>○逃<u>只</u>○遙<u>只</u>、○淑<u>只</u>○悠<u>只</u>○膠<u>只</u>○寥<u>只</u>、○蜓<u>只</u>○婉<u>只</u>○騫<u>只</u>○躬<u>只</u>、○洋<u>只</u>○蠆<u>只</u>○狂<u>只</u>○傷<u>只</u>、○艷<u>只</u>○測<u>只</u>○凝<u>只</u>○極<u>只</u>、○梁<u>只</u>○芳<u>只</u>○羹<u>只</u>○嘗<u>只</u>、○酪<u>只</u>○草<u>只</u>○薄<u>只</u>○擇<u>只</u>、○嗌<u>只</u>○役<u>只</u>○瀝<u>只</u>○惕<u>只</u>、○張<u>只</u>○商<u>只</u>○倡<u>只</u>○桑<u>只</u>、○賦<u>只</u>○亂<u>只</u>○變<u>只</u>○譔<u>只</u>、媠<u>只</u>○都<u>只</u>○娛<u>只</u>○舒<u>只</u>、○作<u>只</u>○澤<u>只</u>○客<u>只</u>○昔<u>只</u>、○嫭<u>只</u>○嫮<u>只</u>○娟<u>只</u>○便<u>只</u>、○秀<u>只</u>○霤<u>只</u>○畜<u>只</u>○圉<u>只</u>、○皇<u>只</u>○鶬<u>只</u>○鸘<u>只</u>○翔<u>只</u>、○盛<u>只</u>○命<u>只</u>○盛<u>只</u>○定<u>只</u>、

〔註20〕洪興祖《補注》下無「曾吟恆悲，永嘆慨兮，世既莫吾知，人心不可謂兮。」四句，今據《史記》補。

· 40 ·

○雲<u>只</u>○神<u>只</u>○存<u>只</u>○昆<u>只</u>、○昌<u>只</u>○章<u>只</u>○明<u>只</u>○
當<u>只</u>

以上韻字後帶有「兮」字的共二例；韻字後帶有「些」字的共六例；韻字
後帶有「只」字的共四例。

（二十六）十句五韻，韻字後有虛字

1、○A<u>些</u>○A<u>些</u>○A<u>些</u>○A<u>些</u>○A<u>些</u>

篇名	韻例
招魂	○託<u>些</u>○索<u>些</u>○石<u>些</u>○釋<u>些</u>○託<u>些</u>、○都<u>些</u>○驁<u>些</u>○駞<u>些</u>○牛<u>些</u>○災<u>些</u>、○舞<u>些</u>○下<u>些</u>○鼓<u>些</u>○楚<u>些</u>○呂<u>些</u>

2、○A<u>只</u>○A<u>只</u>○A<u>只</u>○A<u>只</u>○A<u>只</u>

篇名	韻例
大招	○佳<u>只</u>○規<u>只</u>○施<u>只</u>○卑<u>只</u>○移<u>只</u>、○海<u>只</u>○理<u>只</u>○阯<u>只</u>○海<u>只</u>○士<u>只</u>、○苛<u>只</u>○罷<u>只</u>○麾<u>只</u>○施<u>只</u>○為<u>只</u> [註21]

以上韻字後帶有「些」字的共三例；韻字後帶有「只」字的共三例。

（二十七）十二句六韻，韻字後有虛字：○A<u>只</u>○A<u>只</u>○A<u>只</u>○A<u>只</u>○A<u>只</u>○A<u>只</u>

篇名	韻例
大招	○明<u>只</u>○堂<u>只</u>○卿<u>只</u>○張<u>只</u>○讓<u>只</u>○王<u>只</u>

以上韻字後帶有「只」字的共一例。

（二十八）十四句七韻，韻字後有虛字：○A<u>些</u>○A<u>些</u>○A<u>些</u>○A<u>些</u>○A<u>些</u>○A<u>些</u>○A<u>些</u>

篇名	韻例
招魂	○天<u>些</u>○人<u>些</u>○千<u>些</u>○侁<u>些</u>○淵<u>些</u>○暝<u>些</u>○身<u>些</u>、○羅<u>些</u>○歌<u>些</u>○荷<u>些</u>○酡<u>些</u>○波<u>些</u>○奇<u>些</u>○離<u>些</u>

以上韻字後帶有「些」字的共二例。

（二十九）十六句八韻，韻字後有虛字

1、○A<u>乎</u>○A<u>乎</u>○A<u>乎</u>○A<u>乎</u>○A<u>乎</u>○A<u>乎</u>○A<u>乎</u>○A<u>乎</u>

〔註21〕「苛暴」二字，王念孫及江有誥均以為當作「暴苛」，以苛字能與「罷、麾、施、
　　　為」四字叶韻，今本文從二氏之說。

篇名	韻例
卜居	○耕<u>乎</u>○名<u>乎</u>○身<u>乎</u>○生<u>乎</u>○眞<u>乎</u>○人<u>乎</u>○情<u>乎</u>○楹<u>乎</u>

2、○A<u>些</u>○A<u>些</u>○A<u>些</u>○A<u>些</u>○A<u>些</u>○A<u>些</u>○A<u>些</u>○A<u>些</u>

篇名	韻例
招魂	○蛇<u>些</u>○池<u>些</u>○荷<u>些</u>○波<u>些</u>○陀<u>些</u>○羅<u>些</u>○籬<u>些</u>○爲<u>些</u>

以上韻字後帶有「乎」字的共一例；韻字後帶有「些」字的共一例。

（三十）十八句九韻，韻字後有虛字：○A<u>些</u>○A<u>些</u>○A<u>些</u>○A<u>些</u>○
A<u>些</u>○A<u>些</u>○A<u>些</u>○A<u>些</u>○A<u>些</u>

篇名	韻例
招魂	○姦<u>些</u>○安<u>些</u>○軒<u>些</u>○山<u>些</u>○連<u>些</u>○寒<u>些</u>○湲<u>些</u>○蘭<u>些</u>○筵<u>些</u>

以上韻字後帶有「些」字的共一例。

（三十一）二十六句十三韻，韻字後有虛字：○A<u>些</u>○A<u>些</u>○A<u>些</u>○
A<u>些</u>○A<u>些</u>○A<u>些</u>○A<u>些</u>○A<u>些</u>○A<u>些</u>○A<u>些</u>○
A<u>些</u>○A<u>些</u>

篇名	韻例
招魂	○方<u>些</u>○梁<u>些</u>○行<u>些</u>○芳<u>些</u>○羹<u>些</u>○漿<u>些</u>○鶬<u>些</u>○爽<u>些</u>○餭<u>些</u>○觴<u>些</u>○涼<u>些</u>○漿<u>些</u>○妨<u>些</u>

以上韻字後帶有「些」字的共一例。

上面所列示的三十一個韻例表，實際上總共涵括了《楚辭》所應用的四十四種韻式，體現了《楚辭》多變的用韻特色，迥異於《詩經》用韻的規整性。

第二節　韻例之分析

就上一節歸納的結果，我們總共獲得 538 個韻例，亦即有 538 個韻段。觀察各韻段在全部四十四種韻式中的歸屬，以及在《楚辭》各篇中的分佈情形，可得一統計表如下：

〈《楚辭》韻例分析表〉

韻段句式	韻式	虛字	離騷	九歌	天問	九章	遠遊	卜居	漁父	九辯	招魂	大招	合計
二	二句連韻			14	4			1		4			23
	二句連韻	兮							2				2
	二句連韻	乎						3					3
三	三句兩韻							1					1
	三句連韻			2						1			3
四	四句兩韻		88	3	64	93	25		1	16	5		295
	四句兩韻	也	3			4							7
	四句兩韻	之	1		18								19
	四句兩韻	焉			5								5
	四句兩韻	兮				19							19
	四句兩韻	乎						1					1
	四句兩韻	些									12		12
	四句兩韻	者乎								1			1
	四句三韻			3	17	7							27
	四句連韻			1						3			4
五	五句三韻						2						2
六	六句三韻		1	2		8		1		5			17
	六句三韻	也				1							1
	六句三韻	些									6		6
	六句三韻	只										4	4
	六句四韻			10									10
	六句五韻			1									1
	六句連韻									1			1
八	八句四韻			1		5	3		1	7	1		18
	八句四韻	兮				2							2
	八句四韻	些									4		4
	八句四韻	只										18	18
	八句五韻			1									1
九	九句五韻							1					1

句式	韻段	虛字											合計
十	十句五韻			1			5	1			1			8
	十句五韻	些										3		3
	十句五韻	只											3	3
十二	十二句六韻						3				1			4
	十二句六韻	只											1	1
十四	十四句七韻										1			1
	十四句七韻	些										2		2
	十四句八韻			1										1
十六	十六句八韻	乎							1					1
	十六句八韻	些										1		1
十八	十八句九韻	些										1		1
二十	二十句十韻						1							1
二十二	二十二句十一韻						1							1
二十四	二十四句十二韻										1			1
二十六	二十六句十三韻	些										1		1
合計			96	54	98	141	32	9	4	42	36	26	538

　　透過統計表，可知《楚辭》所使用的韻段句式、虛字的運用、以及各種韻式在《楚辭》各篇中的分佈情形如下：

　　1、《楚辭》所使用的韻段句式，計有二、三、四、五、六、八、九、十、十二、十四、十六、十八、二十、二十二、二十四、二十六等十六種，除了三、五、九等三種奇句句式，其餘皆屬偶句句式。句式短至二句，長達二十六句，如此懸殊的差距，恐怕有人要以為那些過長的句式，正是在韻部偶然相連的情況下產生的。但是我們曾說過，劃分韻段尚且需要進一步審視全文的起承轉合。以最長的韻段二十六句式為例，此種句式只出現於〈招魂〉，觀其文意，此二十六句所述盡是楚國九族室家的飲食之譜，終以「歸來反故室，敬而無妨些」句做結，言以美食誘得君魂急來歸還，反所居故室，子孫承事恭敬，希望長年平安無害，隔句連用一韻。其下韻轉，另起一段，言宴會上歌舞曼妙的情景，是以《楚辭》中出現有句數較多的韻段是可信的。只不過，《楚辭》中的長句式較少見，而是以四句式為主，約佔全數的 68%，儼然是《楚辭》的基本句式。推其原因，以同韻的數句敘述一事，本非易事；再者，四句式最易於配合詠唱者的呼吸，是一種最佳的入樂句式，因此，後代延用此四句式，並別創五、七言

的四句式詩體。〔註22〕

2、在虛字上的運用，《楚辭》一共使用了兮、乎、也、之、焉、些、者乎、只等八種虛字腳，並且這些虛字腳僅出現於韻段中的偶句式，至於三、五、九等三種奇句句式則未見。此八種虛字腳分佈於各篇的情形互有不同，除了〈遠遊〉全篇未出現過虛字腳之外，「兮」字大多出現於〈九章〉，〈漁父〉中也有二例，但是應用上是屬用「A兮A」的特殊韻式；「之」字完全出現於〈天問〉中；「些」字和「只」字則分別只出現於〈招魂〉和〈大招〉之中；「者乎」這種虛字詞在《楚辭》中極為罕見，只在〈九辯〉中出現一次，對《荀子》中之大量使用虛字詞，恐怕是有影響的。虛字腳的運用除了可以增加韻式上的變化，同時也透顯出《楚辭》各篇的用韻特色。

3、統計《楚辭》各韻段連韻的情形，有二句連韻、四句連韻、六句連韻，共34例，約佔全部韻段的7％，可見《楚辭》句句入韻的形式並不普遍。此外，首句的入韻與否，會直接影響到偶句式隔句押韻的整齊性，所謂隔句押韻的整齊性，如六句三韻式：「○A○A○A」，韻字彼此整齊間隔，只出現於偶句；當首句入韻時，就形成了六句四韻式：「AA○A○A」，韻字間的整齊間隔性被破壞了，形成了奇句、偶句皆出現韻字的情形；於奇句句式言，首句入韻反而使得韻字間得以整齊間隔，如五句三韻式：「A○A○A」。不過，除了連韻的情形外，《楚辭》中首句入韻的例子並不多見，總共只有40次，若除去反而使得韻字間整齊間隔的奇句句式，如五句三韻式和九句五韻式，再加上首句雖不入韻，而韻字位置同樣不整齊的三句二韻式「○AA」，那麼《楚辭》中韻字位置不整齊的情形，實際上只發生39次，換言之，《楚辭》的用韻大致上是整齊的隔句押韻，這種例子高達92％以上。

總之，《楚辭》的韻式是以偶句句式為主，其中四句式可說是《楚辭》用韻的基本句式，但是其中亦不乏奇句句式，以及多數句的句式。八種虛字腳共運用了113次，約只佔全數的21％，可見《楚辭》是以韻腳入韻為主，佔有79％的比例。於韻字位置的安排上，《楚辭》大致上保持著隔句用韻的方式，可見其用韻是疏密有致的。

〔註22〕王顯〈屈賦的韻例韻式〉一文中指出：「不有屈原，豈見律絕。」

第三章　《老子》韻例析論

　　先秦的子書中多帶有韻文，在時代上及地域上較符合本文所討論的先秦楚方言範圍的，有《老子》、《莊子》二部，然而《莊子》一書中信為莊周的作品，唯有內七篇，從中整理所得的韻例不足以析論之，因此本章只就《老子》一書中所載之韻文進行討論，至於屬《莊子》內七篇的部分韻例，將在本文第四章「先秦楚方言韻字析論」，以及第五章「先秦楚方言合韻析論」二章中，引為補證。

　　所謂「諸子韻文」，並不是說《老子》和《莊子》二書就如同《詩經》、《楚辭》一般，全篇用韻，事實上它們是以「散中有韻，韻中有散」的文章形式，來闡述其思想。這些先秦諸子因為多存韻語之故，可做為我們討論上古語音的材料，與《詩經》、《楚辭》等韻文，同樣具有價值。

第一節　韻例之歸納

　　關於《老子》韻文的歸納，清代江有誥的《先秦韻讀》〔註1〕應是首先全面整理之後的結果。江氏之後，姚文田《古音諧》也多所爬梳。近人高本漢更有《老子韻考》一文，應用他自己所謂新而更有系統的方法，獲得了獨特的結論，他以為《老子》韻文中有所謂「自由押韻」(Free Rime System)的現象。但董同龢認為這種說法是不合理的，舉其錯誤的由來有四項：「誤合兩韻為一韻」、「誤注字音」、

─────────────

〔註1〕載於江氏《音學十書》。

「誤斷字音」、「錯認韻腳」。〔註2〕董氏並以江有誥〈先秦韻讀〉中的《老子》部分來對照，舉證歷歷，推翻了高氏所謂「自由押韻」的獨特見解。〔註3〕

　　董氏之後，陳廣忠依據一九七三年長沙馬王堆三號漢墓出土的帛書《老子》，進行其中韻律方面的探索。陳氏以為江有誥的《老子》韻讀，由於所依的是託名河上公的本子，加之時代的侷限性，與帛書《老子》相較，錯、誤、異之處共有一六九例。陳氏能夠以新出土的地下材料為研究注入新活力，作法是可取的。關於江氏書中所可能造成的訛誤或脫落的地方，董同龢在應用時並不否認；〔註4〕今筆者參照江氏《老子韻讀》歸納《老子》的韻例時，自亦發現其疏失之處。〔註5〕然而是否就如陳氏所說的「用韻密是帛書《老子》的特色之一」，「帛書《老子》八十一章全部有韻」，則必須等我們歸納過全書韻例之後，在本章第二小節再進行討論。

　　本文歸納《老子》韻例的凡例如下：

1、本文主要依據帛書《老子》甲本的內容歸納韻腳，並參酌帛書《老子》乙本之內容。

2、帛書《老子》不分章，為了敘述方便，本文依照傳統八十一章的分法。先以韻式標目，其次依八十一章的章次羅列各篇韻例。

3、韻例中只摘錄入韻句句尾的實字，在韻式中以「A」表示。不入韻者不錄，僅用「○」表示其位置。

4、入韻句句尾若帶有也、之、乎等虛字，則在虛字下方劃一橫線，如虛字「也」作「也」。

5、歸部是依據陳新雄先生的《毛詩》韻三十部。

一、兩句連韻：AA

篇章	韻例
第一章	出謂、玄門
第二章	也隨、事教、居去
第五章	屈出、窮中

〔註2〕參見董同龢〈與高本漢先生商榷〉，頁1～3。

〔註3〕參見本文第一章第三節「先秦楚方言相關材料之介紹」。

〔註4〕同註2，頁4。

〔註5〕其實，江氏《先秦韻讀》於各種材料的處理上，總不免有或多或少的缺失，本文考證各篇材料的韻腳時，已部分提及。然以其所處時代的侷限性，並無需深究之。

第六章	死牝、門根、存勤
第七章	先存、私私
第十三章	驚身
第十四章	詰一、首後
第十五章	川鄰、〔註6〕客釋
第十六章	雲根、靜命、常凶、容公、全天
第十八章	和慈、亂臣
第二十章	訶何、惡若、畏畏、荒央、兆咳、累歸、遺蠢、昏悶、海止
第二十一章	容從、物忽、冥精、眞信〔註7〕
第二十二章	全正、盈新、得惑、爭爭、哉之
第二十四章	之居
第二十五章	成生、寂繆、改母、大逝、遠反
第二十六章	根君、行重、官若、本君
第二十九章	之巳
第三十章	主下
第三十二章	全均
第三十五章	象往、害太、餌止〔註8〕
第三十七章	作樸、樸辱、靜正
第三十八章	泊華
第四十一章	道笑、笑道
第四十五章	缺敝、靜正
第四十七章	戶下、牖道
第五十四章	身眞、家餘、鄉長、邦豐、下溥

〔註6〕川字，帛書甲乙本皆作水，於韻不合。今據通行本及江氏本改。

〔註7〕「其精甚眞」句，嚴靈峰說：「次解無此四字；疑係古文羼入正文；並脫去『冥兮窈兮』四字」。蓋上文『惚兮恍兮，其中有象；恍兮惚兮，其中有物。』則下當應之：『窈兮冥兮，其中有精，冥兮窈兮，其中有信。』則文例一律矣。」就文例觀之，嚴氏之說可從。然若就韻例來看，此句當與下文「其中有信」句押韻，且在嚴氏的說法中，「窈、信」二字音遠不得互押，故本文保留「其精甚眞」句，而以「眞、信」二字爲韻。

〔註8〕本句下有「『道』之出口，淡乎無味，視之不足見，聽之不足聞，用之不足既。」江氏以爲「味、見、既」爲「脂」「元」合韻，今依陳新雄的古韻三十部來看，味、既二字屬「沒」韻，見屬「元」部，音遠，本文不以爲韻。

第五十七章	也化、靜正、事富、欲樸
第五十八章	閔屯、察缺、禍倚、福伏
第五十九章	極國、母久
第六十五章	式德
第六十七章	寶保
第六十九章	客尺、行兵、臂敵〔註9〕
第七十三章	惡故、勝應、來謀
第七十六章	勝恆、下上
第七十八章	詬主、祥王
第七十九章	契徹、親人

以上共九十八例。

二、三句二韻：○AA

篇章	韻例
第二十八章	○雌溪、○辱谷〔註10〕
第五十二章	○門勤〔註11〕、○事棘〔註12〕

以上共四例。

三、三句連韻：AAA

篇章	韻例
第十章	有宰德
第十四章	微希夷、〔註13〕狀象恍
第十五章	樸濁谷、盈盈成
第十六章	道久怠
第二十章	熙牢臺

〔註9〕 「是謂行無行；攘無臂；扔無敵；執無兵」四句，江氏本據韻移「執無兵」句至「行無行」句後，可從。

〔註10〕 此處「谷」字脫重文符號，據乙本補之。

〔註11〕 此字甲本作「閟」（悶），乙本作「垸」，通行本作「兌」。字當訓穴，古書或作閟。《說文》閟字段玉裁注云：「古假閟為穴。《道德經》『塞其兌，閉其門』，兌即閟之省。」今據乙本改，故「閟」字不入韻。

〔註12〕 同註11。

〔註13〕 此三句乙本同，通行本則作「視之不見名曰夷，聽之不聞名曰希，搏之不得名曰微。」所以如此，蓋因通行本將揗訛為搏，與夷義不相應，遂改夷為微，而將「視之不見」句之微改為夷。

第二十章	古去父
第二十七章	迹讁策、師資迷
第三十章	老道早
第三十二章	有止殆
第三十六章	強淵人
第四十一章	費退類、谷辱足、偷渝隅
第五十四章	拔脫絕
第五十五章	螫搏固、老道早

以上共十九例。

四、四句兩韻：○A○A

篇章	韻例
第一章	○眇○噭
第四章	○紛○塵、○存○先〔註14〕
第八章	○淵○信
第十四章	○忽○物
第十五章	○清○生
第十八章	○義○僞
第二十章	○俚○母
第二十五章	○天○然
第二十七章	○師○資
第二十八章	○離○兒、○足○樸〔註15〕
第三十二章	○臣○賓〔註16〕

〔註14〕「銼其銳，解其紛，和其光，同其塵」四句，陳鼓應《老子今註今譯及評介》以爲是五十六章錯簡重出，因上句「淵兮似萬物之宗」與下句「湛兮似或存」正相對文。今以帛書甲乙本皆有此四句，故存之。

〔註15〕以下「知其白，守其黑」至「復歸於無極」諸句，通行本將之移在「知其白守其辱」至「復歸於樸」之前。學者以《莊子・天下》引「老聃曰」，僅有「爲天下谿」、「爲天下谷」二段，而無「知其白，守其黑」諸句，故疑爲後人竄入。今據帛書甲乙本知其附加早在漢以前。

〔註16〕「道常無名樸」句歷來有兩種斷句法：一爲「『道』常無名樸」；一爲「『道』常無名，樸（雖小）」。第二種斷句法是將樸字屬下讀，江有誥《先秦韻讀》屬之，故以「名、臣、賓」三字爲韻。高亨說：「名下疑挩之字。三十七章曰：『吾將鎮之以無名之樸』，無名之樸即道也，是其證。」今以高氏之說頗有理據，以「臣、賓」爲韻。

第三十七章	○爲○化 〔註17〕
第五十六章	○紛○塵
第五十七章	○貧○昏、○起○有
第六十四章	○土○下

以上共十七例。

五、四句三韻：AA○A

篇章	韻例
第七十三章	殺活○害
第七十八章	剛強○行

以上共二例。

六、四句連韻：AAAA

篇章	韻例
第十四章	道有始紀
第十九章	足屬樸欲
第二十二章	章明功長 〔註18〕
第二十九章	隨吹挫墮
第四十五章	詘拙絀訥 〔註19〕
第五十五章	常明祥強
第六十八章	武怒與下
第七十九章	怨怨善人

以上共九例。

七、五句四韻：AAA○A

篇章	韻例
第八章	治能時○尤

〔註17〕 此句甲乙本同作「道恆無名」，通行本則作「道常無爲而無不爲」。今以通行本所作於韻較合，甲乙本之誤在於誤載前面（一五八行，通行本第三十二章）「道恆無名」句於此。

〔註18〕 此二句當作「不自視故章，不自見故明」，始能與上文（通行本第二十四章）合，乙本不誤，據改之。

〔註19〕 甲本「大贏如炳」，通行本作「大辯若訥」，或疑此處有脫文。今據《韓詩外傳》引《老子》：「大直若詘，大辯若訥，大巧若拙，其用不屈」，絀與屈通，則此句亦可能是「其用不絀」。

以上共一例。

八、五句連韻：AAAAA

篇章	韻例
第十二章	盲聾爽狂妨〔註20〕
第三十九章	清寧靈盈正、〔註21〕裂發歇竭蹶〔註22〕
第五十九章	嗇服德克極

以上共四例。

九、六句三韻：○A○A○A

篇章	韻例
第十九章	○倍○慈○有
第六十四章	○貨○過○為
第六十七章	○勇○廣○長

以上共三例。

十、六句五韻：○AAAAA

篇章	韻例
第二十四章	○行〔註23〕明章功長

以上共一例。

十一、六句連韻：AAAAAA

篇章	韻例
第五十二章	始母母子母殆、明強光明殃常

以上共二例。

十二、兩句連韻，韻字後有虛字

1、A也A也

〔註20〕「五色令人目盲；五音令人耳聾；五味令人口爽；馳騁畋獵令人心發狂；難得之
貨令人行妨」五句，通行本作如是排列，文義整齊，而甲乙本皆顛倒錯亂，此處
依通行本。

〔註21〕通行本下有「萬物得一以生」句，嚴遵《道德指歸》（以下簡稱嚴遵本）無，與帛
書合，今採帛書本及嚴遵本。

〔註22〕通行本於竭字下有「萬物無以生將恐滅」句，嚴遵本無，與帛書本合，今採帛書
本及嚴遵本。

〔註23〕帛書甲乙本「炊者不立」句下疑有脫誤。又通行本此句下有「跨者不行」句，比
諸文例當有，今補之。

篇名	韻例
第一章	道也道也、名也名也
第二十七章	啓也解也
第三十二章	下也海也
第三十三章	富也志也、久也壽也
第三十四章	右也有也
第六十章	神也人也、人也傷也
第六十五章	治也知也

2、A兮A

篇名	韻例
第二十一章	恍兮象、忽兮物

以上韻字後帶虛字「也」的共十例；韻字後帶虛字「兮」的共二例。

十三、三句連韻，韻字後有虛字：A也A也A也

篇章	韻例
第二章	始也恃也居也
第五十一章	有也恃也宰也
第六十二章	注〔註24〕也寶也保也

以上韻字後帶虛字「也」的共三例。

十四、四句二韻，韻字後有虛字

1、○A也○A也

篇名	韻例
第一章	○始也○母也
第十六章	○篤〔註25〕也○復也、○常也○明也
第三十三章	○明也○強也
第六十四章	○持也○謀也
第六十五章	○賊也○德也

2、○A之○A之

〔註24〕 注字，乙本同，通行本作奧。注讀爲主，《禮記‧禮運》：「故人以爲奧也」。註：「奧，猶主也。」今以帛書甲、乙本皆作注，故采之。

〔註25〕 篤字，甲本作表，乙本作督，通行本作篤。《淮南子‧道應》引亦作篤。表或者是契字之誤。本文依通行本作篤。

篇名	韻例
第十七章	○譽<u>之</u>○侮<u>之</u>
第三十六章	○張<u>之</u>○強<u>之</u>
第六十六章	○下<u>之</u>○後<u>之</u>
第七十七章	○舉<u>之</u>○補<u>之</u>

3、○A<u>矣</u>○A<u>矣</u>

篇名	韻例
第七十一章	○尚<u>矣</u>○病<u>矣</u>

以上韻字後帶虛字「也」的共六例；韻字後帶虛字「之」的共五例；韻字後帶「矣」字的共一例。

十五、四句連韻，韻字後有虛字：A<u>也</u>A<u>也</u>A<u>也</u>A<u>也</u>

篇章	韻例
第二章	<u>生也成也形也盈也</u>

以上韻字後帶虛字「也」的共一例。

十六、六句三韻，韻字後有虛字：○A<u>也</u>○A<u>也</u>○A<u>也</u>

篇章	韻例
第六十四章	○判<u>也</u>○散<u>也</u>○亂<u>也</u>

以上韻字後帶虛字「也」的共一例。

十七、八句四韻，韻字後有虛字：○A<u>也</u>○A<u>也</u>○A<u>也</u>○A<u>也</u>

篇名	韻例
第九章	○保<u>也</u>○守<u>也</u>○咎<u>也</u>○道<u>也</u>

以上韻字後帶虛字「也」的共一例。

十八、十二句六韻，韻字後有虛字：○A<u>乎</u>○A<u>乎</u>○A<u>乎</u>○A<u>乎</u>○A<u>乎</u>○A<u>乎</u>

篇章	韻例
第十章	○離<u>乎</u>○兒<u>乎</u>○疵<u>乎</u>○知<u>乎</u>○雌<u>乎</u>○為<u>乎</u>

以上韻字後帶虛字「乎」的共一例。

十九、句中押韻

篇章	韻例
第十二章	腹目、彼此
第三十九章	祿玉、硌石

第四十四章　　　身親、貨多、亡病、愛費、藏亡、足辱、止殆、以久

以上共十二例。

第二節　韻例之分析

經由上述的歸納過程，我們不難發現不管是江有誥，或者是漢學家高本漢，二人所得的結果，均尚有未密之處。時代上的侷限性自然佔了最大的因素，因為他們都來不及看到時代更早的出土材料。再比較二人的研究成績，江氏恐怕要比高氏高明許多，原因如董同龢所說：「他（江氏）對於中國古書的了解自然要比外國人透澈，關於這一方面的見解就可靠得多。」〔註26〕董氏此說並非一種排外意識，乃是經過一番比對的功夫之後，所得到的一種事實。

晚近的研究者有幸見到馬王堆出土的帛書《老子》，並且能夠進一步應用於研究上，是一件可喜的事。根據陳廣忠〈帛書《老子》的用韻問題〉一文所指陳的，帛書《老子》中93％的句子都是有韻的，而且「帛書《老子》八十一章全部有韻。」然而根據筆者檢視帛書《老子》甲、乙二本，所得用韻的句子為493句，佔全篇1181句的42％，相距江氏的 483 句，佔全篇的40％，只多出了十處。這當中除了使用版本上的差異之外，筆者與江氏在某些意見上相左，也是原因之一。但是歸韻的情形大體上是相同的。至於陳氏歸納所得的結果竟然比江氏以及筆者，高出50％以上，這當中與陳氏主張帛書《老子》用韻密，並且八十一章全部用韻的看法是脫不了關係的。我們只須從該文所舉的例子中，便可看出端倪。陳氏曾舉第四十九章為例，說明帛書《老子》之所以用韻密的情形：

善（元部）者，善（元部）之；不善（元部）者，亦善（元部）之；

得善（元部）也。信（眞部）者，信（眞部）之；不信（眞部）者，

亦信（眞部）之；得信（眞部）也。

陳氏以為該章除了四個「善」字、四個「信」字為韻外，四個「者」字為奇句韻，四個「之」字為偶句韻，二個「也」字為遙韻。對於這樣的歸韻情形，筆者有以下兩點意見：

1、本章所言「善者」、「不善者」為兩個對比概念的並舉，且其中的「善」字屬形容詞；「善之」、「亦善之」二句的「善」字則為動詞。同一個「善」字，既有對比概念，也有詞類變化的應用，佈局整齊，未必是用韻的考量。而底下

〔註26〕同註2，頁4。

的「信」字情況也是如此。那麼，四個「善」字與四個「信」字是否算是入韻，應該是個見仁見智的問題了。

2、帛書《老子》中使用了大量的虛詞和語氣詞，其目的應該不是爲了入韻，乃是爲了便於「拖腔和過渡，詠唱自然而流暢」，至於眞正入韻的字，則往往是虛詞或語氣詞的上一字，用法接近《楚辭》帶虛字韻腳的入韻方式。因此本章中之、者、也等虛字即使格式整齊，足以用奇句韻、偶句韻、遙韻等韻式來解釋，但那只是偶然的情形，無關乎有意識的用韻。

如果以上的兩點意見可從，那麼以上陳氏所舉帛書《老子》第四十九章的韻例，以及該文中所舉的類似例子，便不足以採信，而所謂帛書《老子》「八十一章全部用韻」的說法也就不成立了。至於用韻的疏密問題，我們可以從下表所列帛書《老子》各章當中韻句所佔各篇總句數的百分比，來進一步觀察。

〈帛書老子各篇韻句比率表〉

篇章	韻句百分比	篇章	韻句百分比	篇章	韻句百分比
第一章	75%	第二章	72%	第三章	0
第四章	20%	第五章	20%	第六章	100%
第七章	44%	第八章	50%	第九章	20%
第十章	53%	第十一章	0	第十二章	88%
第十三章	0	第十四章	73%	第十五章	60%
第十六章	74%	第十七章	44%	第十八章	75%
第十九章	64%	第二十章	75%	第二十一章	88%
第二十二章	88%	第二十三章	0	第二十四章	42%
第二十五章	57%	第二十六章	89%	第二十七章	59%
第二十八章	35%	第二十九章	55%	第三十章	33%
第三十一章	0	第三十二章	79%	第三十三章	40%
第三十四章	20%	第三十五章	40%	第三十六章	58%
第三十七章	100%	第三十八章	0	第三十九章	63%
第四十章	33%	第四十一章	83%	第四十二章	0
第四十三章	0	第四十四章	100%	第四十五章	82%
第四十六章	0	第四十七章	44%	第四十八章	0
第四十九章	0	第五十章	0	第五十一章	17%
第五十二章	89%	第五十三章	0	第五十四章	65%
第五十五章	63%	第五十六章	13%	第五十七章	57%
第五十八章	78%	第五十九章	84%	第六十章	44%

第六十一章	0	第六十二章	19%	第六十三章	0
第六十四章	31%	第六十五章	35%	第六十六章	17%
第六十七章	12%	第六十八章	50%	第六十九章	55%
第七十章	0	第七十一章	29%	第七十二章	0
第七十三章	100%	第七十四章	0	第七十五章	0
第七十六章	30%	第七十七章	13%	第七十八章	50%
第七十九章	100%	第八十章	0	第八十一章	0

　　根據上表可知，帛書《老子》一章中屬百分之百用韻的，亦即句句押韻的，共有五章；押韻達 80% 的有八章；押韻達 70% 的有八章；押韻達 60% 的有四章；押韻達 50% 的有十一章；押韻達 40% 的有七章；押韻達 30% 的有六章；押韻達 20% 的五章；押韻達 10% 的有六章，至於全篇不押韻的則有二十一章之多。從這些數據看來，帛書《老子》確實有句句用韻的情形，但只有少數的五章，因此我們不能說「帛書《老子》全篇以句句押韻為主」。再者，我們以押韻達百分之六十做為各章用韻疏密的基點，[註27] 帛書《老子》用韻密的章數有二十五章，只佔總數的三分之一弱，以這不到一半之數，卻說用韻密為帛書《老子》的特色，似乎有所不妥，恐怕只能說明帛書《老子》具有用韻密的現象罷了。至於那些全篇不入韻的二十一章，則更說明了《老子》一書也具備了散文的形式。

　　再者，帛書《老子》韻式變化的特色究竟為何呢？在上一小節我們一共歸納得到十八種韻式，當中若再加上韻字後帶有虛字的變化，則達二十三種韻式。這些韻式相對於《楚辭》的四十三種韻式，似乎不足為奇，然而當這二十三種韻式是屬於《老子》全篇的二百零五個韻段時，我們便不得不說《老子》於用韻上的變化是甚於《楚辭》的。以下歸納《老子》的韻式變化，如下表所示：

〈帛書《老子》韻例分析表〉

韻段句式	韻 式 變 化	韻字後虛字	次 數
一	句中押韻：韻式十九		12
二	二句連韻：韻式一		98
	二句連韻：韻式十二（1）	也	10
	二句連韻：韻式十二（2）	兮	2

[註27]　其原因在於《詩經》、《楚辭》是以偶句押韻為主，大略估計其大部分篇章的韻句所佔比率應達百分之五十，因此本文以略高的百分比——百分之六十做為劃分帛書《老子》各篇用韻疏密的基點。

三	三句連韻：韻式三		19
	三句連韻：韻式十三	也	3
四	四句二韻：韻式四		18
	四句三韻：韻式五		2
	四句連韻：韻式六		9
	四句二韻：韻式十四（1）	也	6
	四句二韻：韻式十四（2）	之	4
	四句二韻：韻式十四（3）	矣	1
	四句連韻：韻式十五（1）	也	1
	四句連韻：韻式十五（2）	之	1
五	五句四韻：韻式七		1
	五句連韻：韻式八		4
六	六句三韻：韻式九		3
	六句五韻：韻式十		1
	六句連韻：韻式十一		2
	六句三韻：韻式十六	也	1
八	八句四韻：韻式十七	也	1
十二	十二句六韻：韻式十八	乎	1

　　透過上表可知，《老子》所使用的韻段有一、二、三、四、五、六、八、十二等八種句式，奇偶參雜，並以偶句式為主。其中尤以二句式的110次佔最多數，不同於《楚辭》以四句式為主。一句式的句中押韻是非常特別的，即使是在《詩經》、《楚辭》中都是罕見的。不過，《老子》中也只出現有十二、三十九、四十四等三章的12個韻例，這或許代表《老子》的某些篇章具有用韻密的傾向。此外，從各韻段句式所含括的韻式變化來看，二句式的113次中，韻式變化只有三種，相對於四句式的44次中，就有八種韻式的變化；六句式的少數 7 次中，就有四種韻式變化；三句式的26次中，也有三次的韻式變化，可見得《老子》用韻的變化是極其頻繁的，並且集中於四句式、六句式和三句式中。再觀察其韻式後帶有虛字的情形，《老子》運用的虛字有「也」、「之」、「矣」、「乎」、「兮」，其中以「也」字為主，佔全部27次的78%，與《楚辭》中以「兮」字為主的用法不同。但是總的來說，《老子》是以韻腳入韻為主，佔全部的87%，而入韻句句尾為虛字者，僅佔13%。這更充分說明了《老子》於虛字上的應用是接近《楚辭》的，作用在於「便於拖腔和過渡，詠唱自然而流暢」。

第四章　先秦楚方言韻字析論

　　本文討論先秦楚方言的韻部，是從以下二個方面著手：一是審查同部之內字類的變動狀況，二是觀察韻部分合上的不同情形，本章即從第一個方面著手，目的是拿各韻部與中古的《廣韻》韻目對照，定出各韻部的具體範圍，並且透過對韻字的觀察，比較先秦楚方言和《詩經》音，甚至下推兩漢時期的楚方言，看看同一韻部之內的韻字究竟產生了何種變動？

　　採用的韻例，其來源除了本文第二章、第三章所列舉的《楚辭》、《老子》、《荀子》等韻文的韻例之外，並且引用了相關古文字材料中的金文、帛書韻例，以及假借字的例證，〔註1〕以爲研究上的輔證。古文字材料中的假借現象，於古韻研究上究竟可以提供那些作用？史存直有如下的說明：

> 上古韻部之間的糾纏現象不僅可以從韻文關係和文字的諧聲關係得
> 到證明，同時也可以從古音的同音假借和異體字方面得到證明。〔註2〕

　　而當我們引用古文字方面的例證時，應持守以下兩點原則：

〔註 1〕假借字的定義，依照孔仲溫的說法：「所謂假借義，就是一種字義，它與該字的本義，引申義沒有關聯，純綷是透過語音的條件，使別的詞義或字義寄生在這個文字之上，而所產生的新義，就是假借義。」這個定義基本上已照顧到全部的假借字，因爲時間一久，假借的本字便難以推求，而使得我們難以判斷假借字是屬於「本無其字」、還是「本有其字」的情形。所以「假借義是必須採廣義假借的範疇，概念才能概括完整」。參見孔仲溫〈論假借義的意義及其特質〉一文，頁 35～36。

〔註 2〕參見史存直〈古韻「之幽」兩部之間的交涉〉，頁 309。

一、明確劃分材料的時代性和地域性

誠如周祖謨所說的：

> 研究古音，對所用的材料和時代要加以區分，同時也要注意材料的
> 地域性。西周和春秋時代的銅器，製作的時間各有不同，春秋時代
> 方國語音不同，研究時就不能不加區分。

選擇青銅器銘文須如此審慎，引用其他類別的古文字材料時，也當如此。本文於第一章第二節中，曾經討論過先秦楚方言區的劃分問題，其用意即在於確保所用例證的可信度。

二、凡是與考訂古音關係不大的假借字例，都擱置不談

古文字的假借情形，固然是以同音的為多，但是當中也有不少僅具備雙聲的，如楚帛書乙篇有朕讀為騰，朕屬「定」母「侵」部，騰屬「定」母「蒸」部，二字僅具雙聲關係。或是僅具疊韻關係的，如包山二號楚簡有雀讀為爵，雀屬「溪」母「藥」部，爵屬「精」母「藥」部，二字僅具疊韻關係，這種非同音的假借例，我們必須把它們剔除。此外，即使是屬於同音假借的例子，如果不能反映出音轉的關係，也當略去不談。如楚帛書乙篇有僌讀為漁，二字同屬「疑」母「魚」部，這種雙聲疊韻的同音假借例，我們也當略去不談，如同我們把沒有音轉關係的韻例擱置不談一樣。

以下首先就先秦楚方言各韻部與《廣韻》韻目對照，由較晚的時代上推至較早的時代，從而觀察各部韻字在時代更迭中所產生的變化情形。時而也與《詩經》音做比較，其用意在於體現部分方音上的差異。在討論之前，還有一點要說明的是，於韻部之下，每先列有各韻部與《廣韻》韻目之對照表，目的是為了方便研究。但是《廣韻》中時見有一字而分收於數韻的情形，這不免會造成我們歸韻上的困擾。所以，本文採取下列幾個解決的步驟：1、判斷義訓，就是根據韻文的取義而定。如度字，《廣韻》兩收；一收「暮」韻，取義「法度」；一收「鐸」韻，取義「度量」。在韻文中，有兼取二義的，如《楚辭》中，度字出現於〈離騷〉「競同容以為度」一句中，《楚辭註》：「度，法也。」另有出現於〈天問〉「圜則九重，孰營度之？」一句中，《補注》：「度，量度也。」故本文「魚」部韻字表兩收度字於「暮」韻和「鐸」韻。2、當分屬的兩個韻，義訓皆相當時，則按照羅、周二氏的處理方式，只取做為小韻之首的那一個音，如繚字，作「纏繞」之意，兩收於「篠」韻和「小」韻，以「小」韻之下的繚字乃屬小韻之首，故取之。

以下的討論，是依陰陽入三分的韻部次序，以韻部為綱，綱目大體上以一

個韻部做爲一個小標題，有時候爲了方便討論，也有合併討論兩個韻部以上的情形。

第一節　陰聲韻字析論

一、「之」部

先秦楚方言「之」部與《廣韻》韻目之對照如下表：

平		上		去	
脂	駓	旨	鄙		
之	茲詞之思期旗疑詒昭辭狸持娭治嚳時慈司基祺絲熙趣〔註3〕趣〔註4〕諆釐欺姬	止	芷止阯趾里理汜似恃子市以唉紀士已起始唉似喜己杞	志	志事餌
灰	煤媒	賄	悔	隊	佩
咍	來咍災哉咳臺	海	在茝醢待殆改采海倍宰怠	代	態載再
蒸	凝				
		等	能		
尤	尤謀牛㤢丘不	有	婦有否友右久不	宥	佑囿祐
				厚	畝母

先秦楚方言「之」部，以《廣韻》的「之」「止」「志」，「咍」「海」「代」等韻爲主，另收有「脂」韻的駓，「旨」韻的鄙，「灰」韻的煤媒，「賄」韻的悔，「隊」韻的佩，「蒸」韻的凝，「尤」韻的尤、謀、牛、㤢、丘、不，「等」韻的能，「有」韻的婦、有、否、友、右、久，「宥」韻的佑，「厚」韻的畝、母。

從段玉裁創古本音之說以來，《廣韻》「尤」韻的尤、牛、丘三字大抵歸之於上古的「之」部。段氏於〈古十七部本音〉說：

> 玉裁保殘守闕，分別古音爲十七部，凡一字而古今異部，以古音爲本音，以今音爲音轉，如尤讀怡，牛讀疑，丘讀欺，必在第一部而不在弟三部者，古本音也，今音在十八尤者音轉也，……〔註5〕

〔註3〕趣字，不見載於《廣韻》，然據趙世綱〈淅川下寺春秋楚墓青銅器銘文考索〉一文，（載《淅川下寺春秋楚墓·附錄》，p359），以爲趣字，可能假爲熙字，則趣、熙二字音當近，故本文亦列於「之」韻。

〔註4〕趣字，不見載於《廣韻》，今以同熙字諧聲，併列於「之」韻。

〔註5〕參見段玉裁《說文解字注》所附〈六書音均表〉之〈今韻古分十七部表〉。

尤、牛、丘等字，周、秦韻屬第一部，而今韻則轉入「之」「咍」諸韻之外的「尤」韻，即段氏所謂的古本音。從本文歸納先秦楚方言所得的韻譜來觀察，屬《廣韻》「尤」韻一類的尤、牛、丘等字，用韻情形如下表：

韻字	之部	幽部
尤	尤之（《楚辭·天問》）、尤之（《楚辭·惜誦》）、時疑娭治之否欺思之尤之（《楚辭·惜往日》）、治能時尤（《老子》八章）	
牛	牛來（《楚辭·天問》）、廚牛之〔註6〕（《楚辭·惜往日》）、都靡駈牛災〔註7〕（《楚辭·招魂》）	
丘	時丘之（《楚辭·哀郢》）	
久	畝芷〔註8〕（《楚辭·離騷》）、止里久（《楚辭·招魂》）、母久（《老子》五十九章）、以久（《老子》四十四章）	道久怠〔註9〕（《老子》十六章）、久壽〔註10〕（《老子》三十三章）

表中與尤字叶韻的共有五例；與牛字叶韻的有三例；與丘字叶韻的有一例，三字都僅和「之」部字互叶。而與久字叶韻的六個例子中，有四次和「之」部字叶韻，有二次與「幽」部字互叶。這些例子顯示了先秦楚方言中，屬中古《廣韻》「尤」韻的字與「幽」部字相叶的情形，只出現在《老子》中。關於這種情形，我們可以從語言的歷史脈絡來做解釋。羅常培、周祖謨於《漢魏晉南北朝韻部演變研究》一書中，指出：

> 兩漢這一部（「之」）大體和《詩經》音相同，惟有「尤」韻一類裡面
> 牛、丘、久、疚、舊幾個字和「脂」韻一類的龜字都歸入「幽」部。

「尤」韻的牛、丘、久諸字，在《楚辭》中本不與「幽」部字叶韻，到了兩漢的詩文裏，則演變成牛、丘二字都和「幽」部字通押，沒有例外，而久字也大都和「幽」部字押韻，〔註11〕當中的變化應該是漸進的。而《老子》的時代性晚於《楚辭》，且近於兩漢，正足以做為當中的過渡階段。林蓮仙認為：

> 牛、丘、久三字又得分別看待，大概牛、久與「之」部的關係密切

〔註6〕廚字屬「侯」部字，此為「之」「侯」合韻之例。
〔註7〕都字屬「魚」部字，此為「之」「魚」合韻之例。
〔註8〕畝字從久得聲，故亦得視為與「久」叶韻之一例。
〔註9〕道字屬「幽」部字，此為「之」「幽」合韻之例。
〔註10〕壽字屬「幽」部字，此為「之」「幽」合韻之例。
〔註11〕參見羅常培、周祖謨《漢魏晉南北朝韻部演變研究》，頁16～17。

些，丘則接近「幽」部，特別是《淮南子》裏未見有牛等字叶「幽」
部韻的。〔註12〕

《淮南子》一般肯定其具有濃厚的楚方言色彩，因此，林氏此說不無道理。不
過，當我們重新審視羅、周二氏的〈淮南子韻譜〉，「之」部以下除了牛字以外，
丘、久二字皆未見入韻，那麼，是否就此推斷兩漢時期的楚方言中，久、丘二
字不與「幽」部字押韻，實有待商榷。而《老子》中久字與「幽」部字押韻的
兩個例子，則至少說明了戰國時期的楚方言，久字已逐漸和「幽」部字產生關
係。牛、久、丘等「尤」韻字的音值，從上古近「之」部，演變到兩漢時期漸
向「幽」部靠攏，可說是上古漢語的一般趨勢，所不同的是，從先秦楚方言中
我們已經可以看到這種情形，而《詩經》中則尚未出現類似的例子。

二、「幽」部

先秦楚方言「幽」部與《廣韻》韻目之對照如下表：

	平		上		去
虞	孚				
蕭	調蕭聊寥彫				
肴	茅膠	巧	巧	效	孝
豪	牢	皓	好道考保草老寶早	號	好
尤	遊游求留流啾猶州修舟憂仇讎悠由秋愁楸漻繆浮	有	首懮醜守咎牖	宥	救秀霤壽
幽	幽				

本部以「豪」「皓」「號」，「尤」「有」「宥」韻爲主，另外有「虞」韻的孚，
「蕭」韻的調、蕭、聊、寥、彫，「肴」韻的茅、膠，「巧」韻的巧，「幽」韻的
幽。

從先秦楚方言「幽」部所涵括的《廣韻》韻目來看，主要韻目「尤」韻中
的部分字，如尤、牛、丘等字歸「之」部的情形，和《詩經》是相同的。不過，
在《詩經》「幽」部中也屬主要韻目的「幽」韻字，在先秦楚方言中，入韻者僅
見一幽字，並且只出現在《楚辭·惜往日》「流、昭、幽、聊、由」一例之中。
這種唯一例證的特殊現象，雖然證據較薄弱些，但參考《詩經》的情形，我們
也暫時歸入「幽」部。

〔註12〕參見林蓮仙《楚辭音均》，頁97。

三、「宵」部

先秦楚方言「宵」部與《廣韻》韻目之對照情形如下表：

平		上		去	
		篠	窕		
宵	遙姚昭撟	小	小眇兆	笑	笑照
				效	教效
豪	高逃			號	到鷔

本部以「宵」「小」「笑」韻爲主，另有「篠」韻的窕，「效」韻的教、效，「豪」韻的高、逃，「號」韻的到、鷔。

上古「宵」「幽」二部，從江永以來便已分別。江氏《古韻標準》第六部總論云：

> 按此部（「宵」）爲「蕭」「肴」「豪」之正音，今古皆同，又有別出一支與十八「尤」、二十「幽」韻者，乃古音之異於今音，宜入第十一部，本不與此部通，後世音變始合爲一。顧氏總爲一部，愚謂不然，此部之音，口開而聲大，十一部（「幽」）之音，口弇而聲細，《詩》所用畫然分明，⋯⋯

以「口開而聲大」、「口弇而聲細」作爲上古「宵」「幽」二部之分別，實在是江永的審音之功。不過由於「後世音變始合爲一」，使得《廣韻》「蕭」「肴」「豪」三韻字介於「宵」「幽」二部之間，糾葛莫辨。林蓮仙從整理《楚辭》的音韻當中，得到以下幾點認識：〔註13〕

1、「蕭」「篠」「嘯」的平聲字，古楚音以歸「幽」部爲主。

2、「肴」「巧」「效」的去聲字，《楚辭》音歸「宵」部，其平、上聲字則歸「幽」部。

3、「豪」「皓」「號」的上聲字，《楚辭》音也歸「幽」部，平聲字則歸「宵」部；至於去聲字，似乎是牙音歸「幽」，其餘的屬「宵」。

就筆者所整理的先秦楚方言材料，也可看出與上述三點意見大約一致的結果。不過，「豪」「皓」「號」的去聲字是否就是林氏所說的牙音歸「幽」，其餘的屬「宵」，恐怕很難以本文所見「號」韻極少的二個韻字，做爲先秦楚方言的實際情形。然而，先秦楚方言的「宵」「幽」兩部有相近的韻值，應是可以肯定的。

〔註13〕同註12，頁101。

四、「侯」部和「魚」部

先秦楚方言「侯」部與《廣韻》韻目之對照情形如下表：

平		上		去	
虞	駒軀渝愚儒拘輸樞	麌	侮主	遇	具數注
侯	廚偷隅侯	厚	詬厚取後偶	候	後構鬥

本部包括了「虞」「麌」「遇」，「侯」「厚」「候」諸韻。

先秦楚方言「魚」部與《廣韻》韻目之對照情形如下表：

平		上		去	
				眞	戲
魚	予居車魚疏如除鎮閭蹰衙舒餘且〔註14〕儢〔註15〕	語	與序野佇女舉渚所緒楚呂暑鋁簋〔註16〕	御	處去曙慮語遽譽御
虞	紆娛蕪衢躍㒇〔註17〕	麌	武輔宇舞雨羽父禹斧	遇	懼賦寓搏簠
模	狐姑都徂壺乎途鑪呼	姥	莽怒土古浦苦鼓涔溥補祖戶罟	暮	故圃固寠顧汙妒惡步
麻	家華姱霞瑕	馬	下馬者野且叚假	禡	舍假

本部包括了「魚」「語」「御」，「虞」「麌」「遇」，「模」「姥」「暮」，「麻」「馬」「禡」。

「魚」部的韻字極多，在先秦楚方言中算是一個寬韻，「侯」部的韻字較少，相對於「魚」部，顯然就只能算是個窄韻了。觀察「魚」「侯」兩部的韻例，可見先秦楚方言中「侯」部自韻的共有八例，與「屋」部合韻的有二例，與「魚」部合韻的有三例。董同龢認為，「侯」部字得與「魚」部字通押是《老子》和《楚辭》用韻的共同特色之一。〔註18〕而我們發現「魚」「侯」合韻的三個例子，全部只出現於《老子》，而不見於先秦楚方言的其他材料中，是以董氏之說似乎可以稍作修正，也就是說「魚」「侯」合韻不能說是《老子》和《楚辭》共同的用韻特色，但卻是先秦楚方言用韻的部份現象。

〔註14〕且字，《廣韻》兩收，一收「魚」韻，一收「馬」韻，皆韻下之小紐字，表「語辭」之意，故本文亦兩收之。

〔註15〕《廣韻》不收儢字，今以魚字屬「魚」韻，故亦收入「魚」韻。

〔註16〕《廣韻》不收簋字，查《說文》以虞字乃虞字之篆文，又虞字，《廣韻》收於上聲「語」韻，今亦據以收入「語」韻。

〔註17〕《廣韻》不見㒇字，今以無、蕪二字皆屬「虞」韻，㒇字當同入「虞」韻。

〔註18〕參見董同龢〈與高本漢先生商榷〉一文，頁10。

就韻字而言，鼓字首先引起我們的注意。鼓字一般都是入「魚」部「姥」韻，而鼓字所從之諧聲「壴」，學者則入於「侯」部。〔註19〕余迺永說：

> 《表稿》壴依中古音中句切入「侯」部「遇」韻*-t，從壴聲之鼓字即入「魚」部合口姥韻*-k，**敂**字失收，大概無法解釋，從壴亦聲，中古又同鼓音；不審金文**敂**、鼓同字，王孫鐘壴字做鼓，〔註20〕是**敂**、鼓均壴之累加意符孳乳字，本固不分，此由《詩》韻鼓與「魚」韻字叶，如〈陳風・宛丘〉二章之鼓、下、夏、羽，〈小雅・伐木〉二章之湑、酤、鼓、舞，〈采芑〉三章之鼓、旅，……
>
> 〔註21〕

從先秦楚方言來看，鼓字所押韻的字，皆「魚」部字，如《楚辭・東君》鼓、敂、姱、舞叶韻，《楚辭・國殤》鼓和馬、怒、野叶韻，《楚辭・禮魂》鼓和舞、古叶韻，《楚辭・招魂》以鼓和舞、下、楚、呂叶韻，但絕不見與「侯」部字押韻，或者可以說先秦楚方言裡的鼓、敂二字已自「侯」部入於「魚」部。

五、「歌」部和「支」部

先秦楚方言「歌」部與《廣韻》韻目之對照情形如下表：

	平		上		去	
支	離虧馳蛇爲蟻池施宜儀醨麾移籬奇隨吹罷	紙	蕊纚弛彼徙	寘	被倚義僞吹戲賵
					至	地
歌	何阿歌河荷罷陀酡多蘿他訶它苛	哿	可我		
戈	頗波	果	禍墮	過	過挫貨和
麻	差嗟嘉化蛇加	馬	也		

本部以「支」「紙」「寘」及「歌」韻爲主，另有「哿」韻的可、我，「戈」韻的頗、波，「果」韻的禍、墮，「過」韻的過、挫、貨、和，「麻」韻的差、嘉、嗟、化、蛇、「馬」韻的也。

〔註19〕 參見董同龢《上古音均表稿》，頁 151。董氏依中古音中句切入「侯」部「遇」韻*-t。陳新雄〈古韻三十二部諧聲表〉，也將鼓字入「魚」部，壴字則屬「侯」部。

〔註20〕 淅川下寺楚墓出土的〈王孫誥甬鐘〉有「永保敂之」一句，當中敂字即釋爲鼓。

〔註21〕 參見余迺永《兩周金文音系考》，頁12。

先秦楚方言「支」部與《廣韻》韻目之對照情形如下表：

平		上		去	
支	知觜規卑雌疵襬枝兒	紙	弭此		
齊	溪畦	薺	啓		
				至	致
佳	佳崖				

本部以「支」「紙」韻爲主，另有「齊」韻的溪、畦，「薺」韻的啓，「至」韻的致，「佳」韻的佳、崖。

「歌」「支」二部分別包括了中古《廣韻》「支」「紙」「寘」韻的部分字，顧炎武曾經離析《唐韻》的「支枝卮祇兒疵卑雌知」等字，歸於他的第二部（「脂」「佳」），而「爲麾撝糜隳蠃吹披陂羆隨虧窺奇犧羲宜儀皮離罹施漪」等字，則屬於他的第六部（「歌」「支」）。〔註22〕以本文「歌」「支」二部的韻字表，與顧氏所分做一比較，相去不遠，足以證明《廣韻》的「支」韻，於上古確實有兩個不同的源頭。〔註23〕

此外，我們發現分別屬於「歌」「支」二部的「支」韻字，彼此間竟也有交涉的情形，如《楚辭・少司命》離、知叶韻、《老子》二十八章離、兒叶韻，離字屬「歌」部的「支」韻，而知、兒二字則屬「支」部的「支」韻。不過，由於離字本身與同屬「歌」部「支」韻的其他字相叶的例子也有，如《楚辭・離騷》「離、虧」叶韻、《楚辭・大司命》「被、離、爲」叶韻，因此，我們不能就此將離字歸於先秦楚方言的「支」部，而只能視爲例外的合韻。

六、「脂」部和「微」部

先秦楚方言「脂」部與《廣韻》韻目之對照情形如下表：

平		上		去	
脂	祇夷私師資	旨	死雉兕牝	至	示比冀
齊	棲迷	薺	體底涕弟	霽	濟抵
皆	偕				

本部以「脂」「旨」「至」，「齊」「薺」「霽」韻爲主，另有「皆」韻的偕。

先秦楚方言「微」部與《廣韻》韻目之對照情形如下表：

〔註22〕參見顧炎武《古音表》，載於《音學五書》。

〔註23〕同註12，頁108。

平		上		去	
		紙	毀	寘	累
脂	衰悲遺追				
微	歸肥衣依譏妃飛微希幃			未	欷
皆	懷				
灰	嵬雷佪				
咍	哀				

本部以「微」韻爲主，另有「紙」韻的毀，「寘」韻的累，「脂」韻的衰、悲、遺、追，「未」韻的欷，「皆」韻的懷，「灰」韻的嵬、雷、佪，「咍」韻的哀。

王力曾經根據其對《詩經》中「脂」「微」二部押韻的統計結果，區分了「脂」「微」二部。所劃分的界限爲：「齊」韻應劃入古音「脂」部；「微」「灰」兩韻應劃入古音「微」部；「脂」「皆」兩韻是古音「脂」「微」兩部的雜居之地，其中開口呼的字應劃歸於古音「脂」部，合口呼的字應劃歸於古音「微」部。[註24]

本文歸納「脂」「微」二部的韻字表，其結果與王力的說法吻合。甚至如「皆」韻字，所見雖然只有「脂」部的偕字，以及「微」部的懷字，其中偕字屬於開口一等字，懷字屬於合口二等字，分別的情形非常明顯，可見先秦楚方言的「脂」、「微」二部，是接近《詩經》音的。

第二節　陽聲韻字析論

一、「蒸」部

先秦楚方言「蒸」部與《廣韻》韻目之對照情形如下表：

平		去	
蒸	懲凌興膺仍烝陵冰	證	勝應
東	弓雄		
登	恒		

本部以「蒸」韻爲主，另有「證」韻的勝、應，「東」韻的弓、雄，「登」韻的恒。

比較先秦楚方言和《詩經》中「蒸」部的韻字，所呈現的結果是同中有異

〔註24〕參見王力〈古音脂微質物月五部的分野〉，頁60。王氏所謂「開口呼」，是指「脂」「微」二韻的唇音字。

・70・

的。二者同樣以《廣韻》「蒸」韻爲主，但不同的是，先秦楚方言不見有仄聲字。而且，《詩經》中有「耕」韻的「宏閎弸泓」等字，而「耕」韻字不僅不出現於《楚辭》「蒸」部，也不見於先秦楚方言的「蒸」部中，〔註25〕因此「蒸」部不含「耕」韻字，可能是先秦楚方言的特點之一。

二、「冬」部和「東」部

先秦楚方言「冬」部與《廣韻》韻目之對照情形如下表：

	平	去	
東	中忠竆躬宮沖衷終融		
冬	懵	送	中眾
		絳	降

本部以「東」韻爲主，另有「冬」韻的懵，「送」韻的中、眾，「絳」韻的降。

先秦楚方言「東」部與《廣韻》韻目之對照情形如下表：

	平	上		去	
東	同功通本豐宮公聰聲				
				宋	誦
鍾	庸從逢封洶凶重容	腫	勇奉	用	縱
江	江邦			絳	巷

本部以平聲「東」「鍾」韻爲主，另有「宋」韻的誦，「腫」韻的勇、奉，「用」韻的縱，「江」韻的江、邦，「絳」韻的巷。

自孔廣森倡「東」、「冬」分立之說以來，學者咸遵用之。孔氏立論的根據如其於《詩聲類》卷五所云：

> 右類字（「冬」類）古音「東」「鍾」大殊，而與「侵」聲最近，與「蒸」聲稍遠。……今人之混「冬」於「東」，猶其併「侯」於「幽」也。「蒸」「侵」又「之」「宵」之陽聲；故「幽」「宵」「之」三部同條，「冬」「蒸」「侵」三音共貫也，宋儒以來，未睹斯奧，惜哉。

孔氏將「東」「冬」二分，對《詩經》音而言，是合於事實的。二部的範圍據《詩聲類》卷四〈陽聲四〉，「東」部包括《唐韻》平聲一「東」、三「鍾」、

〔註25〕林蓮仙以爲：「因爲《楚辭》韻未見有宏等『耕』韻字入韻，故本書無從判斷《楚辭》音『蒸』部是否也包了中古『耕』韻部分字在內。」而本文大範圍地整理先秦楚方言的材料之後，發現「蒸」部不含有「耕」韻字，可能正是先秦楚方言的特點之一。

四「江」，上聲一「董」、二「腫」、三「講」，去聲一「送」、三「用」、四「絳」。「冬」部據《詩聲類》卷五〈陽聲五〉上，包括《唐韻》平聲二「冬」，上聲二「腫」之半，去聲二「宋」。觀察先秦楚方言「東」「冬」二部，除了涵括的範圍較小之外，二部間的界限大約是和《詩經》一致的，似乎此「東」「冬」二部亦當分立。不過，由於先秦楚方言中，這兩部和其他韻部合韻的情形，比《詩經》音混亂，甚至違背江有誥所訂古韻「東」「冬」二部的界限，因此，本節對「東」「冬」二部的分合暫且不談，留待下一節討論過此二部合韻的情形之後，再下斷語。

三、「陽」部

先秦楚方言「陽」部與《廣韻》韻目之對照情形如下表：

	平		上	去	
陽	章央殃長張粻彰裳常芳方羊傷鄉陽揚湯颺良漿昌倡望翔房妨狂亡芒霊〔註26〕量糧湘強將涼霜佯攘洋祥梁嘗商王疆匡鵝鶬〔註27〕餳瀼〔註28〕莊		爽像象往上享饗	漾	尙匠將忘狀壯永恙讓向暢既
唐	荒當堂桑皇館浪琅康光狼行臧喪杭旁黃橫璜鵠觴明恍剛糠凰滂鋩〔註29〕		蕩 廣蕩		
庚	英衡坑兄羹卿行			映	迎病慶

本部以「陽」「養」「漾」，「唐」「庚」諸韻爲主，另有「蕩」韻的廣、蕩，「映」韻的迎、病、慶。

從韻字表看來，這一部包括了「陽」韻的平、上、去聲，「唐」韻的平、上、去聲，以及「庚」韻的平、去二聲，韻目範圍廣於《詩經》，因爲《詩經》「陽」部除了有平聲的「陽」「唐」「庚」三韻，另外就只有「唐」「庚」二韻的仄聲字，易言之，就是不包括「陽」韻的仄聲字。林蓮仙批評段玉裁〈六書音均表〉四把所有上古「陽」部韻字一律唸平聲的說法，是忽略了上古「陽」部仄聲韻存在的事實，應有斟酌的餘地。〔註30〕今從先秦楚方言的用韻實際來看，「陽」部

〔註26〕《廣韻》不收霊字，今以亡、芒等字皆入「陽」韻，則霊字亦入「陽」韻。

〔註27〕《廣韻》不載鶬字，今以霜字入「陽」韻，則鶬字亦入「陽」韻。

〔註28〕《廣韻》不載餳、瀼二字，今以傷、陽、湯諸字皆入「陽」韻，則餳、瀼二字亦入「陽」韻。

〔註29〕《廣韻》不載鋩字，今以光、恍二字入「唐」韻，則鋩字亦入「唐」韻。

〔註30〕同註12，頁126。

除了以「陽」「唐」「庚」三個平聲爲主要韻目外，實則包含這三韻的上、去聲韻，因此，我們可以確定先秦楚方言的「陽」部有仄讀的字。

四、「元」部

先秦楚方言「元」部與《廣韻》韻目之對照情形如下表：

平		上		去	
				㮇	悁
元	言軒婉媛姍原	阮	反遠蹇〔註31〕	願	遠願怨
寒	安蘭寒壇餐瀚	旱	散	翰	嘆爛
桓	盤搏曼完官蔓	緩	暖	換	伴亂判縵
刪	姦顏還			諫	患篡
山	閑間閒山湲				
先	淺			霰	見
仙	然遷愆延仙傳連筵蠉蜒騫嫣娟便全	獮	善踐	線	變援譔

本部以「元」「阮」「願」，「寒」「旱」「翰」，「桓」「緩」「換」，「仙」「獮」「線」諸韻爲主。另有「㮇」韻的悁，「刪」韻的姦、顏、還，「諫」韻的患、篡，「山」韻的閑、間、閒、山、湲，「先」韻的淺，「霰」韻的見。

《詩經》中以從扁聲字押韻的，有二例：一是〈巷伯〉二章「翩、人、信」三字叶韻，二見於〈桑柔〉二章「翩、泯、燼、頻」四字叶韻，在段玉裁〈六書音均表〉四，把這兩個例子放在第十二部，是「眞」部字的押韻，可見得段氏是把從扁聲的字歸於「眞」部。而陳新雄先生〈《毛詩》韻譜·通韻譜·合韻譜〉一文，也是將這兩個例子列於「眞」部之下。在楚方言中，屬於先秦時期的例子，只《楚辭·湘君》有「翩、淺、閒」一例。江有誥依《詩》韻，將之視爲「眞」「元」二部的合韻，陳新雄《古音學發微》「元」部〈群經韻譜〉亦然。在找不到其他更多更好的例證時，我們只好遵從舊說，將從扁得聲的字歸到「眞」部。而到了兩漢時期，我們也只能從馬王堆帛書《老子》見到有便（「元」）、偏（「眞」）二字假借的例子，因爲例證不夠充分，也使得我們難以確定兩漢的楚方言，是否有如羅常培、周祖謨所說「兩漢韻文中，如『篇翩編褊徧』等字，皆與『元』部相押」的情形。〔註32〕

〔註31〕 蹇字兩收於《廣韻》，一見於上聲「阮」韻，意爲跛也、屯難也，居免切；一見於上聲「獮」韻，意同爲跛也、屯難也，九輦切。今以二者意義皆同，歸屬難斷，故本文亦兩收之。

〔註32〕 同註11，頁38，〈兩漢韻文分論〉註1。

五、「耕」部

先秦楚方言「耕」部與《廣韻》韻目之對照情形如下表：

	平		上		去
庚	鳴生榮平驚					
耕	莖耕					
清	情征旌營成傾清聲程輕名貞纓瓊精爭盈	靜	靜	勁	正盛政
青	青星庭靈冥刑零醒廷寧經			徑	定聽

本部以平聲「清」「青」二韻為主，另有「庚」韻的鳴、生、榮、平、驚，「靜」韻的靜，「勁」韻的正、盛、政，「徑」韻的定、聽。

羅常培、周祖謨《漢魏晉南北朝韻部演變研究》一書，認為到了兩漢時代，「耕」部的情況大體如先秦之舊，微有不同的是，「陽」部而後代歸「庚」韻的部分字，如「京明兄英兵康行卿橫彭盟衡亨，永景丙梗，更競泳」等字到了東漢時代，一律轉到「耕」部來。就先秦楚方言來看，中古「庚」韻在先秦時代分別是屬於「陽」「耕」二部，屬「陽」部的「庚」韻字，有英、衡、坑、兄、羹、卿、行、兵、盲等字，以及一些去聲韻字，如迎、病二字；屬「耕」部的「庚」韻字有鳴、生、榮、平、驚，二部字大約是在羅、周二氏所說的範圍內，並且這兩部分的字，在用韻上也鮮有交涉的情形。

到了西漢時期，代表楚方言的《淮南子》所透顯出來的狀況是，這些「庚」韻的字既不出現於「陽」部，也不見於「耕」部中，而二人所列的「陽」部韻部表之下，則標明「行兵明等字在本部」，可見西漢時期楚方言陽部的「京明兄」等字，並沒有跑到「耕」部去。

六、「眞」部和「諄」部

先秦楚方言「眞」部與《廣韻》韻目之對照情形如下表：

	平		去	
眞	人民嬪身鄰轔陳陳神親眞臣賓塡	震	進信
諄	均			
先	天顛賓憐千淵賢玄年			
仙	翩川			
		映	命	

本部以「眞」「先」二韻為主，另有「震」韻的進、信，「諄」韻的均，「仙」

韻的翩、川，「映」韻的命。

先秦楚方言「諄」部與《廣韻》韻目之對照情形如下表：

	平		上		去
齊	西				
眞	塵貧垠	軫	忍隕軫閔		
諄	春屯純	準	蠢		
文	雲云文汶聞分紛墳雰君蘊				
欣	勤				
魂	門忳存溫昆昏屯湣〔註33〕尊芚	混	本	慁	悶
痕	根				
山	艱鰥				
先	先侁				

本部以「文」「魂」韻爲主，另有「齊」韻的西，「眞」韻的塵、貧、垠，「軫」韻的忍、隕、軫、閔，「痕」韻的根，「欣」韻的勤，「混」韻的本，「慁」韻的悶，「山」韻的艱、鰥，「諄」韻的春、屯、倫、循、純，「準」韻的蠢，「稕」韻的順，「先」韻的先、侁。

此二部分別有《廣韻》「眞」「諄」二韻的部分韻字，於押韻中亦劃然分用，可見應是獨立的兩部。不同於《詩經》的是，先秦楚方言「眞」部中絕不出現上聲字，而《詩經》「眞」部的韻字中，則有一上聲「軫」韻，並且分別出現於〈楚茨〉六章及〈召旻〉五章，這是先秦楚方言和《詩經》的小異之處。

七、「侵」部和「談」部

先秦楚方言「侵」部與《廣韻》韻目之對照情形如下表：

	平		上
東	風楓		
侵	心淫林沈		
覃	潭南		
		謙	湛

「侵」部包括了「東」「侵」「覃」「謙」四韻的部分韻字。

〔註33〕《廣韻》不見湣字，今以昏字入「魂」韻，則湣字亦入「魂」韻。

先秦楚方言「談」部與《廣韻》韻目之對照情形如下表：

平		上	
		敢	敢憺
鹽	淹炎詹	琰	漸
嚴	嚴		

本部包括了平聲「鹽」「嚴」二韻，及上聲「敢」「琰」二韻。

楚方言中，此二部的韻字均不多，從先秦至兩漢都只能算是窄韻。「談」部韻字雖少，尚包括有平、去二聲，而「侵」部則只有平聲字。然而二部的韻字雖少，但絕不混押，分用的情形是很明顯的，可見此二部應當是有所分別的。

第三節　入聲韻字析論

一、「職」部

先秦楚方言「職」部與《廣韻》韻目之對照情形如下表：

去		入	
至	備	屋	服牧福伏
志	意置異弒飤趨 [註34]	職	息極翼側測識殛億直食軾祂嗇式棘匿飾飭弋衹 [註35]
怪	戒怪	德	則得惑國北默德賊克忒
代	代		
宥	富		

本部為一獨立的入聲韻部，以入聲「職」「德」「屋」三韻為主，另有不少《廣韻》去聲韻字，如「至」韻的備，「志」韻的意、置、異、弒、飤、趨，「怪」韻的怪、戒，「代」韻的代，「宥」韻的富。

從先秦楚方言的韻例來看，「職」部在《廣韻》屬入聲韻和去聲韻的韻字，彼此有不通押的傾向。即使有通押的例子，然當中也必定參雜著「之」部的去聲字，如《楚辭·惜往日》「載、備、異、再、識」一例，其中載、再二字屬「之」部去聲，備、異二字屬「職」部去聲，識字屬「職」部入聲。顯示先秦楚方言「職」部去、入二聲有其分別。以下區分去、入聲韻的韻例如下表：

〔註34〕《廣韻》不見趨字，今以諧聲偏旁相同，與異字同入「志」韻。

〔註35〕《廣韻》不見衹字，今以諧聲偏旁相同，與弋字同收「職」韻。

篇章	去聲韻	入聲韻
《楚辭·離騷》		極服、服則、息服、極翼
《楚辭·天問》	戒代	惑服、極得、牧國、得殛、億極、極識
《楚辭·湘君》		極息惻
《楚辭·惜誦》		服直
《楚辭·哀郢》		極得
《楚辭·抽思》		北域側得息
《楚辭·惜往日》	代意置	
《楚辭·橘頌》		服國
《楚辭·遠遊》		得則、息德
《楚辭·卜居》		翼食
《楚辭·九辯》	意異	息軾得惑職直
《楚辭·招魂》	代意、怪備代	食得極賊
《老子》二十二章		得惑
《老子》五十八章		福伏
《老子》五十九章		極國、嗇服德克極
《老子》六十五章		式德、賊德

　　上表所列的例子，顯示先秦楚方言「職」部去、入聲字分用的情形，而我們從其他先秦楚方言材料如〈蔡侯鐘〉，也可看到「德、國、忒」三字押韻的例子，這三字同樣都是屬於「職」部的入聲字。這些例證，都明白指出「職」部去、入二聲的字，應該是有所分別的，並且這些去聲字大都只和「之」部字通押，如「意、事」（《楚辭·卜居》）、「佑、弒」（《楚辭·天問》）、「志、富」（《老子》二十三章）等等。

　　到了兩漢，「職」部去、入二聲除了有明顯的分用之外，並且根據羅常培、周祖謨所整理的〈兩漢詩文韻譜〉、〈淮南子韻譜〉、〈易林韻譜〉，我們發現「職」部去聲字與「之」部字有著大量押韻的情形，列舉如下：

〈兩漢詩文韻譜〉

　　富態（廷尉翟公〈署門〉）、事富（司馬相如〈封禪文〉）、置態（成帝劉驁〈惜賢〉）、態怪意喜（劉歆〈遂初賦〉）、意志思、異熹（馮衍〈顯志賦〉）、囿富（班固〈西都賦〉）、戒再俟在、載代（班固〈幽通賦〉）、治事備（班固〈奕言〉）、事富（崔駰〈司徒箴〉）、事囿備（張衡〈西京賦〉）志置思（馬融〈琴賦〉）、富喜異怪、意事淬（馬融〈長笛賦〉）、

笥事意記（邊韶〈對嘲〉）、備事（蔡邕〈彈茶賦〉）、事司鼇備（蔡邕〈胡廣碑〉）、載備載（闕名〈孔廟禮器碑〉）、富寺置值（無名氏〈涼州歌〉）、置誨（無名氏〈爰珍歌〉）

〈淮南子韻譜〉

志意來之（〈兵略篇〉）、使備（〈原道篇〉）、意待事司（〈主術篇〉）、治意（〈繆稱篇〉）、事意、事異、志富（〈齊俗篇〉）、事怪（〈說山篇〉）、佩富（〈說林篇〉）

〈易林〉

悔怪（豫之恆，蠱之恆，井之恆）、意怪志悔（復之隨，睽之隨）、悔富（咸之需）、怪祐（大壯之小畜）、怪海意（大壯之大過）、意志（家人之履）、態富（睽之同人）、代思（夬之旡妄）、態怪（革之既濟）、喜事富（升之大壯）、市富倍（困之豫）、待富（革之觀）、侍富（豐之渙，渙之大畜）、悔意（兌之觀）

以上這些例子，在兩漢的韻譜中，完全都歸於「之」部，可見這些在《詩經》音中原屬於「職」部的去聲字，到了兩漢時期已經完全和「之」部字合流了。而先秦楚方言裡的「職」部去聲字，除了與入聲字有分別的情形之外，並且也傾向和「之」部押韻，顯然先秦楚方言在這方面，可以做爲從《詩經》到兩漢中間的一個過渡時期。

至於如何處理這些從「職」部分出來的去聲字？本文主張將它們併入「之」部的去聲韻，因爲這些字和「之」部去聲字通押的情形已極爲明顯。

二、「覺」部和「屋」部

先秦楚方言「覺」部與《廣韻》韻目之對照情形如下表：

去		入	
號	告	覺	育腹竺燠復鞠
宥	就	錫	感寂
		屋	畜目淑穆
		沃	篤

本部以「覺」「錫」「屋」等入聲韻為主，另有「號」韻的告，「宥」韻的就，「沃」韻的篤。

先秦楚方言「屋」部與《廣韻》韻目之對照情形如下表：

入	
屋	祿木縠
燭	欲足屬辱谷俗玉曲
覺	濁樸

本部包括「屋」「燭」「覺」等入聲韻的少數字。

段玉裁在分部上有不少的創見，並且為後世所遵用。不過，他將「屋」「沃」「燭」「覺」這四個入聲韻併為第三部「尤」部的入聲，〔註36〕則引起學者的討論。江有誥在〈寄段懋堂先生書〉中即說：

> 表中以「屋」「沃」「燭」「覺」均為「幽」入，有誥則謂當以「屋」
> 「沃」之半配「幽」，以「燭」「覺」之半配「侯」也。

江有誥主張將「屋」「沃」之半配「幽」，「燭」「覺」之半配「侯」，王念孫也有相同的看法。王念孫以為當割「屋」「沃」「燭」「覺」四韻字之從屋、從谷、從木、從卜、從族、從鹿、從賣、從羑、從彔、從束、從獄、從豕、從曲、從玉、從蜀、從足、從局、從角、從岳、從殼之字，及禿、哭、粟、珏等字，都併為侯部的入聲。〔註37〕孔廣森則分析「屋」「沃」「燭」「覺」四韻，應承配「侯」「幽」「宵」三部。

從韻字表看來，先秦楚方言「屋」「覺」二部的韻字雖不多，但是彼此分立絕不混押，可為二部獨立的條件之一。再從合韻來看，屬「覺」部的入聲字不和「侯」部通押，而屬「屋」部的入聲字也不和「幽」部字交涉，足證江、王、孔三人之有見。

三、「藥」部

先秦楚方言「藥」部與《廣韻》韻目之對照情形如下表：

去		入	
笑	燿約	覺	邈
		鐸	樂
嘯	嗷		

〔註36〕參見段玉裁《說文解字注》所附〈六書音均表〉一。

〔註37〕參見王念孫〈與李方伯論古韻書〉，載《經義述聞》卷三十一。

本部包括去聲「笑」韻的燿、約，「嘯」韻的嗷，入聲「覺」韻的邈，「鐸」韻的樂。

先秦楚方言中，以「藥」部自韻的韻例只有一個，即《楚辭‧離騷》：

> 抑志而弭節兮，神高馳之邈邈；奏《九歌》而舞韶兮，聊假日以媮樂。

邈、樂二字爲韻。段玉裁〈六書音均表〉四第二部古本音云：

> 邈　貌聲在此部，屈賦一見，今入「覺」。

> 樂　樂聲在此部。《詩》〈關雎〉、〈溱洧〉、唐風〈揚之水〉、〈晨風〉、〈南有嘉魚〉、〈正月〉、〈隰桑〉、〈抑〉、〈韓奕〉九見；〈離騷〉與邈韻，〈遠遊〉與撟韻，今入「覺」。

從《廣韻》來看，樂字凡三見，一收入聲四「覺」，五角切，取義「音樂」；一收入聲十九「鐸」，音盧各切，取義「喜樂」；一收去聲三十六「效」，音五教切，取義「好也」。朱子註〈離騷〉「娛樂」一詞爲「娛樂」；〈遠遊〉「淫樂」一詞則註爲「樂之深也」，洪興祖《補注》也以「媮樂」之意釋「淫樂」，可見此二「樂」字當是取十九「鐸」之音，即「盧各切」一讀，段氏謂「今入『覺』」，似有討論之餘地。〔註38〕本文依前人的舊註諸說，以樂字入十九「鐸」韻。

四、「鐸」部

先秦楚方言「鐸」部與《廣韻》韻目之對照情形如下表：

去		入	
		藥	若
暮	度路錯暮惡璐慕露作	鐸	度薄博簿穫蠖廓索託酪尊漠壑絡硌作泊溥搏
禡	夜	陌	迫柏白客擇澤索
		昔	射釋蹠乂繹石昔尺螫

本部以「藥」「鐸」「陌」「昔」等韻爲主，另有去聲「暮」韻的度、路、錯、暮、惡、璐、慕、露、作，「禡」韻的夜。

孔廣森《詩聲類》卷九〈陰聲三〉云：

> 《唐韻》平聲九「魚」、十一「模」，上聲八「語」、十「姥」，去聲九「御」、十一「莫」，古音合爲一部，而轉入入聲十九「鐸」、二十「陌」、二十二「昔」。

〔註38〕同註12，頁144。

當中以十九「鐸」、二十「陌」、二十二「昔」為「魚」部入聲「鐸」部的範圍這是《詩經》音的情形。而先秦楚方言相較之下，則多一入聲「藥」韻，以及去聲「暮」、「禡」二韻的部分韻字。

五、「月」部

先秦楚方言「月」部與《廣韻》韻目之對照情形如下表：

	去		入
至	摯	月	越發月歇竭厥罰蹶
祭	蔽栧裔滋逝際說滯歲衛厲敝執	曷	達割
泰	艾害蓋汰大太外帶	末	末活拔脫
夬	敗邁眛	黠	察
怪	介殺	薛	折雪絕蠥缺裂緤孽 [註39]
廢	刈穢廢		
霽	契		

本部以去聲「祭」「泰」二韻，以及入聲「月」「末」「薛」韻為主。另有去聲「至」韻的摯，「夬」韻的敗、邁、眛，「怪」韻的介、殺，「廢」韻的刈、穢、廢，「霽」韻的契、入聲「曷」韻的達、割，「黠」韻的察。

「月」部是先秦楚方言中較廣的韻部之一，其範圍大致如王力所說的，除了「質」、「沒」兩部之外，凡是收 -t 尾的都是屬「月」部的字。

六、「錫」部

先秦楚方言「錫」部與《廣韻》韻目之對照情形如下表：

	去		入
霽	締	麥	畫策謫
卦	隘解	昔	積軛適益嗌役迹
		錫	績歷瀝擊狄惄惕敵
寘	臂		

本部以「麥」「昔」「錫」韻為主，另有去聲「霽」韻的締，「卦」韻的隘、解，「寘」韻的臂。大體而言，「錫」部近於《詩經》音。 [註40]

〔註39〕《廣韻》不收蠥字，今以薛守入《廣韻》「薛」韻，則蠥字當可入於「薛」韻。

〔註40〕陳新雄〈《毛詩》韻三十部諧聲表〉第十一部錫部云：「以上諧聲偏旁變入《廣韻》『寘、霽、卦、陌、昔、錫』」。

七、「質」部

先秦楚方言「質」部與《廣韻》韻目之對照情形如下表：

	去		入
至	至利致	質	日一逸匹詰室失馹〔註41〕
		術	衈
霽	替	櫛	瑟
		屑	節
		職	抑
		薛	徹

本部以入聲「質」韻爲主，另有入聲「術」韻的衈，「櫛」韻的屑，「屑」韻的節，「職」韻的抑，「薛」韻的徹，去聲「至」韻的至、利，「霽」韻的替。

王念孫於古韻分部的創見，有「至」部獨立一項，而王氏所謂「至」部，本文依陳新雄先生作「質」部。王氏以爲段玉裁十七部中，以「至」「霽」「黠」「薛」等韻屬十五部「脂」部；以「質」「櫛」「屑」三韻爲十二部「眞」部的入聲，有其不妥，遂重新釐析，而得到以下的結果：

> 去聲之「至」「霽」二部，及入聲之「質」「櫛」「黠」「屑」「薛」
> 五部中，凡從至、從㥁、從質、從吉、從七、從日、從疾、從悉、
> 從栗、從桼、從畢、從乙、從失、從必、從 、從節、從血、從徹、
> 從設之字，及閉、實、逸、一、抑、別等字，皆以去入同用，而
> 不與平上同用，固非「脂」部之入聲，亦非「眞」部之入聲，……
>
> 〔註42〕

上述王氏所舉諸字，既非「脂」部的入聲，也不是「眞」部的入聲，王氏遂獨立之，稱爲「至」部。拿先秦楚方言「質」部所對應的《廣韻》韻目，和王氏所列的韻目做一比較，發現先秦楚方言多了「職」「術」二韻，而少一「黠」韻。不過，觀察王氏《古韻譜》卷下所列「至」部韻譜中，實則包含有「職」韻之字。如《詩經‧假樂》三章有「抑、秩、匹」三字叶韻、《楚辭‧懷沙》有「抑、替」二字叶韻，二個韻例中的抑字，在《廣韻》中就是屬於「職」韻的字。王氏韻譜中不列「職」韻之名，只列有抑字，大概是因爲該韻入「質」部者僅一字，故略其韻目而不談。由此可見，先秦楚方言「質」部，與《詩經》應該有著大約一致的範圍。

〔註41〕《廣韻》不收馹字，今以匹字收於「質」韻，據以歸部。

〔註42〕參見王念孫〈與李方伯論古韻書〉。

八、「沒」部

先秦楚方言「沒」部與《廣韻》韻目之對照情形如下表：

去		入	
至	嘳類遂	沒	汨忽沒訥滑字
未	謂沫費	術	出
隊	昧退	物	屈詘物絀
代	慨愛	薛	拙

本部包括入聲「沒」「術」「物」「薛」韻，去聲「至」「未」「隊」「代」諸韻。

段玉裁的十五部「脂」部，及十二部「眞」部，說有未善之處，王念孫重新抽繹之，得一「至」部，而近人王力亦多所修正，他將段氏「脂」、「眞」二部當中部分的去、入聲韻，獨立成為「質」「物」「月」三個入聲韻部。王力云：

> 去聲「霽」韻、入聲「質」「櫛」「屑」三韻應劃入古音「質」部；去聲「未」「隊」兩韻，入聲「術」「物」「迄」「沒」四韻應劃入古音「物」部；去聲「至」「怪」兩韻、入聲「黠」韻是古音「質」「物」兩部的雜居之地，其中的開口呼應劃歸古音「質」部，合口呼應劃歸古音「物」部。〔註43〕

又云：

> 收-t 的韻部只有「質」「物」「月」三部，除了「質」「物」兩部的字以外，就是「月」部的字了。〔註44〕

王力將「質」「物」「月」三部的界限，劃分得很清楚，不過，若就不同材料做觀察，結果會有些不同。先秦楚方言「質」「沒」〔註45〕二部間的交集，只在於去聲「至」韻，和王力所說二部的「雜居之地」，範圍顯然小了些，易言之，先秦楚方言中二部的牽扯並不大。

九、「緝」部和「盍」部

先秦楚方言「緝」部與《廣韻》韻目之對照情形如下表：

〔註43〕參見王力〈古韻脂微質物月五部的分野〉，頁79。

〔註44〕同註43，頁85。

〔註45〕「沒」部即王力所稱的「物」部。

入	
緝	急立悒入集
合	合
洽	洽

本部包括「緝」「合」「洽」諸韻的少數字。

先秦楚方言「盍」部與《廣韻》韻目之對照情形如下表：

入	
葉	接涉
狎	甲
業	業

本部包括「葉」「狎」「業」諸韻的極少數字。

「緝」「盍」二部所承之平聲韻部，分別是「侵」部與「談」部。而「侵」「談」二部，江永《古韻標準》平聲第十二部總論中早有所分，江氏云：

> 二十一「侵」至二十九「凡」九韻，詞家謂之閉口音，顧氏合為一
> 部，愚謂此九韻與「眞」至「仙」十四韻相似，當以音之弇侈分為
> 兩部。

「音之弇侈」是「侵」「談」二部的分部標準，江氏的意思是要像「神珙等韻分『深』攝為內轉，『咸』攝為外轉」一般，據聲之弇、侈、洪、細區別「侵」、「覃」以下的九個韻。弇、侈、洪、細談的是主要元音的開口度，與聲音大小之間的關係，開口度大者，其音洪大，「談」「盍」二部便是；開口度小者，其音細小，如「侵」「緝」二部。此外，先秦楚方言中，「緝」「盍」二部字雖然很少，但是在用韻上卻不曾出現混用的情形，一如「侵」「談」二部字，更加說明「緝」「盍」二部應當分立為二部。

第五章　先秦楚方言合韻析論

　　為了便於討論，我們在本章第一節先將各韻部的合用情形，總列為一表。然後再依陳新雄《毛詩》韻三十部的名稱，以陰陽入三分的次序進行討論。論述的原則是，某甲、乙兩部合韻的情形，如果在甲部已經說明了，到了乙部，便不再贅述。如「之」「幽」合韻，因為我們在「之」部裡已經有所討論，因此在「幽」部僅列舉其「之」「幽」合韻之目，而不再說明。

第一節　陰陽入三聲韻部合韻次數統計表

〈陰陽入三聲韻部合韻次數統計表〉

陰聲合韻			陽聲合韻			入聲合韻			陰陽入合韻		
韻部	出處	次數	韻部	出處	次數	韻部	出處	次數	韻部	出處	次數
之幽	楚辭	4	蒸陽	楚辭	1	職覺	楚辭	1	之職	楚辭	2
	老子	4		老子	0		老子	0		老子	2
	莊子	0		莊子	0		莊子	0		莊子	0
	金文	4		金文	0		金文	0		金文	1
之宵	楚辭	0	東陽	楚辭	1	屋鐸	楚辭	0	之沒	楚辭	1
	老子	2		老子	6		老子	1		老子	0
	莊子	0		莊子	0		莊子	0		莊子	0
	金文	0		金文	1		金文	0		金文	0
之侯	楚辭	1	蒸元	楚辭	1	錫鐸	楚辭	1	幽東	楚辭	2
	老子	0		老子	0		老子	0		老子	0

韻	典籍	數	韻	典籍	數	韻	典籍	數	韻	典籍	數
	莊子	0		莊子	0		莊子	0		莊子	0
	金文	0		金文	0		金文	0		金文	0
之魚	楚辭	1	蒸諄	楚辭	1	月質	楚辭	0	幽覺	楚辭	2
	老子	2		老子	0		老子	1		老子	1
	莊子	0		莊子	0		莊子	0		莊子	0
	金文	0		金文	0		金文	0		金文	0
之歌	楚辭	0	東陽	楚辭	1	月沒	楚辭	3	幽之覺	楚辭	1
	老子	1		老子	6		老子	0		老子	0
	莊子	0		莊子	0		莊子	0		莊子	0
	金文	0		金文	1		帛書	2		金文	0
之支	楚辭	0	東冬	楚辭	1	緝鐸	楚辭	0	宵藥	楚辭	4
	老子	1		老子	0		老子	1		老子	1
	莊子	0		莊子	0		莊子	0		莊子	0
	金文	0		帛書	1		金文	0		金文	0
幽宵	楚辭	1	東元	楚辭	1				侯屋	楚辭	2
	老子	2		老子	0					老子	0
	莊子	0		莊子	0					莊子	0
	金文	0		金文	0					金文	0
幽魚	楚辭	1	東侵	楚辭	1				魚陽	楚辭	1
	老子	0		老子	0					老子	1
	莊子	0		莊子	0					莊子	0
	金文	0		金文	0					金文	0
幽侯	楚辭	0	冬東侵	楚辭	1				魚元	楚辭	1
	老子	2		老子	0					老子	0
	莊子	0		莊子	0					莊子	0
	金文	0		金文	0					金文	0
宵魚	楚辭	1	陽耕	楚辭	1				魚鐸	楚辭	16
	老子	0		老子	0					老子	2
	莊子	0		莊子	0					莊子	0
	金文	0		帛書	1					金文	1
侯魚	楚辭	0	陽冬	楚辭	2				魚月	楚辭	1
	老子	3		老子	0					老子	0
	莊子	0		莊子	0					莊子	0
	金文	0		帛書	1					金文	0

魚歌	楚辭	1	陽元	楚辭	1	脂諄元	楚辭	1
	老子	0		老子	0		老子	0
	莊子	0		莊子	0		莊子	0
	金文	0		金文	0		金文	0
歌支	楚辭	2	陽眞	楚辭	1	微諄	楚辭	1
	老子	3		老子	2		老子	1
	莊子	0		莊子	0		莊子	0
	金文	0		金文	1		金文	0
歌脂	楚辭	0	陽談	楚辭	1	諄質	楚辭	1
	老子	0		老子	0		老子	0
	莊子	0		莊子	0		莊子	0
	金文	0		金文	0		帛書	1
歌微	楚辭	3	多諄	楚辭	0	元鐸	楚辭	0
	老子	0		老子	1		老子	1
	莊子	0		莊子	0		莊子	0
	金文	0		金文	0		金文	0
歌脂微	楚辭	1	耕元	楚辭	0	支錫	楚辭	0
	老子	0		老子	1		老子	1
	莊子	0		莊子	0		莊子	0
	金文	0		金文	0		金文	0
支脂	楚辭	1	耕眞	楚辭	8	脂質	楚辭	2
	老子	0		老子	3		老子	0
	莊子	0		莊子	3		莊子	0
	金文	0		金文	1		金文	1
脂微	楚辭	4	眞元	楚辭	1	耕鐸	楚辭	1
	老子	0		老子	4		老子	0
	莊子	0		莊子	0		莊子	0
	金文	0		金文	0		金文	0
			眞諄	楚辭	7			
				老子	2			
				莊子	0			
				金文	0			

			楚辭	5						
	諄		老子	0						
	元		莊子	0						
			金文	0						
	耕		楚辭	1						
	眞		老子	0						
	諄		莊子	0						
			金文	0						

第二節　陰聲韻部合韻析論

一、「之」部

　　表中所見「之」部與他部合韻的情形為：「之」「幽」合韻 12 次，「之」「宵」合韻 2 次，「之」「侯」合韻 1 次，「之」「魚」合韻 3 次，「之」「歌」合韻 1 次，「之」「支」合韻 1 次，「之」「職」合韻 5 次，「之」「沒」合韻 1 次，「幽」「之」「覺」合韻 1 次。其中，「之」「幽」合韻的次數最多，並且從望山二號楚簡也可看到毀（樞）這樣一個「之」「幽」二部假借的例子，因此，引起學者的討論。董同龢〈與高本漢先生商榷〉一文，認為「之」部和「幽」部可以通押，是《楚辭》和《老子》共有的用韻特色，並且是上古楚方音的特色。然而「幽之」合韻是否真的是上古楚方音的特色，我們還必須拿它和其他材料做比較，如果比較的結果證明「之幽」合韻的情形在先秦楚方言中，確實較其他材料來得突出，那麼，我們便可以承認此種說法。以下取《詩經》音〔註1〕和先秦楚方言做比較，列表如下：

〈之幽二部合韻比率表〉

	之部自韻	幽部自韻	之幽合韻	之幽合韻比例
詩經	140	122	6	2.3％
先秦楚方言	95	29	12	9.6％

　　先秦楚方言裡「之」「幽」合韻的例子，所佔比例為 9.6％，而《詩經》音中則只佔了 2.3％，之間有四倍以上的差距，突顯了先秦楚方言「之」「幽」合

〔註1〕　本文探討《詩經》各部的用韻情形，係根據陳新雄〈《毛詩》韻譜‧通韻譜‧合韻譜〉一文統計而得。以下皆仿此例。

韻的特點，證實董氏的意見，並非臆說。

至於是否將「之」「幽」二部合為一部，恐怕未必。因為「兩韻通叶並非兩韻音值完全相同的表現」。〔註2〕先秦楚方言「之」「幽」合韻的比例雖高過《詩經》音許多，但是「幽」部自韻的現象，還是較二部合韻的情形明顯。並且，兩漢時期表現楚音的《淮南子》，其「之」「幽」二部也還只是持續著相當的關係，甚至有淡化的傾向。〔註3〕因此，本文以「之」「幽」為獨立的兩個韻部。

二、「幽」部

表中所見「幽」部與他部合韻的情形為：「幽」「之」合韻 12 次，「幽」「宵」合韻 3 次，「幽」「魚」合韻 1 次，「幽」「侯」合韻 2 次，「幽」「覺」合韻 3 次，「幽」「之」「覺」合韻 1 次，「幽」「東」合韻 2 次。「宵」部和「幽」部有 3 次合韻的次數，並且在古文字材料中，也有不少二部假借的例證，如〈者汈鐘〉有汈（「宵」）咎（「幽」）二字假借、《楚帛書》甲篇有??（「宵」）咎（「幽」）二字假借、〈鄂君啓舟節〉有澮（「宵」）油（「幽」）二字假借等，可見「宵」部是「之」部以外，和「幽」部的關係較為密切的韻部。「幽東」合韻的例子，分別出現在《楚辭‧離騷》有「同、調」二字叶韻，以及《楚辭‧天問》有「龍、游」二字叶韻，其中「同、調」二字叶韻的例子，因為受到學者們不承認《詩經‧車攻》「調、同」二字為韻的影響，而受到了質疑。〔註4〕不過，段玉裁《六書音均表》四〈詩經韻分十七部表〉第九部合韻「調」字下注云：

> 本音在第三部，讀如「椆」。〈車攻〉以韻同字、屈原〈離騷〉韻同字、東方朔〈七諫〉以韻同字，皆讀如「重」，此古合韻也。潘岳〈藉田賦〉以「茅」韻「農」。束皙〈勸農賦〉以「曹」韻「農」，《韓詩》

〔註2〕參見董同龢〈與高本漢先生商榷〉一文，頁 11。

〔註3〕羅常培、周祖謨《漢魏晉南北朝韻部演變研究》所載〈淮南子韻譜〉中，「之」部自韻 31 次，「幽」部自韻 19 次，其中「幽」「之」合韻只有 3 次，所佔比例僅5%。

〔註4〕《楚辭‧離騷》：「曰勉升降以上下兮，求矩矱之所同。湯禹儼而求合兮，摯咎繇而能調。」對於當中「同、調」二字是否為韻，學者們有下列幾種說法：一、無韻說，如江有誥《楚辭韻譜》認為是「無韻」。二、誤效之說，江永《古韻標準》以為是誤效《詩經‧車攻》：「決拾既佽，弓矢即調，射夫既同，助我舉柴」的韻式，戴震《屈原賦注》從之。二是改讀說，如吳棫《韻補》以調字入一「東」，朱熹《楚辭集注》從之。三是改字說，如朱駿聲《離騷補注》疑「調皆當作詞」、孫詒讓《札迻》以為同乃周字之形訛。

「橫『由』其畮」,《毛詩》作「橫『從』。……皆第三部、第九部開
通之義。江氏謂〈車攻〉調、同非韻,〈離騷〉、〈七諫〉爲古人相效
之誤,其說似是而非。

段玉裁所舉的諸多例證,說明從《詩經》以迄兩漢之文,多有「幽」「東」合韻
之例,而不必如江永一般斥爲「古人相效之誤」。而且《楚辭·天問》「龍、游」
二字叶韻,除了朱熹《集註》有「虯,或在龍字上,以韻叶之,非是」的反對
意見外,大體而言是受到肯定的。如黃季剛先生說:

《詩》之龍字,皆在「東」韻,而《楚辭》以韻遊(以音理言之,
猶農有獳音),是戰國時楚音有此。〔註5〕

而段玉裁如同其承認「同調」叶韻爲「幽」「東」合韻之例,也認爲「龍、遊」
二字韻叶。其《六書音均表》四〈詩經韻分十七部表〉第三部古合韻「龍」字
下注曰:

本音在第九部,屈賦〈天問〉合韻「遊」字,讀如「留」。

因此,本文也同意先秦楚方言裡,存在著兩個「幽東」合韻的例子。而「幽」
部可以和陽聲韻「東」部叶韻,較諸「之」部絕不與陽聲韻交涉,更是先秦楚
方言裏「之」「幽」二部的界線。

三、「宵」部

表中所見「宵」部與他部合韻的情形爲:「之」「宵」合韻 2 次,「幽」「宵」
合韻 3 次,「宵」「魚」合韻 2 次,「宵」「藥」合韻 5 次。「宵」部與「之」部就
《詩經》音而言,這是不叶韻的兩個韻部,而在先秦楚方言中卻可叶韻 2 次,
可能正是方音上的差別。「宵」部與「藥」部的合韻次數最多,較之於「藥」部
僅有一次自韻的情形,似乎二部有其合併爲一部的條件,然而實在有所不宜。
王力曾經分析考古、審音二派意見的分歧,他說:

兩派主要分歧表現在「職」「覺」「藥」「屋」「鐸」「錫」六部是否獨
立,這六部都是收音於-k 的入聲字。如果併入了陰聲,我們怎樣了
解陰聲呢?如果說陰聲「之」「幽」「宵」「侯」「魚」「支」六部既以
元音收尾,又以清塞音-k 收尾,那麼,顯然不是同一性質的韻部,
何不讓它們分開呢?

一方面爲了避免影響對陰聲韻字的觀察,另一方面則是因爲陰聲韻部與入聲韻

〔註5〕參見黃季剛〈論音之變遷由於時者〉一文,載錄於《黃侃論學雜著》,頁 103。

部的性質根本不同，所以本文仍將「宵」「藥」二部分別獨立，並以「藥」部做爲「宵」部的入聲韻部。

四、「侯」部

　　表中所見「侯」部與他部合韻的情形爲：「之」「侯」合韻 1 次，「幽」「侯」合韻 2 次，「侯」「魚」合韻 3 次，「侯」「屋」合韻 2 次。

　　「侯」部和「魚」部字通押，董同龢認爲是「《老子》和《楚辭》的共同特色，也是上古楚方言的特色」。〔註6〕這個說法，除了論點本身之外，在材料上也都受到了後人的批評。陳文吉曾批評董氏乃「重蹈顧氏合『侯』於『魚』，其所據皆漢後轉音，非古本音也」。〔註7〕觀察董氏所舉三個《楚辭》的例子，一出自宋玉〈風賦〉，一出自宋玉〈神女賦〉，一出自《楚辭·哀時命》，此三篇據游國恩《楚辭概論》所考，均非宋玉所作，而是東漢以後人所僞託。〔註8〕那麼，董氏以爲「侯魚」通押爲《老子》和《楚辭》的共同特色的說法，自然要被推翻了。筆者以爲，董氏或許並非不察於自己所舉證材料的時代性，而是因爲他對於漢語語音史的分期過疏，〔註9〕其所劃定的上古音，範圍包括了先秦和兩漢，致使自己在立論上受到了誤導，因此他將這些出現於東漢時期的例子，也拿來討論上古音的情形。

　　照董氏之說，「侯」「魚」二部通押之所以爲上古楚方音的特色，是「與《詩經》韻部對比而得的」，查《詩經》「侯」部共有三十一個韻例，其中「魚」「侯」合韻也有三次，所佔比例爲 9.3％，而先秦楚方言裡「魚」「侯」合韻則佔了 23％，兩相比較之下，「魚」「侯」合韻自然也是先秦楚方音的特色之一。不過，「侯」部另有 61％的自韻比例，則支持我們將「侯」部獨立出來。

　　兩漢的情形，據羅、周二氏的研究指出：

　　　　「魚」「侯」兩部合用是西漢時期普遍的現象，這是和周秦音最大的

〔註 6〕同註 2，頁 7。

〔註 7〕參見陳文吉《《楚辭》古韻研究》，頁 113。

〔註 8〕參見游國恩《楚辭概論》，頁 226～229。

〔註 9〕董同龢《漢語音韻學》一書，將漢語史劃分爲五期：

　　　　一、上古音：包括先秦、兩漢。

　　　　二、中古音：隋唐兩代。

　　　　三、近古音：宋。

　　　　四、近代音：元明。

　　　　五、現代音：以國語爲主。

一種不同，作家之中除僅僅留下一兩篇文章的不算之外，像賈誼、
韋孟、嚴忌、枚乘、孔臧、淮南王劉安、司馬相如、中山王劉勝、
東方朔、王褒、嚴遵、揚雄、崔篆這些人的作品，沒有不是「魚」
「侯」兩部同用的。〔註10〕

因為「魚」「侯」兩部合用的情形太普遍，所以在二人所列的韻譜中，已不見
有一獨立的「侯」部，而都併入「魚」部去了。不過，如果我們將與楚方音
有密切關係的《淮南子》，重新過濾一番，會有不同的發現。以陳新雄的《毛
詩》韻三十部重新審視〈淮南子韻譜〉「魚」部，我們發現「魚」「侯」二部
平聲的三十七個韻例中，「魚」部自韻有 29 次，「侯」部自韻有 7 次，「魚侯」
通押只有一次。上聲二部的 65 個韻例中，「魚」部自韻有 52 次，「侯」部自
韻有 2 次，二部通押有 11 次。去聲二部的三十三個韻例中，其合韻情形較為
複雜，「魚」部自韻有 10 次，「侯」部自韻有 6 次，「魚」「侯」合韻有 2 次，
「侯」「屋」合韻 1 次，其餘都是「魚」「鐸」合韻之例。顯然地，《淮南子》
中的「魚」「侯」二部，關係並沒有那麼密近，而羅常培、周祖謨把《淮南子》
的「侯」「魚」二部也歸入「同用」之列的作法，是值得商榷的。

　　從先秦以來的楚方言，「魚」「侯」二部已有合用的傾向，一直到西漢時
期，二部也還是維持著合韻的關係，可見得先秦楚方言中「魚」「侯」二部關
係的發展，是比較穩定的。

五、「魚」部

　　表中所見「魚」部與他部合韻的情形為：「之」「魚」合韻 3 次，「幽」「魚」
合韻 1 次，「侯」「魚」合韻 3 次，「宵」「魚」合韻 1 次，「魚」「歌」合韻 1 次，
「魚」「元」合韻 1 次，「魚」「月」合韻 1 次，「魚」「陽」合韻 2 次，「魚鐸」
合韻 19 次。

　　先秦楚方言中，「之」部和「魚」部都是屬於較寬的韻部，〔註11〕「之」「魚」
合韻，在《詩經》中未見，而先秦楚方言中則出現有 4 次，可見此二部的聲音
關係應該較《詩經》音為近。「魚」「陽」合韻，雖同樣不見於《詩經》音，然
而二部叶韻，確實有著音理上的依據。孔廣森《詩聲類》卷三云：

　　　　「陽」「唐」為「魚」「模」之陽聲，二部為相互轉。

彼此既有互轉的關係存在，因此我們可以承認《楚辭・離騷》迎、故二字叶韻，

〔註10〕參見羅常培、周祖謨《漢魏南北朝韻部演變研究》，頁 21。
〔註11〕參見本章第一節「之」部和「魚」部的韻字表。

〔註12〕以及《老子》七十六章下、上二字叶韻。

六、「歌」部和「支」部

　　表中所見「歌」部與他部合韻的情形爲：「之」「歌」合韻1次，「支」「歌」合韻5次，「歌」「脂」「微」合韻1次。而「支」部與他部合韻的情形爲：「歌」「支」合韻5次，「之」「支」合韻1次，「支」「脂」合韻1次，「支」「錫」合韻1次，「歌」「脂」「微」合韻1次。

　　「支」部是個窄韻，《詩經》音如此，先秦楚方言亦是如此，所以古人在用韻上甚少使用。〔註13〕從先秦楚方言的韻例看來，「支」部自韻有4次，而與其他韻部通押共有5次，情形如下：

　　《楚辭·少司命》　　　　　離知（「歌」「支」合韻）
　　《楚辭·大招》　　　　　　傂規施卑移（「歌」「支」合韻）
　　《老子》十章　　　　　　　離兒疵知雌爲（「歌」「支」合韻）
　　《老子》二十七章　　　　　啓解（「支」「錫」合韻）
　　《老子》二十八章　　　　　離兒（「歌」「支」合韻）

　　「歌」「支」二部通押的情形並不少，佔所有「支」部韻例將近半數的比例。表面上看來，「歌」「支」二部分別不大，但是從二部和其他韻部合韻的情形來觀察，則又有其足以分別的界線。

〈歌支二部合韻比較表〉

	微	脂微	脂	之	錫
歌	3	1	0	1	0
支	0	0	1	1	1

　　表中「歌」部與「微」部合韻3次，如果加上「歌」「脂」「微」三部合韻的例子，則有4次，「支」部則不與「微」部合韻。「支」部曾和「錫」部合韻一次，而「歌」部則未見與其他入聲字合韻的情形，這些都是「歌」「支」二部分別的界線。至於二部都分別與「之」部產生了合韻的例子，或者正是二部音的交集處。

　　羅常培、周祖謨發現在晚周的時候「歌」部字已經有跟「支」部字相通的

〔註12〕參見本文第二章〈楚辭韻例析論〉註5。
〔註13〕江有誥〈寄段茂堂先生原書〉云：「『支』部古用者甚少。」載江氏《音學十書》，頁6。

例子，如《楚辭·少司命》「離、知」爲韻，《老子·能爲》〔註14〕「離、兒、疵、爲、疵、知」爲韻，《老子·反樸》〔註15〕「雌、谿、谿、離、兒」爲韻，《莊子·在宥》「知、離」爲韻，《韓非子·揚權》「地、解」爲韻，《呂氏春秋·精諭》「疵、知、窺、離」爲韻。〔註16〕觀二氏所舉的例子，《韓非子·揚權》「地、解」二字押韻，在陳新雄的韻部系統裡應屬「歌」「錫」二部合韻之例，並且也不在先秦楚方言之列，而《莊子·在宥》以及《呂氏春秋·精諭》二例，時代也未必屬於先秦，〔註17〕除去這三個例子，剩下的都是屬於先秦楚方言的一部分。那麼，實際上所謂「晚周時期『歌』『支』通押的例子」，應該只發生在楚方言裡。一直到西漢的《淮南子》，「歌」「支」二部依舊保持著相當的音近關係。〔註18〕

另外，「支」「脂」「之」三分，自從段玉裁提出以來，在古音學上已置於不易的地位。段氏於《六書音均表》一〈今韻古分十七部表〉說：

> 五「支」六「脂」七「之」三韻，自唐人功令同用，鮮有知其當分者矣。今試取〈詩經韻表〉第一部、第十五部、第十六部觀之，其分用乃截然。且自三百篇外，凡群經有韻之文，及楚騷諸子秦漢六朝詞章所用，皆分別僅嚴，隨舉一章數句，無不可證。……三部自唐以前分用最嚴，蓋如「文」之與「庚」、「青」與「侵」，稍知韻理者皆知其不合用也。

於〈今韻同用獨用未允說〉又指出：

> 唐初功令，蓋沿陳隋之習而不師古，然如「支」與「脂」之同用，則唐以前上自《商頌》，下迄隋季，未見有一篇蹈此者。

段氏能夠細分「支」「脂」「之」三部，見解確然獨到，然而依據他的說法，似

〔註14〕相當於今通行本第十章。

〔註15〕相當於今通行本第二十八章。

〔註16〕同註10，頁25。

〔註17〕董同龢〈與高本漢先生商榷〉一文，列舉了一些非先秦楚方言材料中所出現的「眞」「耕」通押的例子，但同時又對這些例證有所懷疑。如二氏以爲「《易經》中有漢人附加的東西，不能視爲純北方作品」、「《管子》是僞書，甚不可靠」，而《韓非子》所見之處「都在《揚權》篇，這篇無疑是僞造的。」爲了材料的準確性，對於上述董氏所列舉的例子，我們當持以寧缺勿濫的謹慎態度來處理。

〔註18〕在〈淮南子韻譜〉中，「支」部的韻例有六個，其中獨韻4次，與「歌」部合韻2次，是其音近關係可見。

乎是「唐朝以前，『支』『脂』『之』一直只有分用而沒有合用。」〔註19〕若一本
段氏之說，則本文所舉關於「支」「脂」「之」三部的合韻之例，恐怕就不能成
立了。但是檢查《六書音均表》五〈群經韻分十七部表〉，發現段氏所舉的材料
並不包括《老子》，易言之，本文所見「之」「支」合韻的例子，正是段氏沒有
照顧到的地方。而《楚辭·遠遊》涕、弟二字押韻的例子，段玉裁是承認的，
並且歸到他的第十五部之下，若依後人的分法，這也正是一個「支」「脂」合韻
的例子，〔註20〕這些或許是段氏百密一疏之失。因此，我們從「支」「脂」「之」
三部分別有混押，並且和「歌」部之間都有合韻的情形看來，「支」「脂」「之」
三部的關係，在先秦楚方言中是密切的。此外，段玉裁曾經寫信答覆戴東原，
關於「支」「脂」「之」三部「何不列於一處」的原因。段氏云：

> 「之」「咍」音與「蕭」「尤」音近，亦與「蒸」近；「脂」「微」「齊」
> 「皆」「灰」音與「諄」「元」「寒」近；「支」「佳」音與「歌」「戈」
> 近，實韻理分劈之大耑。

就本文所證先秦楚方言「之」部韻字，到中古確有跑到「尤」韻的事實看來，
段玉裁所謂「『之』『咍』音與『蕭』『尤』音近」，並且「古七『之』字，多轉
入於『尤』韻中，而五『支』六『脂』則無有」，是非常正確的。不過，先秦楚
方言裡，「歌」部既和「支」部字通押，也和「之」「脂」二部通押，並且當中
「脂」「微」二部的關係尤近，〔註21〕和段氏所分就有些不符了，這更加證明先
秦楚方言中，「支」「脂」「之」三部的關係是密近的。然而段氏「支」「脂」「之」
三分的創見，還是值得遵用，本文中所見雖有「支」「脂」「之」三部合韻的例
子，〔註22〕但這些例證並不多，因此尚且不宜冒然地將它們合併。

七、「脂」部和「微」部

表中所見「脂」部與他部合韻的情形為：「歌」「脂」「微」合韻1次，「脂」
「諄」「元」合韻 1 次。而「微」部與他部合韻的情形為：「歌」「微」合韻 3
次，「歌」「脂」「微」合韻1次，「脂」「微」合韻4次，「微」「諄」合韻2次。

「脂」「微」二部之當分，早先是由王力所提出，並且得到了古韻學者的認
同，然而此說實則受有章炳麟之影響。章氏《文始》二云：

〔註19〕參見李尚仁〈試論段玉裁「支脂之」三分說闡述的偏頗〉，頁 73。

〔註20〕依陳新雄《毛詩》韻三十部，涕屬「脂」部，弟屬「支」部。

〔註21〕參見本章第一節〈陰陽入三聲韻部合韻次數統計表〉「陰聲合韻」一欄，其中「歌」
　　　「脂」「微」合韻 1 次，「脂」「微」合韻 4 次。

〔註22〕古文字材料所見也只〈越王旨者戈〉有戠（「支」部）癸（「脂」部）二字假借之例。

「隊」「脂」相近，同居互轉，若聿出內朮戾骨兀鬱勿弗辛諸聲韻，則《詩》皆獨用，而𦥑佳靁或與「脂」同用，及夫𠭥昧同言，坻汶一體，造文之則已然，亦同門而異戶也。

章氏自「脂」部別出「隊」部，王力則自章氏「脂」部又別出一「微」部，乃得自章氏「同門而異戶」之說的啟發。王力曾說：

我大致讚成章氏的廿二部。但是，我近來因為：（一）在研究南北朝詩人用韻的時候，有了新的發現；（二）看見章氏《文始》以歸蘁追等字入「隊」部，得了些暗示；（三）仔細尋求《詩經》的用韻，也與我的假設相符，於是我考定「脂」「微」當分為兩部。〔註23〕

王力將他所受章氏的這一層影響說得很明白。不過，根據陳新雄的考證，王力的「脂」「微」分部，除受有章炳麟以及他自己研究南北朝詩人用韻的影響之外，事實上，也受有戴震〈答段若膺論韻書〉中，把「眞」部與「質」部獨立，同時把與「眞」「質」相配的「脂」開三、「皆」開二、「齊」諸韻也獨立為「脂」部的影響。〔註24〕

《詩經》中「脂」「微」二部當分，那麼，先秦楚方言的情形又當如何？我們將兩份材料中「脂」「微」二部的韻例，統計如下表：

〈脂微二部合韻比率表〉

	脂部獨用	微部獨用	脂微合韻	脂微合韻比例
詩經	39	51	34	27%
先秦楚方言	7	11	5	27%

從表中可知，先秦楚方言「脂」「微」兩部的關係與《詩經》音相當，既然《詩經》中此為分立的二部，則在先秦楚方言中也應被視為二個獨立的韻部。從語音系統來看，先秦楚方言中與「微」部押韻的陽聲韻部為「諄」部，而與之相配的入聲韻部為「沒」部；與「脂」部押韻的陽聲韻部為「諄」「元」二部，入聲韻部則為「質」部。除了與「脂」部押韻的陽聲韻部有些許差異，大體而言先秦楚方言「脂」「微」二部與陳新雄所定古韻「脂」「微」二部是非常接近的，更可見「脂」「微」二部之當分。

〔註23〕參見王力〈上古韻母系統研究〉，頁83。

〔註24〕參見陳新雄〈戴震「答段若膺論韻書」對王力脂微分部的啟示〉一文，頁327～333。

　　陳文吉以爲從《楚辭》中「脂」「微」兩部皆可和「歌」部相通的情形看來，「脂」「微」兩部的關係又比《詩經》來得密切。〔註25〕從個別材料來看，情形是如此，但如果就一個更大的範圍來觀察，則又是另一種景況。這兩種結果我們都可以承認，只不過，透由全面性觀察所得的結果，應該會更接近先秦楚方言的實際情況。

第三節　陽聲韻部合韻析論

一、「蒸」部

　　表中所見「蒸」部與他部合韻的情形爲：「蒸」「諄」合韻1次，「蒸」「陽」合韻1次，「蒸」「元」合韻1次。

　　上一章裡，我們以先秦楚方言的「蒸」部與《廣韻》韻目對照之後，發現先秦楚方言「蒸」部與《詩經》的範圍，大同之中略有小異。從合韻來看，二者間的差別則更大，《詩經》音的「蒸」部分別與「之」部、「冬」部以及「侵」部合韻，其中和「侵」部合韻最頻繁，有8次之多。而先秦楚方言裡，「蒸」部則是分別和「陽」「元」「諄」三部合韻。《詩經》音裡，與「蒸」部合韻的對象包括陰聲韻和陽聲韻，而先秦楚方言與「蒸」部合韻的僅有陽聲韻，似乎表示先秦楚方言的「蒸」部與陰聲韻部的關係較爲疏遠。

　　另外，由於先秦楚方言中，關於「蒸」部和其他韻部合韻的例子，只出現在《楚辭》中，因此可以視先秦楚方言「蒸」部與他部的遠近關係，和《楚辭》音相當。據陳文吉的研究，有以下的發現：

> 其實就音理來看，「諄」部和「蒸」部相通，和「眞」部與「耕」部
> 相通，是相同的情形。至於「元」「蒸」二部，則音值相去益遠；然
> 而《楚辭》中，「元」「諄」合韻的例子相當多，〔註26〕可見二部的
> 音值密近，由此推之，「元」部與「蒸」部相通，仍可不違於音理，
> 惟二部音值較遠，故只見一例而已。〔註27〕

以「諄」「蒸」二部通用、「元」「蒸」二部音近，進而類推「元」部與「蒸」部之可通，這個說法是可信的，而這也可藉以說明先秦楚方言「蒸」「諄」「元」

〔註25〕同註7，頁121。

〔註26〕參見本章第一節所列〈陰陽入三聲韻部合韻次數統計表〉「陽聲合韻」一欄，「諄元」合韻在《楚辭》裡有5次。

〔註27〕同註7，頁123。

三部之間的聲音關係，是有著某種程度的牽扯。

二、「冬」部

表中所見「冬」部與他部的合韻情形為：「東」「冬」合韻 2 次，「冬」「陽」合韻 3 次，「冬」「東」「侵」合韻 1 次。

「東」「冬」二部分立，乃孔廣森在古韻分部上的創見，他能夠通斟「東」部的偏旁，釐析顧氏所訂包含《廣韻》「東」「冬」「鍾」「江」四韻的第一部，而以「東」「鍾」「江」為一類，「冬」自成一類，是孔氏得意的發明，他說：

> 「東」「冬」之分為二，……廣森自率臆見，前無所因。〔註28〕

就連段玉裁也深表讚嘆，以為孔氏此說：「核之三百篇、群經、楚辭、太玄無不合，以『東』類配『侯』類，以『冬』類『尤』類，如此而『侯』、『尤』平入各分二部者，合此而完密無間，此孔氏卓識，勝於前四人（顧、江、戴、王）處。」〔註29〕衡諸段氏此說，似乎又把話說過頭了。如同其「支」「脂」「之」三部雖分，卻還存有三部合用之例一般，「東」「冬」二部雖然獨立，然當中卻也不乏二部合用的例子。如《詩經‧旄丘》三章，有「戎、東、同」三字押韻，即是「東」「冬」合韻的例子。而先秦楚方言裡「東」「冬」合韻也有 2 次，一見於《楚辭‧離騷》「庸、降」二字叶韻，二見於楚帛書乙篇「終、奉」二字叶韻。忽略了這些合韻的事實，就等於抹殺了部分上古語音的真象。那麼，「東」「冬」二部在先秦楚方言中所呈現出來的關係為何？這必須從「東」「冬」二部與其他韻部合用的情形中來觀察，〔註30〕以下列表說明之。

〈東冬二部合韻比較表〉

	幽	陽	元	侵	冬侵	東侵
東	2	8	1	1	1	0
冬	0	3	0	0	0	1

除了「東」「冬」二部有了 3 次合韻的例子之外，「東」「冬」二部的糾葛，在於它們分別與「陽」部有叶韻的情形。江有誥說：「『東』每與『陽』通，『冬』每與『蒸』『侵』合，此『東』『冬』之界限也。」〔註31〕以先秦楚方言的情

〔註28〕參見孔廣森《詩聲類》，卷四，頁 1 下。

〔註29〕參見段玉裁〈答江晉三論韻書〉，載於段玉裁《說文解字註》。

〔註30〕「東」「冬」二部彼此合韻的情形不計。

〔註31〕參見江有誥《復王石臞先生書》，載於《音學十書》，頁 24。

形看來，江有誥的話只能算是說對了一半，因為「東陽」合韻在先秦楚方言
裡的傾向是很明顯的，不過「冬」部和「陽」部合韻的情形，卻又模糊了江
氏所劃分的界限，因為先秦楚方言中，「冬」部與「陽」部合韻共有 3 次，而
與「侵」部合韻的例子，勉強說來只有一次，因為當中還含有「東」部的成
分在裡頭。可見，先秦楚方言中，「東」「冬」二部的合韻情形並沒有明顯的
差別。

　　下逮兩漢，「東」「冬」合為一部，已經是代表楚方音的《淮南子》的特
點之一，〔註32〕而楚人陸賈所著《新語》也表現出「『東』『冬』是一部，『陽』
『東』兩部音很相近」的現象，〔註33〕此外，馬王堆漢墓帛書也見有「東」「冬」
二部假借之例，如帛書《老子》乙本卷前古佚書《稱》有隆（「冬」）、龍（「東」）
二字假借；帛書《六十四卦‧泰過卦》有（「東」）、隆（「冬」）二字假借；帛
書《老子》甲本卷後古佚書《五行》有終（「冬」）、充（「東」）二字假借。由
此看來，「東」「冬」二部既乏其分立的明確依據，而兩漢的楚方言材料則又
提供我們「東」「冬」二部不分的充份證據，那麼，先秦楚方言裡的這兩部，
似乎沒有分立的可能與必要。因此，本文將「冬」部併入「東」部。

三、「東」部

　　表中所見「東」部與他部合韻的情形為：〔註34〕「東」「幽」合韻 2 次，「東」
「陽」合韻 11 次，「東」「元」合韻 1 次，「東」「侵」合韻 1 次。

　　「東」「陽」合韻的次數最多，董同龢以為「『東』部字可與『陽』部字押
韻」，是上古楚方言的特色。我們比較先秦楚方言和《詩經》中「東」「陽」合
韻的情形如下表：

〈東陽二部合韻比率表〉

	東部獨用	陽部獨用	東陽合韻	東陽合韻比例
詩經	51	169	1	0.4%
先秦楚方言	22	107	11	8.5%

　　《詩經》中「東」「陽」合韻的比例，只佔「東」「陽」二部全部韻例的 0.4

〔註32〕同註 10，頁 83。

〔註33〕同註 10，頁 82。

〔註34〕前面既已將「東」「冬」二部合併為「東」部，那麼，原來表中稱為「東」「冬」
　　　　合韻的，在此為「東」部自韻；而屬於「冬」「陽」合韻的例子，也改為「東」「陽」
　　　　合韻；「冬」「東」「侵」合韻的例子則改為「東」「侵」合韻。

％，在先秦楚方言裡則有 8.5％的比例，相距約 20 倍，因此「東」「陽」合韻顯然又是先秦楚方言的特色之一。

誠然，「兩韻通叶並非兩韻音值完全相同的表現」，〔註35〕更何況要就此將二部合併爲一部，那就更難說了。在此，我們不妨再將「東」「陽」二部與他部（不含「東」「冬」二部）合韻的情形，列表比較之，再下定論。

〈東陽二部合韻比較表〉

	蒸	耕	元	侵	真	幽	魚	談
東	0	0	1	1	0	2	0	0
陽	1	2	1	0	4	0	2	1

從「東」「陽」二部的大量合韻，以及都有與「元」部叶韻的情形看來，可知二部音近。但是上表又表現出二部之間的差別，其分別大概在於「東」與「侵」「幽」韻，而「陽」與「蒸」「耕」「眞」「談」合韻。因此，「東」「陽」二部在先秦楚方言裏，應該還是獨立的兩個韻部。

四、「陽」部

表中所見「陽」部與他部合韻的情形爲：「東」「陽」合韻 11 次，「陽」「耕」合韻 2 次，「陽」「眞」合韻 4 次、「陽」「元」合韻 1 次，「魚」「陽」合韻 2 次，「陽」「談」合韻 1 次。

「東」「陽」合韻爲先秦楚方音的特色，在前面我們已有所討論。而「陽」「耕」、「陽」「眞」、「陽」「元」合韻的例子，則顯示了先秦楚方言裡「陽」「耕」「眞」「元」四部具有聲音關係。「眞」「耕」二部合韻共 15 次，可謂聲音關係極爲密切，而「眞」「元」合韻有 7 次，可見「眞」「元」二部也有相當的音近關係。兩兩合韻，形成這四個韻部彼此間有著牽扯不清的聯繫，不過，從合韻次數來看，大約還可以看出一些音近音遠的分別，大概「陽」「元」二部的聲音近「眞」部，而略疏於「耕」部。

五、「元」部

表中所見「元」部與他部合用的情形爲：「蒸」「元」合韻 1 次，「東」「元」合韻 1 次，「陽」「元」合韻 2 次，「耕」「元」合韻 1 次，「眞」「元」合韻 7 次，「諄」「元」合韻 7 次，「魚」「元」合韻 1 次，「脂」「諄」「元」合韻 1 次，「耕」

〔註35〕參見董同龢〈與高本漢先生商榷〉，頁 11。

「眞」「諄」合韻 1 次，「元」「鐸」合韻 1 次。

　　「眞」「元」合韻的情形，頗值得進一步探討。江永《古韻標準》平聲第四部總論云：

> 漢魏以後樂府詩歌，兩部（「眞」和「元」）紛然雜用者甚多，自《楚辭》濫觴之源既流後，則茫無涯畔矣。

江永的時候，「眞」「諄」二部的界線尚未清楚，因此他把分別屬於「眞」「元」合韻和「諄」「元」合韻的例子都合併一談了。不過，他說《楚辭》是「眞」「元」合用的源頭，是不錯的，因為早於《楚辭》的其他材料，如《詩經》裡並沒有「眞」「元」合韻的例子，而《楚辭》中已出現 2 次。並且在整個先秦楚方言中，「眞」「元」通用的例子，還出現在《老子》中，而古文字材料如吳王鐘銘有冕（「元」）玄（「眞」）旁轉之例，龠鼎有晉（「眞」）煎（「元」）旁轉之例，可見先秦楚方言中，「眞」「元」二部通用的傾向是比較明顯的。林蓮仙指出：

> 《楚辭》「眞」「元」合用的二例，正足以啟發我們；戰國末期的楚方音，「眞」部在若干表現上已有「文」部的特性，這是「眞」「文」兩部即將走上合流的新的歷史階段的表徵。到了漢初，這兩部的音值已經沒有分別了。〔註 36〕

而羅常培和周祖謨也認為：

> 收 -n 的「眞」「元」兩部彼此通押的例子極多，這是漢代韻文中極普遍的現象。〔註 37〕

二說正足以相互參證。

　　另外，合韻表中「耕」「元」合韻的例子雖只有一個，但從古文字材料中，我們還可以找到綏（「元」）纓（「耕」）假借的例子，〔註 38〕可見「耕」「元」二部在先秦楚方言中，比《詩經》音有更進一層的關係。並且透過「眞」「耕」二部分別與「元」部有互用的情形看來，「眞」「耕」「元」三部的關係尤其顯得密切。

六、「耕」部

　　表中所見「耕」部與他部合韻的情形為：「陽」耕合韻 2 次，「耕」「眞」

〔註 36〕參見林蓮仙《楚辭音均》，頁 134。

〔註 37〕同註 10，頁 51。

〔註 38〕這些例證分別出現在望山楚墓二號的十二簡、十三簡、四十八簡、六十二簡的簡文裡。不過，由於這些都是相同的例子，因此本文在統計上，僅做為一個例子來看待。

合韻 15 次，「耕」「元」合韻 1 次，「耕」「鐸」合韻 1 次。其中以「眞」「耕」合韻 15 次最引人注目。

董同龢指出：「眞」部字和「耕」部字通押是《老子》和《楚辭》的共同特點，亦且是上古楚方音的特色。〔註39〕本文所舉「眞」「耕」合韻的例子，有 8 次源於《楚辭》，而《老子》、《莊子》也分別出現 3 次，另外青銅器銘文〈徐王子旃鐘〉也有「賓生」合韻一例，可證明董說並非臆測。

喻遂生從金文用韻來觀察，否定了「眞」「耕」合韻為上古楚方言的特色，而是「通語的特點」。〔註40〕然而我們依據陳新雄《毛詩》韻三十部的系統，再次檢視喻氏所舉的「眞」「耕」合韻例，發現這些例子當中，有些是不可信的，如〈戔鼎〉「身、命」二字合韻、〈師臾鐘〉「人、命」二字合韻、〈馱簋〉「命、身」二字合韻、〈秦公簋〉「命、秦」二字合韻等，皆屬「眞」部自韻例。另外有「諄」「耕」合韻的例子，如〈琱生簋〉「訊、名、生」三字合韻，其中訊字屬「諄」部。因此，我們只能承認出現於〈班簋〉（穆王器）、〈屬羌鐘〉（晉國器）、〈魚鼎匕〉（戰國器）、〈𢎦仲簋〉（西周晚期器）四器的四個韻例，可見「眞」「耕」合韻例在這些所謂「典雅的通語」中，並不能算是普遍，甚至在先秦楚方言以外的其他方言中，也是如此。〔註41〕陸志韋在看待這種「眞」「耕」通押的現象時，態度顯然也是不夠嚴謹，他說：

> 這樣的通轉只可以認為叶韻的疏緩，正像現代民歌的 -n 叶 -ŋ。〔註42〕

這恐怕是受有高本漢所謂「自由押韻說」的影響。我們同意先秦楚方言「眞」「耕」合韻，並不是一種用韻上的隨便所致，二部之間應存在著一定的音理條件。但本文亦不主張將「眞」「耕」二部合併，因為這兩部 16 次的合韻，〔註43〕與全部共 55 次的獨用例比較起來，顯然還是應該以獨用為主。

七、「眞」部和「諄」部

表中所見「眞」部與他部合用的情形為：「陽」「眞」合韻 4 次，「眞」「耕」合韻 15 次，「眞」「諄」合韻 9 次，〔註44〕「眞」「元」合韻 5 次。

〔註39〕同註 36，頁 7。

〔註40〕參見喻遂生〈兩周金文韻文和先秦「楚音」〉，頁 109。

〔註41〕參見註 17。

〔註42〕參見陸志韋《楚辭韻釋》，頁 98。

〔註43〕包括「元」「耕」「眞」合韻 1 次。

〔註44〕此外，在安徽壽縣出土的〈蔡侯編鎛〉，有均（「眞」）君（「諄」）旁轉之例。而〈王孫遺者鐘〉也有旬（「眞」）巡（「諄」）旁轉之例。

羅常培、周祖謨曾指出：

> 這兩部（「眞」和「諄」）的分別在《詩經》裡是比較嚴格的，「眞」
> 與「耕」近，「文」與「元」近，這是最顯著的界線。但是在《楚辭》
> 和晚周諸子裡這兩部通用的例子就多起來了。〔註45〕

推二氏之意，「眞」「諄」二部的聲音逐漸拉近，應該是以《楚辭》為濫觴，而
羅、周二氏所舉晚周諸子的例子，事實上大部分也都是屬於本文所劃定的先秦
楚方言的範圍之內，〔註46〕易言之，「眞」「諄」二部的關係在先秦楚方言裡是
比較密近的。

以先秦楚方言和《詩經》音作一比較，可以更明確知道「眞」「諄」二部在
兩者間的不同發展。

〈真諄二部合韻比率表〉

	真部獨用	諄部獨用	真諄合韻	真諄合韻比例
詩經	73	31	3	3％
先秦楚方言	14	18	9	28％

《詩經》「眞諄」合韻的比例佔3％，而先秦楚方言「眞諄」合韻的比例則
高達28％，可見二者之間有著懸殊的差距。

到了兩漢時期，「眞」「諄」二部關係的演變又是如何？羅、周二氏云：

> 到了兩漢時期這兩部就變得完全合用了。這和陰聲韻「脂」「微」合
> 為一部是相應的。〔註47〕

從二氏的〈兩漢詩文韻譜〉看來，「眞」「諄」實已合為一部，曰「眞」部。而
〈淮南子韻譜〉實還存一「諄」部，並且也有一些「眞」「諄」合韻之例，因此，
我們推想羅、周二氏所謂「兩漢時期這兩部就變得完全合用」，實在並不包括楚
方言，可見漢代的楚方言在二氏書中，儼然有別成一支之勢。

觀韻部分合的時代演變規律，常常是由分到合，或是由合而更合，罕見先
合後分之例。因此，既然後代的楚方音還是保留著「眞」「諄」二部分用的情形，
那麼，早在先秦時期應該也是個分立的局面。況且，「眞」部與「耕」部通押

〔註45〕同註10，頁36。

〔註46〕同註10，頁36。其中所舉例證如《楚辭・天問》「分、陳」、「賓、填」、「鰥、親」，
　　　　《楚辭・遠遊》「天、問、鄰」，《老子》「川、鄰」等。

〔註47〕同註10，頁36。

15 次，與「元」部叶韻 5 次；「諄」部與「元」部合用 5 次，而不見與「耕」部合用，大體上還有著「『眞』與『耕』通用爲多，『文』與『元』合用較廣」〔註 48〕的界限。不同於《詩經》音的是，先秦楚方言中「眞」部與「元」部的關係較爲親近。

八、「侵」部和「談」部

表中所見「侵」部與他部合韻的情形爲「東」「侵」合韻 2 次，〔註 49〕而「談」部也只和「陽」部合韻 1 次。

「侵」「談」二部分立，是江氏愼修的創見，其《古韻標準》平聲第十二部總論云：

二十一「侵」至二十九「凡」九韻，詞家謂之閉口音，顧氏合爲一部，

愚謂此九韻與「眞」至「仙」十四韻相似，當以音之侈弇分爲兩部。

江氏所分二部的範圍分別是：以「侵」韻字與「覃」韻字驂南男湛耽潭楠，「談」韻之三，「鹽」韻之緩潛諸字爲一部，口弇而聲細。一則以「添」「嚴」「咸」「銜」「凡」與「覃」韻之涵，「談」韻之談惔餤甘藍，「鹽」韻之詹瞻襜爲一部，口侈而聲洪。先秦楚方言「侵」「談」二部的範圍，大概也劃然分入江氏所分的二部，不過，韻字範圍少了許多，是明顯的窄韻。二部獨用的總次數不超過 8 次，但是分用的形勢卻很明顯，因爲我們找不到「侵」「談」合韻之例。所以本文推測先秦楚方言裡「侵」「談」二部分用的情形，是近於《詩經》的。陳文吉認爲：

在合韻方面，「侵」部可與《詩經》的「東」「冬」兩部的韻字合韻，

此可爲《楚辭》中「東」「冬」不分的佐證。〔註 50〕

本文就先秦楚方言來看，似乎也是如此。而我們還可以進一步補充的是，「侵」部只和「東」部押韻，「談」部只和「陽」部押韻，也可以說是「侵」「談」和「東」「陽」四部兩兩分立的界限。

第四節　入聲韻部合韻析論

一、「職」部

表中所見「職」部與他部合韻的情形爲：「之」「職」合韻 5 次，「職」「覺」

合韻 1 次。

原來「之」「職」合韻的例子，應比表中所列的還多，不過，依照本章第一節所討論的結果，把這些自「職」部分立出來的去聲字，歸屬於「之」部的去聲字，因而使得那些本屬「職」部去聲字，與「之」部字叶韻的「之」「職」合韻例，現在都變成了「之」部自韻例。如此一來，就削減了不少「之」「職」二部之間的關係。《詩經》裡「之」「職」二部的獨用例共有 213 個，「之」「職」合韻有 24 次，佔全部的 10%，而先秦楚方言裡「之」「職」二部獨用之例有 124 個，其中「之」「職」合韻有 5 次，佔全部的 4%。《詩經》音「之」「職」二部的關係較先秦楚方言為近，但二部還是彼此獨立的，那麼，先秦楚方言中此二部當更無合併之理。

二、「屋」部和「覺」部

表中所見「屋」部與他部合韻的情形為：「屋」「鐸」合韻 1 次，「屋」「侯」合韻 2 次。而「覺」部與他部合韻，有「職」「覺」合韻 1 次，「幽」「覺」合韻 3 次，「幽」「之」「覺」合韻 1 次。

自從王念孫將《廣韻》「屋」「沃」「燭」「覺」四韻的字，分別為「侯」入與「幽」入以來，「屋」「覺」二部之分，似乎已成定論。先秦楚方言裡，不見有「屋」「覺」合韻之例，可見二部之間的關係是涇渭分明的。而「屋」部只和「侯」部韻，以及「覺」部只和「幽」部韻，更證明了「屋」為「侯」入、「覺」為「幽」入的說法。

在古韻系統中，「侯」「屋」「東」與「幽」「覺」「冬」，原為對應整齊的兩類，〔註51〕而先秦楚方言將「東」「冬」合併為一部，似乎便破壞了這種嚴密的對應關係。但事實上未必如此，根據劉寶俊的說法：

> 語音系統的演變是一個矛盾統一的複雜過程，它總是在不斷地打破舊的均勢，形成新的組合和對應，呈現出非同步演變的參差局面。
> 〔註52〕

舉例來說，根據羅、周二氏分析所得的結果，《淮南子》韻系中的陽聲韻部是「冬」「東」合一的，而入聲韻部「屋」「覺」卻同樣是分立的，可見得語音的演變過程中，有某些階段的語音系統，是可能產生不整齊的局面，所以即使陰聲韻部「幽」「侯」分立，入聲韻部「屋」「覺」分立，並無礙於陽聲韻部「東」「冬」

〔註51〕　參見陳新雄《古音學發微》，頁 866。
〔註52〕　參見劉寶俊〈冬部歸向的時代和地域特點與上古楚方音〉，頁85。

二部的合併。

三、「藥」部

表中所見「藥」部與他部合韻的例子，有「宵」「藥」合韻 5 次。

「宵」「藥」二部，段玉裁以爲不分，其〈今韻古分十七部表〉云：

> （平聲）「尤」「侵」「幽」，入聲「屋」「沃」「燭」「覺」爲一部。

〈答江晉三論韻〉又說：

> 「藥」韻之字爲平聲，正所以定「蕭」「宵」「肴」「豪」爲古音獨用
> 之部也。

會得到這種結果，是因爲段氏觀察到《詩經》中「宵」部入聲字有跟平聲、去聲字叶韻的現象。而實際上，入聲和平、上、去三聲並非毫無界限，否則王念孫怎能別立一個「藥」部呢？〔註53〕而且將「藥」部獨立出來，也正是後代平、入二聲得以分化的音變條件。兩漢時期不論是詩文，或者是別具楚音的《淮南子》，「藥」部都是一個獨立韻部，可見早在先秦楚方言，「宵」「藥」當已分立。

四、「鐸」部

表中所見「鐸」部與他部合韻的情形爲：「屋」「鐸」合韻 1 次，「錫」「鐸」合韻 1 次，「魚」「鐸」合韻 20 次，「耕」「鐸」合韻 1 次。

《詩經》音裡，「鐸」部是與「魚」部相配的入聲韻部，有著密切的聲音關係。由合韻的比例來看，先秦楚方言「魚」「鐸」二部的關係較《詩經》音爲近，如下表所示。

〈魚鐸二部合韻比率表〉

	魚部獨用	鐸部獨用	魚鐸合用	魚鐸合用比例
詩經	170	37	22	11％
先秦楚方言	71	25	20	20％

本文搜檢先秦楚方言的相關材料，發現「屋」「鐸」合韻，僅見於《老子》三十七章有「作、樸」二字叶韻一例，例證雖少，然亦有其音理可尋。「魚」「侯」二部具有旁轉的關係，〔註54〕而「鐸」爲「魚」入，「屋」爲「侯」入，陰、入

〔註53〕許世瑛〈由王念孫古韻譜考其古韻二十一部相通情形〉一文，所載王氏二十二部合韻譜，第二十二部有「藥」部之目。

〔註54〕參見章炳麟〈成韻圖〉，載章氏《國故論衡》上〈小學略說〉及〈文始〉敘例。

二聲之間唯有韻尾上的不同，並且先秦楚方言中「魚」「侯」二部聲音尤近，是「屋」「鐸」合韻於理可通。下逮兩漢，《淮南子》所見「屋」「鐸」合韻例且多達 4 次，可見先秦楚方言實開啟「屋」「鐸」二部合韻之端。

　　「耕」「鐸」合韻，亦僅見於《楚辭・惜誦》「情、路」二字叶韻一例。從音理條件來看，陳文吉說：

> 與「耕」部對轉的入聲是「錫」部，「錫」部有與「鐸」部合韻；與「鐸」部對轉的陽聲是「陽」部，「陽」部有與「耕」部相叶。因此情、路相叶，可視爲旁對轉合韻，亦可於音理不違。〔註55〕

陽聲和入聲韻之間所存在的關係，是一種旁對轉的關係，聲音關係比較遠，但同樣是合於音理，因此，本文也收錄「耕」「鐸」合韻之例。

五、「錫」部

　　表中所見「錫」部與他部合韻的情形，有「支」「錫」合韻 1 次，「錫」「鐸」合韻 1 次。

　　「錫」部入韻字雖然極少，然而合韻之例卻少見，可見此部確實具有獨立成部的條件，與《詩經》音的情形相當。

　　「錫」「鐸」合韻，在先秦楚方言裡只出現 1 次，那就是《楚辭・悲回風》「愁、適、迹、益、釋」五字叶韻的例子，因爲是孤證，所以也引起學者們的多方揣測。王逸《楚辭註》云：「一本無此一句」，朱熹註亦同。而近人陸侃如、聞一多則以爲是，後人以〈哀郢〉裡相同的兩句話「心絓結而不解兮，思蹇產而不釋」錯入。〔註56〕不過，這種相同的句子出現於不同篇章的情形，《楚辭》中所見多有。如〈離騷〉「鳳皇翼其承旂兮」，〈遠遊〉一字不改的也有此句；〈九辯〉一篇兩見「何時俗之工巧兮」句，而〈離騷〉又作「固時俗之工巧兮」，可見《楚辭》各篇中，句子互用的情形並不少，因此，陸氏等人的說法不可從。

　　而審其音理，「錫」「鐸」二部分別是與「支」「魚」相配的入聲，而「支」「魚」二部可以旁轉，〔註57〕則「錫」「鐸」二部應當也可以旁轉的關係合韻。

六、「質」部、「沒」部和「月」部

　　表中所見「質」部與他部合韻的情形爲：「質」「月」合韻 1 次，「脂」「質」

〔註55〕同註 7，頁 135。

〔註56〕二說一見於陸侃如《楚辭校勘記》四〈悲回風〉，載於游國恩《楚辭集釋》；另一說則參見聞一多《楚辭斠補》，頁 79。

〔註57〕參見章炳麟〈成均圖〉。

合韻 3 次，「質諄」合韻 2 次。

《詩經》中，其中「脂」「質」合韻的比例是 5%，而在先秦楚方言裡「脂」「質」合韻則有 25%的比例，就合韻的比例而言，先秦楚方言中「脂」「質」二部的關係較《詩經》音為密。但不論在《詩經》或是先秦楚方言中，「質」和「脂」都應是獨立的兩部，否則，我們很難說明何以《詩經》音和先秦楚方言中，「微」部和「脂」部均有顯著的合韻現象，而「微」部和「質」部卻乏任何合韻的情形。「質」部是與「脂」部相配的入聲韻部。

再觀察「沒」、「月」二部和他部合用的情形如何：「沒」部有「之」「沒」合韻 1 次，〔註58〕「月」「沒」合韻 5 次；「月」部除了與「沒」部合韻之外，還與「質」部合韻 1 次。

「質」「月」「沒」三部混用的例子，《詩經》和先秦楚方言中都有，只不過，據陳文吉統計的結果，發現「在《詩經》中，這三部的獨用都佔了絕對的優勢，界限頗為分明；雖然仍有合用的情形，但獨用的比例還是大的多。」〔註59〕而先秦楚方言，除了「月」部還能算是寬韻之外，「質」「沒」二部的範圍都偏窄，因此當這兩部字與其他韻部發生合韻的情形時，它們的獨立性便面臨了考驗。以「沒」部為例，除了「月」「沒」合韻的次數遠超過「沒」部獨用的次數之外，並且古文字中也有一些「月」「沒」二部假借的例證，如楚帛書乙篇有弼（「月」）沸（「沒」）二字假借、望山一號墓楚簡二十四、四十九、五十四、六十一號簡，也各有祝（「月」）崇（「沒」）二字假借之例。不過，王力曾說過：

> 「月」「物」（「沒」）的合韻雖比「月」「質」的合韻多些，但是王念孫、江有誥仍舊把「月」部獨立起來。按語音系統說，他們這樣做是對的。〔註60〕

而且到了兩漢，《淮南子》裡所見「月」「沒」仍是分用的情形，因此，按照本文所認定的，韻部分合是循著一種「由分到合，或是由合而更合」的演變規律來看，則先秦楚方言中「月」「沒」二部應該是獨立的。

至於「質」「沒」二部的關係如何？《詩經》音中這兩部的糾葛甚為複雜，王念孫即使將「至」（「質」）部獨立出來，但仍不得不承認《詩經》中以「質」「術」

〔註58〕另有古文字的假借例證，如包山二號楚墓 166 號楚簡，有悁（「沒」）威（「微」）假借；鄂君啟舟節有灛（「微」）未（「沒」）假借。

〔註59〕同註 7，頁 151。

〔註60〕參見王力《漢語音韻》，頁 172。

二部同用的有《載馳》三章的「濟、閟」、[註61]〈皇矣〉八章的「類、致」、〈抑〉首章的「疾、戾」三個例子。而先秦楚方言中只出現一個寱（「質」）對（「沒」）二字假借的例子，[註62]二部的關係反而顯得單純。既然《詩經》中這兩部是獨立的，那麼，先秦楚方言的「質」「沒」二部亦無合併之理。王力又說：

> 「質」「物」的分野是由「脂」「微」的分野推知的；二者之間有著
> 對應的關係。在「脂」「微」沒有分立以前，還不可能正確地劃分「質」
> 部和「物」部之間的界限；「脂」「微」分立以後，這個界限也就跟
> 著清楚了。[註63]

王力並非說明「『脂』『微』分立」與「『質』『物』分立」之間有其絕對的關係，但卻指出了「『脂』『微』分立」是「『質』『物』分立」的大前題，「脂」「微」能夠分立，「質」「沒」便有其分立的可能。因此，先秦楚方言中，「質」「沒」二部既罕見通用之例，並且「脂」「微」二部也是分立的兩部，所以本文認為「質」「沒」當是分立的兩個韻部，且二部的關係較《詩經》音為遠。

七、「緝」部和「盍」部

表中所見「緝」部，有一次「緝」「鐸」合韻的例子，而「盍」部則不見任何合韻的例子。王念孫〈與李方伯論古韻書〉云：

> 「緝」「盍」以下九部當分為兩部，遍考三百篇及群經、《楚辭》所
> 用之韻，皆在入聲中而無與去聲同用者，而平聲「侵」「覃」以下九
> 部，亦但與上、去同用，而入不與焉。然則「緝」「盍」以下九部，
> 本無平上去明矣。

王氏以「緝」「盍」以下九部，完全只有入聲獨用，不混於平上去聲之中，因而主張將此九部分別為兩部。江有誥進一步說：

> 當以「緝」「合」為一部，「盍」「葉」以下為一部。[註64]

從上一章歸納所得的結果，先秦楚方言「緝」「盍」二部的範圍也大致如江氏所分，並且二部入韻的字雖然貧乏，然彼此獨用的情形卻極為清楚，是亦為獨立的兩個韻部。

〔註61〕濟是「脂」部字，王力說：「王念孫可能把它看做古入聲字」。參見〈上古漢語入
　　　　聲和陰聲的分野及其收音〉一文，頁203～204。載《王力文集・十七卷》。

〔註62〕寱、對二字假借的例子，出現在〈楚嬰〉。參見王輝《古文字通假釋例》，頁677。

〔註63〕參見王力〈古韻脂微質物月五部的分野〉，頁84。

〔註64〕參見江有誥《寄段茂堂先生原書》，載《音學十書》，頁6。

第六章　先秦楚方言調類析論

　　上古聲調的問題，歷經三百年來的鑽研與討論，古音學家不斷提出各種說法，總結諸說主要有下列七種：〔註1〕

一、四聲一貫說

　　爲顧炎武所提出，以爲古詩用韻，四聲一貫，雖有四聲而可以互用，未若後世平上去入之嚴於區分。此說缺點在於顧氏往往誤以不同部者爲同部，遂以此不同部的字，有四聲不同而見用於一章的，都稱之爲四聲一貫，可以轉讀通叶。不過，顧氏又云：「《廣韻》中有一字收之三聲四聲者，非謂一字有此多音，乃以示天下作詩之人，使隨其遲疾輕重而用之也。」陳新雄先生以爲「隨其遲疾輕重而用之，可謂其四聲一貫說之正解矣。」〔註2〕

二、古無四聲說

　　自從江有誥〈再寄王石臞先生書〉云：「陳季立謂古無四聲」以來，學者大都視陳第主張「古無四聲」之說。然陳新雄先生以爲「古無四聲」的說法，與陳氏所謂「四聲之辨，古人未有」，二者大有差別。前者乃謂古人根本無四聲的存在；後者則謂古雖或有四聲，但古人於聲調的觀念並不如後世的界限清晰。〔註3〕是陳第所主張者，未必古無四聲。

三、古無去聲說

　　清段玉裁首創之。其於〈古四聲說〉云：「考周秦漢初之文，有平上入而無

〔註1〕參見於王力《清代古音學》，頁247。

〔註2〕參見陳新雄《古音學發微》，頁777～778。

〔註3〕同註2，頁733～774。

去。洎乎魏晉，上入聲多轉而爲去聲，平聲多轉爲仄聲，於是乎四聲大備，而與古不侔。」

四、古無上去說

此說乃黃季剛先生承段玉裁、章太炎二位之餘緒而得，以爲古代只有平入，至後代始有四聲，云：「古聲但有陰聲、陽聲、入聲三類，陰陽聲皆平也，其後入聲少變而爲去，平聲少變而爲上，故成四聲。」

五、古有平上去而無入說

孔廣森所主張，以爲：「入聲創自江左，非中原舊讀。」又說：「周京之初，陳風制雅，吳越方言未入於中國，其音皆北人唇吻，略與中原音均相似，故《詩》有三聲而無入聲；今之入聲，於古皆去聲也。」〔註4〕從實際語音來看，我國各地方言，「只見入聲之變平，從不見平聲之變入。」〔註5〕是則孔氏入由去來之說，並非語言之實際。

六、古四聲不同今四聲說

首先提出此說者有王念孫及江有誥二人。江氏初以爲古無四聲，經反復紬繹，「始知古人實有四聲，特古人所讀之聲，與後人不同。」〔註6〕王氏之說與江氏所說大同小異，其〈復江晉三書〉嘗云：「接舉手札，謂古人實有四聲，特與後人不同，陸氏依當時之聲，誤爲分析，特撰《唐韻四聲正》一書，與鄙見幾如桴鼓相應。」

七、古有五聲說

此乃王國維的說法，別創上古有陰陽上去入五聲，但不獲學者的認同。

上述諸說，大體上以江有誥所稱舉的「古人實有四聲，特古人所讀之聲，與後人不同」一說，獲得大多數人的贊同。或本其說，或暢其要旨者，有夏炘、夏燮兩兄弟，其中以夏燮所論尤爲精闢。如《述韻》所言：

> 三百篇群經有韻之文，四聲具備，分用畫然，如部分之有條不紊，第古無韻書，遂以此爲周顒、沈約獨得之秘耳。然有韻之文，未嘗不可考而知也。……

於是夏氏從《詩經》韻文著手，發現當中的篇章，有連用數韻而皆平聲；有連用數韻而皆上聲；連用數韻而皆去聲；連用數韻而皆入聲；有同用一韻而四聲

〔註4〕二語分別見於《詩聲類》卷一頁2下及卷八頁2下。
〔註5〕參見胡適〈入聲考〉一文，引自吳靜之《上古聲調之蠡測》，頁6。
〔註6〕語見江有誥〈再寄毛石瞿先生書〉。

分章；同用一韻、同在一章，而四聲的分配畫一的情形。再就各韻部的諧聲偏旁來看，四聲的運用在韻部間，表現得「分別部居，自有限制」。能夠從韻文及諧聲偏旁著眼，以探求上古聲調，是夏氏獨到而精闢之處。從材料上來看，大多數學者研究上古調類，主要是憑藉著《詩經》押韻去探討。但我們要問的是，單只藉著《詩經》一種材料，是否就能體現出上古調類在運用上的全面性呢？答案恐怕是否定的。正如同我們必須憑著材料的時代性及區域性的雙重條件，來重新看待《詩經》韻部一樣，上古聲調也必須經過另一番的審視。在方法上，前人研究上古調類的方式，一般是參考《廣韻》的調類去看上古的調類，同樣的，研究先秦楚方言的調類，也是可以遵用這種方式。以韻例與《廣韻》的四聲對照，先秦楚方言是四聲有別的；再就個別韻字來看，先秦楚方言也確實存在著一字異調的情形，而我們也可藉此進一步探討先秦楚方言四聲之間的親疏關係。

第一節　韻例所呈現的四聲關係

　　《詩經》四聲有別的用韻現象，前人已多所討論，不遑贅舉。據研究，《楚辭》中也存在著調類的分別。〔註7〕而本文發現，先秦楚方言的材料中，除了《楚辭》有著四聲的分別，其他先秦楚方言材料中也存在著這種分別。如《老子》10 章連用了「離、兒、疵、知、雌、爲」等六個平聲字；《老子》14 章連用了「道、有、始、紀」等四個上聲字；《老子》45 章連用了「詘、拙、絀、訥」等四個去聲字；《老子》五十九章連用了「嗇、服、德、克、極」等五個入聲字。這些證據同樣地顯示了先秦楚方言四聲分立的關係。不過，四聲之間亦有如韻部間彼此合用的情形，如江永《古韻標準·例言》所說：

> 平自韻平，上去入自韻上去入者，恆也；亦有一章兩聲或三四聲者，
> 隨其聲諷誦詠歌，亦有諧適，不必皆出一聲，如後人詩餘歌曲正以
> 雜用四聲爲節奏，《詩》韻何獨不然。

除了平、上、去、入四聲自韻的許多例子之外，也有不少混用的例子，這些例子不必用以否定先秦楚方言具備四聲的說法，反倒可藉以說明四聲之間的具體關係。以下列表說明四聲於各韻部間的發展狀況。

〔註 7〕林蓮仙《楚辭音均》指出：「《楚辭》韻字所反映上古楚音四聲之辨極嚴。」陳文　　　吉《《楚辭》古韻研究》也說：「我們若以《廣韻》四聲來考察《楚辭》的用韻情　　　形，不難發現楚辭音中是存在著調類的區別。」

〈先秦楚方言四聲關係總表〉

韻部	平	上	去	入	平去	上去	平上	平入	上入	去入	平上去	平去入	平上入	上去入
之	36	34	2		6	11	16		2	3	1			1
幽	16	12	2		1	5	2	1			2			
宵	1		3		1	2		1					1	
侯	2	4	1			2	1			2				
魚	15	28	18		2	8	15	2		4	2		1	
歌	32	3	1		2		1				1			
支	3	1					1							
脂	6	3	3		1	1								
微	11				1		2							
蒸	6		1		2									
東	25				6		6							
陽	86	1	2		11		11				1			
元	19	2	3		5	2	2	1			1			
耕	34		1		6	5								
眞	18				3									
諄	20	2			3		2							
侵	6													
談	1						1							
職			29											
覺				5										
屋				15										
藥				1										
鐸			5	19						3				
月			13	8						6				
錫			1	6						2				
質				4						2				
沒			5	3						1				
緝				3										
盍				2										
合計	335	90	71	95	50	37	59	5	2	23	8	1	1	1

總的來說，上表各韻部於四聲的運用上，顯然是以獨用居多，其中平聲獨用的有 335 次，上聲獨用的有 90 次，去聲獨用的有 71 次，入聲獨用有 95 次，總共佔全部 778 次的 76%，其餘的合用次數共有 187 次，僅佔全部的 24%，以上這些證據足以說明楚方言中確有四聲的分別。平、上、去、入四聲獨用中，以平聲的獨用次數最多，是其他三聲獨用數的三倍以上，這說明了平聲是先秦楚方言的主要調類。四聲彼此交涉的情形則是，平去合用 50 次，上去合用 37 次，平上合用 59 次，平入合用 5 次，上入合用 2 次，去入合用 23 次，平上去合用 8 次，平去入合用 1 次，平上入合用 1 次。這些異調合用又可分為二小類，即兩調合用和三調合用。兩調合用共 175 次，佔全部 778 次的 22%，至於 10 次三調合用的次數，大約只佔總數的 1.2%，是一個極微小的比例。所以，以下的討論中，三調合用的情形被視為例外而置諸不論。

再者，我們就陰聲韻部、陽聲韻部、入聲韻部分別來看四聲的關係，發現四聲之間的交涉並不是很一致，情形如下表所示：

〈陰陽入之四聲關係比較表〉

	平	上	去	入	平去	上去	平上	平入	上入	去入
陰聲韻	122	85	30		14	30	37	4	2	9
陽聲韻	213	5	7		36	7	22	1		
入聲韻			24	95						14

茲以下列三點說明之：

一、陰聲韻

陰聲韻中，平聲獨用有 122 次，與其他三聲合用有 49 次，獨用次數佔總數的 71%；上聲獨用有 85 次，與其他三聲合用有 69 次，獨用次數約佔總數的 55%；去聲獨用有 30 次，與其他三聲合用有 53 次，獨用次數佔總數的 36%。從上面的統計和比例來看，陰聲韻有平、上二聲是無庸置疑的，而去聲獨用的比例顯然偏低，是其獨立性並不高。不過，這些獨用次數雖少，卻不容否定，我們只能說先秦楚方言陰聲韻裡的去聲字，正處於形成的過程中。而去聲字的來源如何呢？從它們與其他調類合用的情形來看，應該是與上聲有著較深的淵源。平去合用的比例佔去聲與其他三聲合用次數的 26%，上去合用的比例佔去聲與其他三聲合用次數的 57%，可見得去聲與上聲具有較密切的關係。而去入合用的比例僅佔去聲與其他三聲合用次數的 17%，則說明了陰聲韻中去入二聲的關係是比較疏遠的。

二、陽聲韻

　　陽聲韻中，平聲獨用有 213 次，與其他三聲合用有 59 次，獨用次數佔總數的 78%；上聲獨用有 5 次，與其他三聲合用有 29 次，獨用次數佔總數的 15%；去聲獨用有 7 次，與其他三聲合用有 43 次，獨用次數佔總數的 14%。觀察每一個調在先秦楚方言韻腳中獨用和合用的情形，有一個大概的原則可以掌握，就是假如這個調是獨用者少，而同用者多，我們便應該懷疑它在先秦楚方言中是否曾經存在，至少，它有依附於別調而不能獨立的趨勢。反過來說，假如某調獨用者多，而同用者少，那麼要否定它在先秦楚方言中的存在，是缺乏證據的。〔註8〕依據這個原則，那麼，先秦楚方言的陽聲韻中有一獨立的平聲是可以確信的，而去聲獨用例子少，並與平聲有著高達 72% 的合用比例，則顯示了陽聲韻中的去聲大部分是依附於平聲，而有著不能獨立的趨勢。至於上聲，15% 的比例也不高，段玉裁說：

　　　　古平上為一類，去與入一也。上聲備於三百篇，去聲備於魏晉。

衡諸三百篇，上聲已發展齊備，而在先秦楚方言中，我們所觀察到的情形則是，陰聲韻裡的上聲已具備了獨立的條件，而陽聲韻裡的上聲則只是處於發展的大勢中，和去聲一樣尚未形成足夠的獨立性。

三、入聲韻

　　入聲韻中，去聲獨用有 24 次，入聲獨用有 95 次，去入合用有 23 次。就去聲言，獨用次數佔總數的 51%，合用次數則佔總數的 49%。由這樣的比例看來，似乎去聲和入聲之間已有某種程度上的親近關係。其實，如果就入聲韻的個別韻部來看，各部中的去入關係並不盡相同。上一節我們透過《廣韻》韻目討論過先秦楚方言的各個韻部，發現入聲韻部中除了「職」部之外，凡對照表中列有去、入二聲的其它各部都有去、入聲合用的情形，〔註9〕如下表所示：

〈入聲韻部去入合用比率表〉

韻部	去	入	去入合用	合用比例
職	5	37	0	0

〔註8〕此為張日昇研究《詩經》四個聲調時所使用的觀點，今用以研究先秦楚方言的聲調亦無不妥。參見〈試論上古四聲〉一文，頁 164。

〔註9〕這當中並不包括「藥」「覺」「質」三部，因為本文所見屬於此三部的去聲字，都是由一些合韻例中歸併而來，看不出有任何去、入二聲通押的情形。而這樣的例證並不客觀，所以在此我們暫且略去不談。

鐸	5	20	4	14%
錫	1	6	2	22%
沒	5	3	1	11%
月	10	5	7	32%

　　表中的合用比例，是以 $\dfrac{\text{去入合用}}{\text{去}+\text{入}+\text{去入合用}}$ 的公式算出。其中以「錫」「月」
二部去聲和入聲的關係最近，「鐸」「沒」二部次之。至於「職」部竟不見有一
次去入合用之例，而去自韻去，入自韻入，分用劃然。不禁令人質疑「職」部
的去、入聲是否有合併的必要？而事實上，這些被併入「職」部的去聲字（下
列例證中劃橫線者），除了本身自押的五次之外，其餘都是和「之」部字押韻，
如：

　　　　《楚辭・卜居》　　　　意事
　　　　《楚辭・天問》　　　　佑弒
　　　　《楚辭・思美人》　　　佩異態竢
　　　　《楚辭・橘頌》　　　　異喜
　　　　《楚辭・懷沙》　　　　怪態
　　　　《老子》23 章　　　　　志富

　　在「職」部去、入二聲不相混押的狀況下，原可考慮將這些去聲字獨立出
來，但是由上面這六個例子看來，似乎這些去聲字和陰聲韻的「之」部反倒較
為接近，這種情形正足以印證本文第四章，將先秦楚方言「職」部的去聲字抽
離出來，併入「之」部去聲的說法。

　　總之，先秦楚方言的調類，在陰聲韻、陽聲韻以及入聲韻中均有不同的發
展。平聲不管是在陰聲韻或是陽聲韻，都是最大的調類，只不過陰聲韻裡「『平
聲』少短而為『上』」〔註10〕的情形可能是比較普遍的，因而也促使陰聲韻裡的
上聲有了獨立的機會。而陽聲韻的平聲則大部分保留著原來的讀法。去聲按照
段玉裁「去與入一也」的說法，似乎就是從入聲分化而來的。不過，從我們統
計兩調互叶的比例來看，陰聲韻裡的去聲字與上聲關係較為密切；陽聲韻裡的
去聲則幾乎是依附著平聲；而在入聲韻裡，去入合用的比例儘管比陰聲和陽聲
韻高出許多，但去聲獨用的比例高於去入合用的比例，也是個事實。分別從陰、
陽、入三聲的韻部來看去聲字，去聲與平上入三聲都有親密的關係，這似乎便
模糊了去聲的獨立性。但事實上，這正是去聲的獨特現象，如張日昇〈試論上

〔註10〕參見林尹《聲韻學通論》，頁 113。

古四聲〉一文所說的：

> 因為平上入三聲只與其中一聲或二聲發生密切關係。如平之與上去，
> 上之平去，入之與去。換言之，去聲可以和餘三聲隨便通叶，不受限
> 制，結果做成和它調合用的百分比與獨用的百分比很接近。〔註11〕

因此先秦楚方言中有獨立去聲的說法，應是可以成立的。

第二節　一字異調所展現的四聲關係

江有誥本著韻腳「平自韻平，上去入自韻上去入」的觀點，著有《唐韻四聲正》。他於〈再寄王石臞先生書〉一文中說：

> 有誥因此撰成《唐韻四聲正》一書，仿《唐韻正》之例，每一字大
> 書其上，博采三代、兩漢之文分注其下，使知四聲之說，非創於周、
> 沈，其中間有四聲通押者，如《詩經》〈揚之水〉之皓（上）繡（去）
> 鵠（入）憂（平），……而亦間有通用合用者，不得泥此以窒其餘也。

可知其作法乃是仿顧炎武《唐韻正》之例，修正了《唐韻》二百多個字的調類，搜羅的材料則是博采三代、兩漢的韻文。正如後人批評顧氏《唐韻正》一書所用的材料過於寬泛一樣，〔註12〕江氏既仿其例，亦未能脫去顧氏的窠臼。張日昇批評說：

> 這本書所照顧的時間太長，從《詩經》時代到魏晉，引據的材料，
> 包括《詩經》以至《三國志》。

顯然江氏對於古今區分的觀念還不夠精準，這種不夠精準的觀念，也致使他對陸法言有了誤解。他說：

> 有誥初見亦謂古無四聲，說載初刻〈凡例〉，至今反復紬繹，知古人
> 實有四聲，特古人所讀之聲，與後人不同，陸氏編韻時，不能審明古
> 訓，特就當時之聲誤為分析，有古平誤收入上聲者，如享、饗、頸、
> 頴等字是也。有古平而誤收入去聲者，如訟、化、震、患等字是也。

江氏所舉陸氏誤收、失收之例，張日昇嘗為陸氏辯明之：〔註13〕

第一，調類古今不同，猶如古韻分合與《唐韻》有異。享字古平今上，慶

〔註11〕參見張日昇〈試論上古四聲〉，頁165。

〔註12〕孔仲溫嘗評論顧氏學說之缺失，以顧氏所用材料過於寬泛，甚至用至兩漢、南北朝的資料，導致其古韻分部未能盡其精密。

〔註13〕參見張日昇〈試論上古四聲〉，頁158。

字今去古平，這是古今調類的差異，並不是陸法言不明古訓，因而分析錯誤。

第二，《唐韻四聲正》所謂失收，其實可能是合韻而已。江氏所舉出的一字三音的例子，反倒更易使人覺得有點像顧炎武、江永等人，認為四聲可以隨便轉變的主張。

事實上，江氏提出「古人實有四聲，特古人所讀之聲，與後人不同」的看法，說明了古今調類有異的現象，是很有見地的。只不過是他對於古今的區分不夠嚴密，並且「把他的原則應用得漫無標準」。〔註14〕如果我們能夠審慎應用他古今一字異調的觀念，並且在材料上兼顧時代性及地域性，做出嚴密的劃分，那麼，江氏於《唐韻四聲正》中所列舉的事實，很可以說明部分上古調類的眞相。以下本文將援引江氏書中關於先秦楚方言中異調合用的例子，進一步說明四聲關係在陰、陽、入三聲韻部中的異同。不過由於江氏尚未能精確地使用自己所定的標準，當中必不乏錯誤的舉證，如江氏於平聲七「之」之下舉《楚辭‧抽思》期與志叶，故古有去聲，而於去聲七「志」之下，復舉《楚辭‧抽思》志與期叶，故古有平聲，這種既改甲以叶乙，復改乙以叶甲的混亂現象，是我們在取證過程中不得不考察清楚的。因此，本文在過濾全部先秦楚方言材料之後，對於江氏所舉例證便有所增刪，所增者為江氏書中漏舉者，如下列例證中四十五「厚」母字下有《老子》二十章母與俚叶等六例。所刪者為江氏誤舉者，情形有三：一是既改甲以叶乙，復改乙以叶甲之例，如平聲七「之」期字下既與志叶，讀為去聲，而於去聲七「志」之下，又以志與期，讀為平聲，本文只取當中的一例。二是江氏所歸韻例與本文不合者，如江氏於平聲七「之」辭字下，舉《老子》三十四章辭與右叶，屬辭字古有去聲之證，然是例非屬本文韻例，故刪去。其三為孤證。以下羅列次序一如《唐韻四聲正》，首列韻字，其次是古讀聲調，最後列其出處、韻例以及該韻字所屬之調類。

〔平聲〕

七之

期，古有上聲。《楚辭‧悲回風》期與止、右叶，上聲。

〈王孫誥甬鐘〉期與喜、士叶，上聲。

〈王孫遺者鐘〉期與子叶，上聲。

〈沇兒鐘〉期與祀、喜、士叶，上聲。

〈鄦子鐘〉期與喜、友、巳叶，上聲。

九魚

予，古訓我之義多讀上聲。《楚辭·離騷》予與野叶、予與下叶、予與與叶，上聲。

《楚辭·湘夫人》予與渚、下叶，上聲。

《楚辭·大司命》予與下、女叶，上聲。

《楚辭·少司命》予與下、苦叶，上聲。

《楚辭·河伯》予與浦叶，上聲。

《楚辭·山鬼》予與下雨叶，上聲。

《楚辭·招魂》予與輔叶，上聲。

六豪

姱，古有上聲。《楚辭·東君》姱與虞、舞叶，上聲。

《楚辭·抽思》姱與怒叶，上聲。

〔上聲〕

六止

喜，古有去聲。《楚辭·天問》喜與祐叶，去聲。

《楚辭·惜往日》喜與佑叶，去聲。

《楚辭·橘頌》喜與志叶、喜與異叶，去聲。

十姥

古，古有去聲。《楚辭·離騷》古與惡、寤叶，去聲。

《老子》二十章古與去、父叶，去聲。

三十六養

饗，古有平聲。《楚辭·天問》饗與長叶、饗與喪叶，平聲。

享，古有平聲。楚王盦章鎛，享與牄叶，平聲。

曾子仲宣鼎，享與兄、疆叶，平聲。

曾伯陭壺，享與疆叶，平聲。

三十七蕩

靜，古有去聲。《楚辭·大招》靜與定叶，去聲。

　　《老子》十六章靜與命叶，去聲。

　　《老子》三十七章靜與正叶，去聲。

　　《老子》四十五章靜與正叶，去聲。

〔去聲〕

七志

志，古有平聲。《楚辭·惜誦》志與咍叶，平聲。

　　《楚辭·抽思》志與期叶，平聲。

　　《楚辭·思美人》志與咍叶，平聲。

十三祭

害，古有入聲。《楚辭·離騷》害與艾叶，入聲。

　　《老子》七十三章害與殺、活叶，入聲。

十八隊

佩，古有上聲。《楚辭·離騷》佩與能叶，上聲。

　　《楚辭·惜往日》佩與好叶，上聲。

二十一震

信，古有平聲。《老子》八章信與淵叶，平聲。

　　《老子》二十一章信與眞叶，平聲。

三十五笑

笑，古有上聲。《楚辭·山鬼》笑與窕叶，上聲。

　　《老子》四十一章笑與道叶，笑與道叶，上聲。

四十五勁

正，古有平聲。《楚辭·離騷》正與征叶，平聲。

　　《楚辭·少司命》正與旌、星叶，平聲。

　　《楚辭·抽思》正與聽叶，平聲。

　　《楚辭·懷沙》正與程叶，平聲。

　　《老子》二十二章正與全叶，平聲。

《老子》三十九章正與清、寧、靈、盈叶，平聲。

四十五厚

母，古有上聲。《老子》一章母與始叶，上聲。

《老子》二十章母與俚叶，上聲。

《老子》二十五章母與改叶，上聲。

《老子》五十二章母與始、子、殆叶，上聲。

《老子》五十九章母與久叶，上聲。

四十九宥

壽，古有上聲。召叔山父簠，壽與考、寶叶，上聲。

王孫遺者鐘，壽與考、孝叶，上聲。

〔入聲〕

三燭

屬，古有去聲。《楚辭·離騷》屬與具叶，去聲。

《楚辭·天問》屬與數叶，去聲。

以上我們共列舉了先秦楚方言中的 18 個字調與中古韻書不同的韻字，共計 64 個例證。當中所顯現古今四聲的演變之跡，如下表所示：

〈古今四聲變化表〉

	古上今平	古去今上	古平今上	古平今去	古上今去	古上今入	古入今去	古去今入
陰聲韻	16	6		5	11		2	
陽聲韻		4	5	6				
入聲韻						2		2

表中所謂「古」是指先秦楚方言，所謂「今」是指中古《廣韻》的音。古今四聲的演變，似乎是以陰聲韻較為複雜，其變化計有「古上今平」、「古去今上」、「古平今去」、「古上今去」、「古入今去」等五種，其中去聲的古今變化更是與平、上、入三聲脫不了干係，佔了其中的四種，這說明去聲即使在古今的衍化過程中，依然保持著「可以和餘三聲隨便通叶，不受限制」的特性。論其衍化之跡，江有誥所舉《廣韻》陰聲韻平聲的情形，有表中所舉「古上今平」

的 16 例，表示先秦楚方言陰聲韻的上聲字，有部分已變入中古陰聲韻的平聲。江有誥所舉《廣韻》陰聲韻上聲的情形，有表中所舉「古去今上」的 6 例，表示先秦楚方言陰聲韻的去聲字，有部分已變入中古陰聲韻的上聲。江有誥所舉《廣韻》陰聲韻去聲的情形，有表中所舉「古平今去」的 5 例、「古上今去」的 11 例，表示先秦楚方言陰聲韻的平、上二聲字，有部分已變入中古陰聲韻的去聲。江有誥所舉《廣韻》陽聲韻上聲的情形，有表中所舉「古去今上」的 4 例、「古平今上」的 5 例，表示先秦楚方言陽聲韻的平、去二聲，有部分已變入中古陽聲韻的上聲。江有誥所舉《廣韻》陰聲韻去聲的情形，有表中所舉「古平今去」的 5 例、「古上今去」的 11 例、「古入今去」的 2 例，表示先秦楚方言陰聲韻的平、上、入三聲，有部分已變入中古陰聲韻的去聲。江有誥所舉《廣韻》陽聲韻去聲的情形，有表中所舉「古平今去」的 6 例，表示先秦楚方言陽聲韻的平聲，有部分已變入中古陽聲韻的去聲。江有誥所舉《廣韻》入聲韻的情形，有表中所舉「古上今入」的 2 例、「古去今入」的 2 例，表示先秦楚方言入聲韻的上、去二聲，有部分已變入中古入聲韻的入聲。

　　在演變的過程中，其互變（包括由甲變乙和由乙變甲）的例子愈多，則應該表示彼此間的關係愈接近。上表陰聲韻上去互變的例子最多，共有 17 次，上平互變的次數次之，共有 16 次，而平去互變的例子共有 5 次，這和上一節討論所得的結果是相近的，陰聲韻的去聲與上聲確實有著密切關係。而在陽聲韻中，也有平去互變和上去互變的情形，說明去聲與平、上二聲的關係，而去聲尤其近於平聲。至於入聲韻，這種一字異調的情形並不多，只有 2 個「古去今入」的例子，如果結合陰聲韻「古入今去」的 2 個例子來看，則正好說明上古的入聲韻本包括有兩種調類，其中一類後來變爲陰聲韻的去聲，一類仍是入聲。〔註15〕

　　總之，平、上、去、入四聲的分別，在上古是普遍存在的。但我們不可只以某種材料所顯現的四聲關係，便視之爲一套完整的上古四聲的系統。因爲即使上古於聲調有其嚴格的分別，但嚴格之中卻不乏偶然的通押現象，而不同時代、地域的語言材料，出現偶然通押的現象也有所不同。我們不必急著用這些偶然通押的例子來否定上古有聲調之分，卻可用以研究不同材料所存在的四聲關係的異同。本文除了從獨用的韻例中證明先秦楚方言古有四聲，更透過四聲偶然通押的韻例，以及韻字古今異調的情形，說明了先秦楚方言的四聲關係，在陰、陽、入三聲的韻部中，也有不同的展現。

〔註15〕參見方孝岳〈上古音概述〉，頁 82。

第七章　先秦楚方言韻系之構擬

第一節　擬音系統略說

　　清代的古音學家，其用力每在於求上古韻部的多寡，他們於字音的分合尚能辨別，但是對於音讀卻只能以「韻類」說之。如段玉裁〈古十七部本音說〉：

> 三百篇音韻，自唐以下不能通，僅以爲協韻，以爲合韻，以爲古人韻緩不煩改字而已。自有明三山陳第，深識確論，信古本音與今音不同。自是顧氏作《詩本音》，江氏作《古韻標準》，玉裁抱殘守闕，分別古音爲十七部。凡一字而古今音異，以古音爲本音，以今音爲音轉。如尤如怡，牛讀疑，丘讀欺，必在第一部而不在第三部者，古本音也，今音在十八尤者，音轉也。舉此可以隅反矣。

又〈古十七部音變說〉：

> 古音分十七部矣，今韻平五十有七，上有五十有五，去六十，入三十有四，何分析之過多也。因音有正變也，……「之」者音之正也，「咍」者音之變也，「蕭」「宵」者音之正也，「豪」「肴」者音之變也。……音不能無變，變不能無分，明乎古有正而無變，知古音之甚諧矣。

按照段玉裁的說法，如上古「之」部凡是變入《廣韻》「之」「止」「職」的都是

古本音，〔註1〕而變入「咍」「海」「代」「德」、「灰」「賄」「隊」、「皆」「駭」「怪」「麥」的都是變音，至於變入「尤」「有」「宥」「屋」、「侯」「厚」「候」的都是音轉。而其他各部也都可以根據所謂「古本音」、「變音」、「音轉」之說來類推。這些觀念也正是清代一般古音學家用以推求古音的依據。

語音遞變不斷，後代於音理的發明也是精益求精，就清儒所處的時代，能夠做到以「韻類」分別古今之音讀，已不是一件很容易的事情，況且他們分析所得的「韻類」，也足以為後人進一步探索古代音值的基礎。陳新雄先生說：

> 古韻之確實讀法，雖尚難明，然大抵言之，古韻韻類既析，系統既明，進求其變遷之跡，參以近世語音學理，譯語對音，各地方言之證明，同語族之比較諸端，則雖不能盡肖古人口齒所發之音，而其所得，相去亦不遠矣。〔註2〕

說明了清儒以來所分析的古韻韻類，是我們擬測古代音值的基礎。藉著這種基礎，進而參覈近世不斷發明的語音學理、譯語對音、各地方言、同語族等諸多方面，所擬測出來的音值，雖無法等同於古人口齒所發出來的聲音，但並不會相去太遠。

近人於研究上古音值的成就，在於以音標擬構上古音。此音標構擬之法發端自瑞典漢學家高本漢，繼之而起有陸志韋、董同龢、王力、李方桂、周法高以及陳新雄，諸位先生在高本漢的學說基礎上，再加以論證構擬，多有補苴之功。以音標擬測上古音，在學者們多方面的努力之下，確實締造了空前的成果，不過，並不能因此就能夠等同於上古的實際音值，因為那只是藉著一套音標系統所構擬出來的近似值。既然我們無法起古人於九泉之下，為後代呈現一套上古音的標準，那麼，後人的研究也只能因其所見而論之，結果往往是言人人殊。而對於擬音系統所持的論點不一，所擬測出來的上古音值，也就出現了不同的面貌。因此，在擬測上古音之前，我們首先必須辨明系統，所以本文在構擬先秦楚方言之先，希望能夠概略整理各家不同的意見，進而找出一套適合用以構擬先秦楚方音的擬音系統。

韻母一般分為介音、元音和韻尾三個部分，雖然上古時期的押韻只涉及主要元音和韻尾的問題，但是為了能夠觀照先秦楚方言到了中古時期的語音變化，因此，本文以下的討論除了涉及元音和韻尾的討論之外，並且對於介音以

〔註1〕段玉裁對於上古聲調主張古無去聲，凡是去聲都應視為變韻，所以「之」韻去聲「志」韻在此也當視為變韻。

〔註2〕參見陳新雄《古音學發微》，頁 968～969。

及開合口等問題，也將有所說明。

一、元　音

　　押韻的過程中，主要元音是個關鍵性的角色，尤其是面對異部通押的情況。王力以爲不同韻部互相押韻的情形有兩種，一種是通韻，一種是合韻。所謂「通韻」，是指陰、陽、入三聲的對轉，元音相同是對轉的唯一條件；其所謂「合韻」，條件稍寬，不過仍局限在「元音相近，或元音相同而不屬於對轉，或韻尾相同」的條件範圍內。〔註3〕

　　歷來學者於元音的擬測，有多種不同的結果。茲將各家所擬之元音列一簡表如下：

〈元音簡表〉

高本漢上古元音 14 個〔註4〕	ǎ、ɑ、â；ə、ɛ；ĕ、e；o、å、ŏ；ô、ộ；u、ŭ
董同龢《上古音韻表稿》上古元音 20 個	ə、ə、ə、ə；ô、o、ŏ；ɔ、ɔ、ɔ；û、u；â、ê、a、ä、ă、ɐ、e、ĕ
陸志韋《上古音說略》上古元音 13 個	ĕ、e；ɛ、æ、ɐ、a、ɒ、ʌ、ɔ；ɯ、ɤ、ə；o
王力《詩經韻讀》上古元音 6 個	ə、u、o、ɔ、a、e
蒲立本上古元音 2 個〔註5〕	ə、a
李方桂《上古音研究》上古元音 7 個	i、ə、a、u；iə、ia、ua
周法高《論上古音》上古單元音 3 個	ə、a、e
陳新雄上古元音 3 個〔註6〕	ə、a、e

　　擬測上古一部之內的中古各等韻類，有兩種方式，一是藉助於元音，一是採用介音。早期的學者採用前者，如高本漢、董同龢、陸志韋，三人所擬四等元音有別，一、二等元音互異；三、四等即加-j-、-i-，並且各等出現重韻時，還必須另擬元音，所以這一種擬測方式所產生的元音種類特別多，而介音的多寡則無別於中古。自王力以來的學者，始改用介音做爲分韻的手段，元音始得

〔註3〕參見王力《詩經韻讀》，頁33～36。

〔註4〕此十四個元音，是董同龢《上古音韻表稿》歸納高本漢於1944年以前的上古音系統，所得之結果。參見該書頁72。

〔註5〕蒲氏之說載於"The Final Consonants of Old Chinese"，1975。本文此處摘錄自余迺永《上古音系研究》，頁34。

〔註6〕陳新雄的三元音系統，參見〈黃季剛先生及其古音學〉，頁31。

簡化，變成每部只有一個單一的元音。〔註7〕

余迺永嘗為各家所擬測的元音系統下一註腳，〔註8〕他說：

> 縱觀各家上古韻部擬音，高、董、陸以元音分別同部異韻諸字，不
> 特元音具長短緊鬆之音位，且得相互押韻，自難入信；而王氏雖以
> 介音為別，然調類之平上，去入各分長短兩組，又涉及元音，是其
> 元音之複雜不讓於高、董、陸三氏。蒲氏及周師（法高）系統違背
> 語言公例，刻意求合，具見斧鑿痕。李先生於音理並漢語歷史音韻
> 之演變大勢兩俱得之，其系統之完善，已毋庸置疑也。

各家所擬元音的多寡，自有其內在的理路可說，而總的說來，大概元音的種
類過多（如高、董二氏）或過少（如蒲氏），都不是最理想的元音系統。陸志
韋也曾說過，「我們構擬古音，不可犯太巧妙的毛病」，「所謂一個音素，不是
一個單純的物理現象。習慣教人認定很少數的幾個音是有符質的，能『代表
意義』的，其餘的『小德出入可也』」。〔註9〕因此，他批評高本漢收-g、-k的
字音有多至七種的後元音，則不免將語音的情況混亂。陸氏的觀點極是，可
惜的是，其元音之複雜亦不讓於高氏。而蒲立本和周法高任意省併元音的做
法，不僅違反音位歸納之系統性原則，並且流於造作。〔註10〕因此余氏所認同
者唯李方桂的系統。

不過，筆者認為陳新雄的〔ə〕、〔ɐ〕、〔a〕三個元音系統，也同樣能夠兼顧
音理以及漢語音韻的演變情形。據陳先生的說法，這個結果事實上是揉合了各
家的理論而得，而與周法高的系統較為接近。他說：

> 關於這兩部（「添」「怗」）的元音系統，我較傾向於董同龢先生《上
> 古音韻表稿》以談盍的元音為a，「添」「怗」的元音為ɐ的說法。
> 同時根據我研究《詩經》韻的通轉現象，那時認為有四個元音，就
> 據董說，將「添」「怗」二部定為ɐ元音的韻部。並接受李方桂、
> 王力、周法高諸家的說法，將「東」「屋」「冬」「覺」「藥」諸部定

〔註7〕參見余迺永《上古音系研究》，頁35。

〔註8〕同上註，頁39。

〔註9〕參見陸志韋《陸志韋語言學著作集》（一），頁65。

〔註10〕周氏將「侯」「屋」「東」之作ew、ewk、ewg，乃省一「o」音位，故併入於e。
其做法乃是仿蒲氏擬「侯」「屋」「東」為aw、aw、ang，亦且併「u」入「a」
音位的方法，從-i-、-u-二音位既屬介音，又屬元音看來，周氏擬「e」代替「i」，
乃是為了構擬上的方便；蒲氏省「u」的做法，尤其違反音位歸納之系統性原則，
斧鑿未免太過。參見余迺永《上古音系研究》，頁38～39。

爲有圓脣舌根音的韻尾，寫法上則採王力、張琨的意見寫作 uŋ、uk 等，相配的陰聲部「侯」「幽」「宵」則認爲有-u 韻尾。又接受了王力的意見，把「歌」部訂爲-i 韻尾，則可節省一個元音，成爲三元音系統，與周法高比較接近。〔註11〕

　　原來陳先生的元音系統有〔ɑ〕、〔ə〕、〔ɐ〕、〔a〕等四個元音，比現在的三元音系統多了一個〔a〕。究其原因，則是因爲先生將其原來屬於 a 類元音的韻部，如「魚」「鐸」「陽」「東」「侯」「屋」「盍」「談」諸韻，都歸到 a 類元音之下。在他的系統裡，「魚」「鐸」諸部的韻母差不多是平行的，不過，因爲後來和董同龢一樣，將「談」「盍」二部的元音擬爲〔a〕，於是這些韻母差不多的韻部，也就一併納入 a 類的元音之下了。此外，他把「歌」部訂了一個-i 韻尾，一方面是接受了王力的意見，藉此可以節省一個〔i〕元音，另一方面大概是看到李方桂擬了 i 類元音之後，卻使得音韻結構顯得非常不完整的缺失。〔註12〕並且他以李方桂所擬的元音系統來觀察《詩經》押韻，常常會發現有「元音之三極端均可在一起押韻」的情形，而造成聽覺上的不合諧，〔註13〕可見得李方桂的元音系統還有待修正之處。而陳先生的元音系統是在多方補苴罅漏之後，所得到的一種「前修未密，後出轉精」的系統，實堪作爲後人據以擬音的基礎。

二、韻尾-b、-d、-g 之有無

　　陰聲韻部，是否帶韻尾-b、-d、-g 的問題，歷來有二派不同的主張。主張帶有-b、-d、-g 韻尾的學者，有高本漢、李方桂、陸志韋、董同龢等人；主張不帶-b、-d、-g 尾的學者，有林語堂、魏建功、王力以及陳新雄。

　　陰聲韻部有-b、-d、-g 尾的提出，肇始於高本漢，乃是爲了解釋諧聲及《詩》韻中，陰聲和入聲韻部密切相通的情形，因而在陰聲韻部加上-b、-d、-g 濁塞音韻尾，以對應於入聲之清塞音韻尾-p、-t、-k。這個說法並且得到李、陸、董等人的認同。同中有異的是，四人對於-b、-d、-g 尾的形成卻有不同的觀點，以下列表示其異同。

〔註11〕參見陳新雄〈黃季剛先生及其古音學〉一文，頁 30～31。

〔註12〕從李方桂的上古韻部元音與韻尾相配的情形看來，其 i 類元音的韻部缺了許多，嚴重影響音韻結構的完整性。

〔註13〕參見陳新雄〈李方桂先生《上古音研究》的幾點質疑〉一文，頁 61。

〈上古-b、-d、-g 韻尾來源表〉

	-b	-d	-g
高本漢〔註14〕	陰入聲相通密切，如「去擊納入對」等諧聲有通-m 或-p 韻尾之關係。	陰入聲相通密切	陰入聲相通密切
陸志韋〔註15〕	同高本漢	周代以後由-b 尾變來，如爾→薾。〔註16〕	周代以後由-b 尾變來，如去→祛〔註17〕
李方桂	同高本漢	《詩經》時期-b 尾變來。〔註18〕	存疑
董同龢	-b 尾只存在於帶有*a 和*ə 兩種元音的字，並以為-b 尾諧聲憑藉太少，不足以為斷。〔註19〕	《詩經》時期由-b 尾變來。	沒有明白說出-g 尾的來源，但大致以為之幽宵侯魚諸部的陰聲字都收有-g 尾。〔註20〕

　　總之，上述諸家於陰聲韻部之擬有-b、-d、-g 尾，大都是以陰聲韻部和入聲韻部有密切相通關係為大前提，至於論點上的些許差異，上表已大概說明了。而李方桂早年所說的一段話，可以為這一派主張的綜合結論，他說：

　　　　我覺得最妥當的辦法是：把在《切韻》時候還保存的-p、-t、-k，同
　　　　《切韻》時代以前已經失掉的韻尾分別出來；前一種寫作-p、-t、-k，
　　　　後一種寫作-b、-d、-g。他們真正的讀法如何，我覺得我們還不能定。
　　〔註21〕

李氏意指早在《切韻》時代以前是有著二套不同的韻尾，一套是-p、-t、-k，到了《切韻》時代仍然保存在入聲韻部；另一套則在《切韻》時代以前已經消失了，並且其真正讀法尚無法確知，故暫定其音值為-b、-d、-g。

　　另外主張陰聲韻不收-b、-d、-g 韻尾的，以林語堂〈支、脂、之三部古讀考〉之五駁〈珂羅倔倫之部收-g 音說〉，首發其端。大抵認為高本漢以「之」

〔註14〕 高氏的意見摘錄自余迺永《上古音系研究》，頁40。
〔註15〕 參見陸志韋《古音說略》，頁242～243。
〔註16〕 同上註，頁242～243。
〔註17〕 同上註，頁242～243。
〔註18〕 參見李方桂《上古音研究》，頁36。
〔註19〕 參見董同龢《上古音韻表稿》，頁60。
〔註20〕 同上註，頁50。
〔註21〕 同註18，頁25。

部收-g尾，藉以說明「支」「脂」「之」三部不同，是行不通的。魏建功曾舉《詩經》中屬於陰聲韻部的摹聲字，如「微」部「喈喈」乃禽鳴或金擊之聲；「魚」部「吁」乃嘆聲，「呱」乃哭聲，……等，證明陰聲韻部為純元音收韻的開尾韻，既不收清塞音韻尾-p、-t、-k，也不收濁塞音韻尾。〔註22〕

王力早年也曾主張陰聲收有濁塞音韻尾，晚年則服膺審音派，以陰聲是開口音節，入聲是閉口音節，〔註23〕而將上古韻部陰、陽、入三分。對於某些漢學家把大部分，或者是全部的陰聲韻，都當成閉口音節的作法，王力頗不以為然地說：

> 像某些漢學家那樣，連「之」「幽」「宵」「侯」「魚」「支」六部都收塞音（或擦音）；那麼上古漢語的開口音節那樣貧乏，也是不能想像的。〔註24〕

而陳新雄也同樣不主張陰聲諸部帶有韻尾-b、-d、-g，而且陰聲韻部不帶-b、-d、-g韻尾，正是他古韻三十二部陰聲和入聲韻部截然劃分的最大依據。其反對陰聲收-b、-d、-g韻尾的理由如下：〔註25〕

1、《廣韻》陰聲之去聲，為古韻入聲韻部所發展而成，關係密切除外，而《廣韻》陰聲之平上聲與入聲的關係，實微不足道。如果陰聲收有-b、-d、-g韻尾，平上去入之關係當平衡發展。易言之，即陰聲之平上聲與入聲之關係也當如去入之密切，然而事實並非如此。

2、若陰聲韻收有-b、-d、-g韻尾，會造成陰陽二聲的關係近於陽聲與入聲的關係，違背上古到中古入聲韻部多與陽聲韻部相配整齊、而陰陽聲韻部之相配則較參差的事實。

3、從近代方言考察，凡入聲失去韻尾以後，聲調多轉入其他各聲，若陰聲有-b、-d、-g韻尾，當其失去韻尾，聲調也應隨之變化，然事實並非如此。

就上述第一點意見來看，-b、-d、-g和-p、-t、-k二組輔音韻尾，在音理上都是屬於較難發出的塞音，它們的分別只在於一清一濁，而如果再如李方桂所說，「語言上，*-p跟*-b、*-d跟*-t、*-g跟*-k等並不一定含有清、濁的區別」，

〔註22〕 參見魏建功〈古陰、陽、入三聲考〉，載《國學季刊》二卷二期（1929）頁299～361。

〔註23〕 王力這個觀點受有錢玄同的影響，他說：「儘管我所擬測的主要元音和錢氏頗有出入，但在陰聲擬測為開口音節，入聲擬測為閉口音節這一觀點上，我和錢氏是完全一致的。」參見王力〈上古漢語入聲和陰聲的分野及收音〉，頁211～212。

〔註24〕 參見王力《漢語音韻》，頁176。

〔註25〕 同註2，頁985。

〔註26〕那麼，我們實在是「可將陰聲視爲入聲」。然而，從先秦楚方言的用韻事實來看，《廣韻》陰聲韻除了去聲與入聲的關係較密切之外，平、上聲和入聲的關係並不那麼密切。舉《楚辭》「魚鐸」合韻爲例，「魚」部爲陰聲韻，「鐸」部爲入聲韻，對照本文第四章第一節的「魚」部韻字表，我們發現在 17 次的合韻中，陰去和入聲合韻的就有 13 次，而陰聲平、上二聲和入聲合韻僅 4 次，可以印證陳新雄反對陰聲韻有-b、-d、-g 尾的論點。

　　而對於陳先生的第二點意見，余迺永曾批評說：

> 倘陰聲果無與入聲有關之韻尾，何以上古與中古入聲與陰、陽聲字
> 相配情況適相反？又諧聲、《詩》韻陰、陽聲字適較陽、入不乏往來，
> 何以知其非「陰、陽之關係遠較陽、入關係爲密切？」

我們就音理來觀察陽、入聲往來的情形，陽聲韻以-m、-n、-ŋ 收尾，入聲韻以-p、-t、-k 收尾，它們之間的押韻關係，除了是建立在主要元音相同的基礎上，在發音部位上，更是兩兩相同，如-p、-m 同爲雙唇音，-t、-n 同爲舌尖中音，-k、-ŋ 同爲舌根音，可見陽、入的關係是接近的。陰聲和入聲在韻文中雖常有叶韻，不過它們的關係可能不像陽、入的關係那樣密切，因爲陰、入二聲只需主要元音相同，便可對轉。陳新雄稱這些不帶韻尾的陰聲韻部爲一種「不完全韻」，這些陰聲韻部和以唯閉音-p、-t、-k 收尾的入聲韻部，只求其元音相同，便可以勉強相叶，〔註27〕因此實在無需刻意擬造一套陰聲韻尾。至於陰、陽二聲也常有叶韻的情形，可引錢玄同《文字學音篇》中所說的話作爲解釋：

> 蓋入聲者介于陰陽之間，本音出於陽聲，應收鼻音，但入聲音至短
> 促，不待收鼻，其音已畢，頗有類於陰聲。〔註28〕

陰、陽二聲之間因爲有入聲做爲對轉的媒介，所以在諧聲和《詩》韻當中，不乏陰、陽二聲互叶的例子，但我們不能因此便否定陳先生所說「從上古到中古入聲韻部多與陽聲韻部相配整齊、而陰聲韻部之相配則較參差」的事實。〔註29〕因此，陳新雄否定-b、-d、-g 韻尾的第二點理由，還是成立的。

　　最後，主張陰聲韻帶有-b、-d、-g 韻尾的學者，還有一個至今仍無法解決的難題，就是王力所提出的，爲何「上古漢語的開口音節那樣貧乏」的問題。因爲世界上的語言，一般說來開尾韻都不會太少，反倒還有許多相反的證據，

〔註26〕 同註 18，頁 25。

〔註27〕 同註 2，頁 990。

〔註28〕 引自陳新雄《古音學發微》，頁 990。

〔註29〕 同註 2，頁 985。

例如阿細語、撒尼語、威寧苗語等等都沒有閉口音節，〔註30〕可見得把上古漢語擬成開口音節極端貧乏，或完全沒有開口音節的語音，是不合理的。因此，本文主張陰聲韻不帶有-b、-d、-g 的韻尾，而陰、陽、入三聲的區分，也如錢玄同所分：陰聲屬於純元音，而陰聲加塞聲-p、-t、-k 為入聲，陰聲加-m、-n、-ŋ 為陽聲。〔註31〕

透過以上的說明，在韻尾方面，本文既不贊同陰聲韻部帶-b、-d、-g 尾的說法，而在元音方面，陳新雄的三元音系統集結了李方桂、王力、董同龢、周法高、張琨等人的擬音成果，或有所苴補，或有所因襲，可譽為「後出轉精」之作，因此陳先生的古音系統，可以做為本文構擬先秦楚方音的基礎。今迻錄如下：

	ə	ɐ	a
φ	之 ə	支 ɐ	魚 a
k	職 ək	錫 ɐk	鐸 ak
ŋ	蒸 əŋ	耕 ɐŋ	陽 ɔk
u	幽 əu	宵 ɐu	侯 au
uk	覺 əuk	藥 ɐuk	屋 auk
uŋ	冬 əuŋ	○ɐuŋ	東 auŋ
i	微 əi	脂 ɐi	歌 ai
t	沒 ət	質 ɐt	月 at
n	諄 ən	眞 ɐn	元 an
p	緝 əp	怗 ɐp	盍 ap
m	侵 əm	添 ɐm	談 am

本章第二節擬音的部分，便是以這個系統為基礎，再參覈先秦楚方言用韻的實際，擬測出一套屬於先秦楚方言的韻部系統。

三、介音與開合

上古介音的問題，自從王力以來用介音做為區分中古各等韻類的方法之後，開始有令人較滿意的發展。王力早期在《漢語史稿》中原有七類介音，〔註32〕其

〔註30〕　參見王力〈上古漢語入聲和陰聲的分野及收音〉，頁245。

〔註31〕　參見錢玄同〈古韻廿八部音讀之假定〉一文，引自陳新雄《古音學發微》，頁989～990。

〔註32〕　這七類介音包括開口二等-e-，三等-i-，四等-i-；合口一等-u-，二等-o-，三、四等之-w-，與-i-、-i-組成-iw-、-iw-。

後在《詩經韻讀》中，一改高本漢以來用不同元音辨析中古不同等第韻類的方法，而將三等介音改用-i-，四等用-y-；合口三等、四等之-w-音素取消，沿用一等之-u-，與-i-、-y-組成-iu-、-yu-。如此一來，不僅條理簡易，且符合中國傳統不論介音或開、合口，但求主要元音、韻尾二者相同或相近即可押韻之習慣，而對於先秦韻文與諧聲情況，也能有圓滿的解釋。〔註33〕因此，本文所采用的介音是根據王力所訂，不過，為了能夠配合陳新雄所擬《廣韻》二百零六韻的音值，因此，本文在寫法上稍有改易，把三等的介音寫作輔音性的-i-，四等的介音則寫作元音性的-i-。此外，凡古韻部變入後世韻圖一、二等的字，王力則在二等韻定有介音-e-，此-e-為弱-e-略帶輔音性。

至於上古韻部的開合問題，一般研究上古韻者，大多能承認上古韻有開合之別，〔註34〕只不過，上古韻的開合未必盡同於《廣韻》的開合。〔註35〕其辨明開合之法，則如陳新雄先生所說：

> 即古韻某部其聲母為開口而所諧字亦為開口，則定為開口之部，若其聲母為合口而所諧字亦為合口，則定為合口之部，若某部聲母與所諧字皆兼備開合，則定為兼備開合之部。

可見古韻某部之開合，端視其聲母與所諧字之開合而定。然以本文之研究並不涉及聲母，因此欲定先秦楚方言韻部之開合實有困難。不過，為能明白先秦楚方言以迄中古的語音演變之跡，我們仍不得不另尋一折衷辦法，也就是說我們不妨暫時將先秦楚方言韻部之開合，等同於《廣韻》韻部之開合，其作用在於能夠方便地對應中古不同的等第韻類，且對於我們討論主要元音與韻尾的變化情形，也不會造成影響。

第二節　韻值擬測

王力對於擬測古音的價值，有一歷時性的概說：

> 如果擬測比較合理，我們就能看清楚古今語音的對應關係，同時又

〔註33〕 參見余迺永《上古音系研究》，頁30。余氏的意見原為「王力《漢語史稿》介音……不僅條理簡易，且符合中國傳統不論介音或開、合，但求主要元音、韻尾及調類三者相同即可押韻之習慣；於先秦韻文與諧聲情況，自更能圓滿解釋。」

〔註34〕 同註2，頁969。

〔註35〕 王力〈上古韻母系統研究〉指出：「我們不該設想上古等呼中古等呼系統完全相同；其中也有上古屬開而中古屬合的，也有上古屬合而中古屬開的。」載《王力文集·十七卷》，頁124。

能更好地了解古音的系統性。〔註36〕

後人擬測古音，雖然無法重現古代的具體音值，但如果能夠儘量求得一個較合理的擬測結果，那麼，對於古音的系統性也就容易明白。並且以這樣的語音系統，和後代的音系（如《廣韻》二百零六韻音系）做比較，也足以勾勒出古今音變的情形，這是古音擬測的歷時性價值。

以下我們將先秦楚方言二十九個韻部，區分為十一個類：

第一類：「之」「職」「蒸」　　　第二類：「幽」「覺」

第三類：「宵」「藥」　　　　　第四類：「侯」「屋」「東」

第五類：「魚」「鐸」「陽」　　　第六類：「歌」「月」「元」

第七類：「支」「錫」「耕」　　　第八類：「脂」「質」「眞」

第九類：「微」「沒」「諄」　　　第十類：「侵」「緝」

第十一類：「盍」「談」

類別既定，再逐類擬音，當中並酌取陳新雄所擬測的兩套語音系統，一是上古音系統，〔註37〕主要是透過音值的比較，以具體明白《詩經》韻系與先秦楚方言韻系之間的差異。一是《廣韻》二百零六韻的音系，〔註38〕目的是拿上古的韻部對照中古的韻部，藉以了解先秦楚方言的韻母到中古的發展概況，且證明本文所擬測之音值，是能夠為後來的音變提供合理的演變條例。

第一類：「之」「職」「蒸」

陳新雄將上古音「之」部的音擬作〔ə〕，「職」部擬作〔ək〕，「蒸」部擬作〔əŋ〕。將這一類的主要元音擬為〔ə〕，是因為〔ə〕在前後與升降之間，所佔的區域較廣，〔註39〕可以通押的範圍較大。先秦楚方言中，「之」部所通押的韻部最多，計有「幽」「宵」「侯」「魚」「歌」「支」「脂」等部，所以以〔ə〕作為「之」部的音值，是非常恰當的。入聲「職」部和「之」部通押的次數不少，是「之」部的對應韻部，可以擬作〔ək〕。至於「蒸」部，既不和「之」部通押，也不與「職」部合韻，以之做為這一類的陽聲對應韻，似有未妥。然而，從「蒸」部的合韻例來看，只有「蒸陽」合韻一次，而「陽」部的陰聲對應韻是「魚」

〔註36〕參見王力〈先秦古韻擬測問題〉，頁292。

〔註37〕此系統是陳新雄匯考周秦韻語諧聲，參照近代諸家音說，所訂定而成。今以當中的材料是以《詩經》為主體，因此視之為《詩經》音，亦無不可。載於〈黃季剛先生及其古音學〉，頁31。

〔註38〕載於陳新雄《《廣韻》二百零六韻擬音之我見》一文中。

〔註39〕同註2，頁1018。

部,與「魚」部合韻的陰聲韻部只有「之」部,所以透過韻部間的對應關係,我們可以視「蒸」部為「之」部的陽聲韻部,並假定其音值為〔əŋ〕。這三部的對轉式為:

「之」〔ə〕── 「職」〔ək〕── 「蒸」〔əŋ〕

先秦楚方言這一類的音值,與《詩經》音無別。與中古韻部的對應情形則如下表:

	先秦楚方言	中 古 音		韻 字
之部	-i̯ə	脂(開三)	-ie	(平)駓〔註40〕(上)鄙(去)備〔註41〕
	-i̯ə	之(開三)	-i̯ə	(平)茲詞之思期旗疑詒昭辭狸持娸治嚭時慈熙趣諆鼇(上)芷止阯趾里理汜似恃子以娭紀士已起始似喜己祀(去)志事餌
	-uə	灰(合一)	-uəi	(平)煤媒(上)悔(去)佩
	-ə	咍(開一)	-əi	(平)來咍災哉咳臺(上)在茝䣅待殆采海倍宰(去)能態載再代
	-i̯ə	蒸(開三)	-i̯əŋ	(平)凝
	-i̯ə	尤(開三)	-i̯əu	(平)尤謀牛朒丘(上)婦有否友右久(去)佑囿祐富
	-ə	侯(開一)	-ou	(去)畝母
	-ɐə	皆(開二)	-iɐ	(去)戒
	-uɐə	皆(合二)	-uɐi	(去)怪
職部	-i̯ək	職(開三)	-i̯ək	(入)息極翼側測識殛億直食軾䘸嗇式棘匿飾祀弋
	-i̯ək	屋(開三)	-i̯ok	(入)服牧福伏
	-ək	德(開一)	-ək	(入)則得北默德賊克杙
	-uək	德(合一)	-uək	(入)國惑
蒸部	-i̯əŋ	蒸(開三)	-i̯əŋ	懲凌與膺仍烝勝陵冰應
	-i̯əŋ	東(開三)	-i̯oŋ	弓雄
	-əŋ	登(開一)	-əŋ	恒

表中「之」部的主要元音到了中古,有讀為〔e〕、〔ə〕、〔o〕、〔ɐ〕,所以讀

〔註40〕 高本漢以「鄙丕」歸開口,駓、丕諧聲偏旁相同,說可從。參見《中國文字學》,頁 387,390。

〔註41〕 高本漢以「備」屬開口,說可從。參見《中國文字學》,頁 387。

爲〔o〕，當與隋唐時期產生的-u韻尾有關，〔註42〕主要元音〔ə〕因爲受到韻尾
-u的影響，產生同化作用，而變讀爲圓唇高化的元音，可見-ə音的圓唇化，應
該遲至隋唐時代才產生。至於「之」部的〔iəi〕到了中古所以會分化爲「脂」
的〔ie〕，和「之」的〔iə〕，若單就韻母而言，實在很難看出有任何分化的條件，
但我們可以假設是因爲在某種程度上，受到聲母的影響而產生變化。〔註43〕而
主要元音變讀爲〔ɐ〕，則只能依照王力的方法，解釋爲一種「不規則的變化」。
〔註44〕「蒸」部音讀的發展較爲穩定，除了弓、雄等字的主要元音由於受到圓
唇舌根韻尾的影響，使得其音讀由〔iəŋ〕變〔ioŋ〕，在漢代轉入「東」部之外，
其餘到中古還是保留原來的音讀。「職」部的分化和「蒸」部是對應的，「職」
部分化爲「屋」「職」「德」，「蒸」部就分化成「東」「蒸」「登」。在音值上，「蒸」
部變入「東」部的字，主要元音變讀爲〔o〕，則由「職」部變入「屋」部的音
亦隨之變讀爲〔iok〕。

第二類：「幽」「覺」

　　對於「幽」部的古讀，歷來學者有擬作〔u〕、〔o〕、〔əu〕等三種。陳新雄
早年觀察「幽」部在《詩》中的用韻情形，認爲「幽」部古讀應爲〔o〕。〔註45〕
稍晚於〈黃季剛先生及其古音學〉一文中，則認爲「侯」「幽」「宵」之後應有
-u韻尾，所以把「幽」部擬作〔əu〕。在先秦楚方言中，「幽」部和「之」部的
關係頗密，因此二部的音值應是接近的。王力最早將「幽」部擬作複元音〔əu〕，
陳新雄曾有不同的意見，他說：

> 「幽」部若爲〔uə〕，則其對轉之「冬」部當爲〔uəŋ〕，複元音〔uə〕
> 加舌根鼻音〔ŋ〕，拼合亦不易成，故亦不可能爲〔uə〕。〔註46〕

從發音條件來看，複元音〔uə〕加舌根鼻音〔ŋ〕音，是不容易發出的。然而我
們又沒有足夠的理由證明古人不會發出這種難發的聲音，這大概是陳新雄後來
也能夠接受王力把「幽」部擬作〔əu〕的原因之一。把「幽」部擬作〔əu〕，對

〔註42〕　參見王力《漢語語音史》〈歷代語音發展總表〉，頁497～524。以下討論語音的演
　　　　變，凡涉及漢、南北朝、隋唐、五代者，皆本該表所擬之音值。

〔註43〕　王力認爲聲母對韻母的影響，可能有二種情況，一是聲母與元音的不相容，而使
　　　　得韻母發變化；另外則是由於一種傾向性使韻母因聲母的不同而分化。參見〈先
　　　　秦古韻的擬測問題〉，頁300。然而本文由於未涉及聲母的探討，因此只能做一種
　　　　初步的推測，而無法就其音值做討論。

〔註44〕　參見王力《漢語史稿》，頁78。

〔註45〕　同註2，頁1015。

〔註46〕　同註2，頁1015。

其陽聲韻部之擬作〔əuŋ〕，既不造成影響，並且〔ə〕和〔əu〕之間的差別，只在於後者的是由舌面央〔ə〕移向舌面後〔u〕，所形成的一種複元音。二者同具〔ə〕音，故音近，而以「幽」部加一 -u 音，也足以區別「之」、「幽」二部。此外，長沙地區的現代方言中，流攝開口三等的字（《廣韻》「尤」「有」「宥」），至今韻母仍都保留〔əu〕的音，所以本文將「幽」部的音擬作〔əu〕。

和「幽」部對應的入聲韻部是「覺」部，先秦楚方言「幽」「覺」二部合韻4次，聲音關係亦近，並且「覺」部和「職」部合韻，與「之」「幽」合韻的情形是對應的，今擬作〔əuk〕。在陽聲韻部方面，先秦楚方言「幽」部並無相配的陽聲韻，因為當中的「東」「冬」二部已合併為一部，其合併之理一如本文第五章所述。或以「東」部是唯一和「幽」部合韻的陽聲韻部，理當做為與「幽」部相配的陽聲韻部。然而「東」「幽」合韻的情形，在《詩經》中亦不乏其例，且「東」不必為「幽」之相配的陽聲韻，二部自可合韻，所以先秦楚方言中，也不必以「東」部和「幽」部相配，其所以合韻，只需有聲音上的關係即可。韻部間的對應型式，並無需拘泥於陰陽入三聲相配的整齊性，只要是合乎語言的事實，即使在當中形成了空檔，也應該加以承認。其對轉式為：

　　「幽」〔əu〕――「覺」〔əuk〕

　　先秦楚方言這一類中的「幽」「覺」二部，音值無別於《詩》音。與中古韻部的對應情形則如下表：

	先秦楚方言	中　古　音		韻　　字
幽部	-iəu	虞（合三）	-iu	（平）孚
	-iəu	蕭（開四）	-ieu	（平）調蕭聊寥彫
	-eəu	肴（開二）	-ɔu	（平）茅膠（上）巧（去）孝
	-əu	豪（開一）	-ɑu	（平）牢（上）好道考保草老寶早
	-iəu	尤（開三）	-iou	（平）遊游求留流啾猶州修舟憂仇讎悠由秋愁楸滫繆（上）首懮醜守咎牖（去）就救秀霤壽
覺部	-əuk	豪（開一）	-ɔk	（去）告
	-eəuk	覺（開二）	-ok	（入）育腹竺燠復鞠
	-əuk	屋（開一）	-ok	（入）畜目淑穆
	-əuk	沃（合一）	-uk	（入）篤

表中「幽」部的音讀變化不小，有變讀為〔iu〕、〔ieu〕、〔ɔu〕、〔ɑu〕、〔iou〕。

其中由〔ǐuəi〕變讀爲〔ǐui〕，王力認爲是一種不規則的變化，〔註47〕而由〔iuəi〕變讀爲〔ieu〕，可能就是受到聲母的影響。其餘讀成圓唇元音的，則是因爲受到後面-u 韻尾的影響。「覺」部分化的情形尤其明顯，其中「豪」韻的-k 韻尾已經失落，而事實上這種情形最早是發生在南北朝之際，並且主要元音由於受到後面-u 韻尾的影響，而有後化的傾向。此外，在完全相同的韻母條件下，〔əuk〕卻能分化爲〔ɔk〕、〔ok〕、〔uk〕等三種音值，想必是受有聲母不同的影響。

第三類：「宵」「藥」

先秦楚方言中，「宵」部與他部的合韻情形爲：「宵」「魚」合韻、「宵」「幽」合韻、「之」「宵」合韻，可見「宵」部的聲音近於「之」「幽」「魚」三部。「魚」是一個後元音韻，而「幽」部是一個央元音〔ə〕，那麼，與「幽」部音極近的「宵」部，其主要元音便可擬作〔a〕。再從中古迄今「幽」「宵」二部的韻值來推測，此二部合用的條件當是韻尾相同，〔註48〕因此，「宵」部的主元音〔a〕之後，應該還有一個韻尾〔u〕。此外，我們從長沙地區的現代方言中發現，凡屬中古效攝的字，其韻母都還保留著〔au〕的音，這更教我們相信，先秦楚方言「宵」部的音值可能就是〔au〕。

「藥」部是與「宵」部相配的入聲韻部，其音值可以讀作〔auk〕。此外，由於先秦楚方言的「宵」部並無與之相配的陽聲韻部，在此可以闕而不論。其對轉式爲：

「宵」〔au〕——「藥」〔auk〕

《詩經》音裡，這一類韻部的陰、陽、入三聲同樣是分配不平均，這或許是因爲整個上古漢語中，原本就不存在一個和「宵」部對應的陽聲韻部。在音值上，「宵」「藥」二部在《詩經》和先秦楚方言中，是有所不同的，其異同如下：

	詩經	先秦楚方言
宵	〔ɐu〕	〔au〕
藥	〔ɐuk〕	〔auk〕

「宵」「藥」二部的主要元音，在《詩經》音裡，是一種舌面央的元音，在先秦楚方言中，則屬於前低元音，顯然《詩經》和先秦楚方言是有所不同的。至於二部與中古韻部的對應情形如下：

〔註47〕 同註44，頁 80。

〔註48〕 參見林蓮仙《楚辭音均》，頁 100。

	先秦楚方言	中　古　音		韻　　字
宵部	-iau	蕭（開四）	-ieu	（平）佻（上）窕
	-ịau	宵（開三）	-iεu	（平）遙姚昭橋（上）小眇兆（去）笑照
	-eau	肴（開二）	-ɔu	（去）教效
	-au	豪（開一）	-ɑu	（平）高逃（去）到鷔
藥部	-iauk	蕭（開四）	-ieu	（去）噭
	-ịauk	宵（開三）	-iεu	（去）燿約（入）邈
	-auk	鐸（合一）	-uɑk	（入）樂

　　表中所見「宵」部主要元音的變讀，有圓唇化以及高化兩種情形，究其原因，也是因為受到後面-u韻尾的影響，而中古「肴」韻所對應的上古音，原有弱輔音介音-e-，由於讀音較弱，所以在語音的演化中容易丟失。至於「藥」部分化的結果，則造成塞音韻尾-k的大量失落，如「蕭」「宵」二韻。在主要元音方面，除了由〔auk〕演變到「鐸」部的〔uɑk〕是一種不規則的變化之外，其他的中古韻則都有高化的現象。

第四類：「侯」「屋」「東」

　　「侯」部的上古音值為何？從高本漢以來的學者，大都把「侯」部的主要元音擬作〔u〕。林蓮仙擬測《楚辭》「侯」部的音值時，認為：

　　　　《楚辭》韻譜中又有「之」「侯」的一處合韻例（〈惜往日〉「廚牛之」），
　　　　「之」是一個中元音韻，若是，可以推斷「侯」的元音也在中、後
　　　　元音之間，參照高、董之論，又可能是圓唇元音。〔註49〕

林氏雖沒有完全認同高氏等人，把「侯」部的主要元音擬作〔u〕，但是當中還是參照了高、董等人的說法，以為「侯」部的元音，有可能是屬於圓唇元音，這等於是初步地劃定了「侯」部元音範圍。之後，林氏又參覈現代漢語的音讀，發現國語、閩語中，「侯」部幾乎全讀圓唇音，音值近〔ou〕、〔o〕、〔y〕之間；而上溯中古時期，一般擬測《廣韻》「侯」韻的音值為〔əu〕，「虞」韻的韻值為〔eu〕，均有圓唇後元音的成分，因此他假定《楚辭》音「侯」部的元音，應該是個與「之」部元音〔ə〕開合程度仿似的圓唇後元音〔o〕。筆者從與楚方言關係親近的長沙方言中，觀察到屬遇攝合口三等的「虞」、「麌」、「遇」韻，幾乎全讀作〔y〕，而屬流攝開口一等的「侯」、「厚」、「候」韻，則完全讀作〔əu〕，

〔註49〕同註48，頁105。

完整地保留中古的音讀。這個發現，教我們更相信上古「侯」部應該是個圓脣後元音。但是若依林氏把「侯」擬作〔o〕，則不合上古到中古元音高化的演變規律，因爲元音〔ə〕的音位較〔o〕爲低，故本文將「侯」部擬成〔ɑ〕，如此一來，不管中古「侯」韻作〔u〕或作〔əu〕，都能不違其歷史語音的演變規則。

此外，把「侯」部擬爲〔ɑ〕，也比較容易解釋爲何兩漢時期，除了屬楚方音的「魚」「侯」兩部分立之外，其他語言材料中的「魚」「侯」二部則都合併爲一部的現象。陳新雄爲了能夠解釋羅、周二氏所說的，西漢時期「魚」、「侯」合爲一部的情形，因此認爲「侯」部不應該讀爲〔o〕，而應該是與「魚」部〔ɑ〕的音值較接近的〔ɔ〕。〔註50〕其解釋頗能順應語音演變的通則，即使他後來改「魚」部〔ɑ〕作〔a〕，「侯」部〔ɔ〕作〔au〕，〔註51〕也都能符合這一事實。不過，如同本文前面討論所得的結果，認爲羅、周二氏把《淮南子》中的「侯」「魚」二部也納入「同用」之列的作法，是值得商榷的，〔註52〕因此，對於楚方言的解釋就應該有所不同。正因爲一直到了漢代，楚方言的「魚」「侯」二部還是分用的，使得我們不能把先秦楚方言的「魚」「侯」二部的音值，擬得太近。如果我們把「侯」部音擬作〔ɑ〕，使之和「魚」部〔a〕（詳見後面所考）有所區隔，而這樣的區隔正使得它們一直到西漢還是無法合爲一部。

「侯」部既然擬爲〔ɑ〕，則與之對應的入聲韻部「屋」部，便應該擬作〔ɑk〕，與之對應的陽聲韻「東」部則擬成〔ɑŋ〕。〔註53〕「東」讀〔ɑŋ〕，而「幽」讀〔əu〕，韻尾相同，主要元音亦近，故可以合韻。此類韻部的對轉式爲：

　　「侯」〔ɑ〕──「屋」〔ɑk〕──「東」〔ɑŋ〕

先秦楚方言中，這一類韻部的音值，和《詩經》音有所不同，其音值的差別如下：

	詩經	先秦楚方言
侯	〔au〕	〔ɑ〕
屋	〔auk〕	〔ɑk〕
東	〔auŋ〕	〔ɑŋ〕

〔註50〕　同註 2，頁 1010。不過，先生後來在〈黃季剛先生及其古音學〉一文中，又改擬「侯」部的音作〔o〕。

〔註51〕　同註 11，頁 31。

〔註52〕　參見本文第四章，頁 134～135。

〔註53〕　「魚」「侯」合韻爲先秦楚方言的用韻特色之一，「東」「陽」二部亦多合韻之例，透過這種對應關係，我們可以說「東」部爲「侯」部的陽聲韻。詳見本文「魚」「鐸」「陽」一類之擬音。

先秦楚方言中，「侯」部的主要元音，其舌位往後移動，是一個後低元音；而《詩經》音的「侯」部元音，則屬於前低元音，其元音之後，且伴隨一個-u韻尾。

先秦楚方言的韻部演部演變到中古的情形如下表：

	先秦楚方言	中古音		韻　字
侯部	-i̯ua	虞（合三）	-i̯u	（平）駒軀渝愚儒拘輸樞（上）俁主（去）具數注
	-a	侯（開一）	-ou	（平）廚偷隅侯（上）詬厚取後偶（去）後構鬪
屋部	-ɑk	屋（開一）	-ok	（入）祿木瞉
	-i̯auk	燭（合三）	-i̯uk	（入）欲足屬辱谷玉曲
	-eak	覺（開二）	-ɔk	（入）濁樸
東部	-ɑŋ	東（開一）	-oŋ	（平）中忠窮躬宮終融
	-i̯aŋ	東（開三）	-i̯oŋ	（平）同功通本豐聲（去）中眾
	-auŋ	冬（合一）	-uŋ	（平）㒹（去）誦
	-i̯aŋ	鍾（合三）	-i̯uŋ	（平）庸從逢封洶凶重容（上）勇奉（去）縱
	-eauŋ	江（開二）	-ɔŋ	（平）江邦（去）降巷

表中「侯」部原有的〔a〕元音變到隋唐時期，不是失落如「虞」韻，便是受到後面-u韻尾的影響而高化，變讀爲〔o〕。元音〔a〕所以會失落的原因，可能是受到前面的高元音介音，和後面高元音韻尾的影響所致，這種音在發音上並不是很自然，演變到最後，低元音〔a〕只好省去，而後面的-u韻尾則變成主要元音。這種情形也同樣出現在「屋」部的「燭」韻，和「東」部的「鍾」韻。而「東」部的「東」二，在相同的條件下卻不發生相同的音變，應該是一種不規則的變化所致，此外，「東」部的「冬」韻由〔auŋ〕變成〔uŋ〕，也形成一種不規則的變化。而〔aŋ〕演變到中古有「東」一的〔oŋ〕，和「江」韻的〔ɔŋ〕，則應該是受到聲母不同的影響。

第五類：「魚」「鐸」「陽」

「魚」部的古讀最早是由汪榮寶所考訂，汪氏於〈歌戈魚虞模古讀考〉一文云：

> 魏晉以上，凡「魚」「虞」「模」韻之字亦皆讀 a 音，不讀 u 音或 ü 音。〔註54〕

〔註54〕汪氏之說引自陳新雄《古音學發微》，頁1004。

此說獲得錢玄同的贊同，錢氏且譽之爲「顚撲不破」之名論。〔註55〕汪氏此說雖考明「魚」部讀 a，但未明言此 a 爲前〔a〕、中〔A〕、還是後〔ɑ〕。陳新雄起初在《古音學發微》一文中，認定「魚」部音讀爲〔ɑ〕，後於其三元音系統中，則易爲〔a〕。林蓮仙從江陵秭歸等地的現代方言中，看到「歌」、「戈」韻的幫、泥、知、莊、見系字的元音皆讀作〔a〕，所以他假定《楚辭》音「歌」部是一個單韻的〔a〕。並且根據中古「麻」韻字來自「歌」部的佔有十之二三，來自「魚」部的有十之七八的情形看來，可見得《楚辭》韻「魚」部的元音音位應該很接近「歌」部。〔註56〕林氏認爲「魚」部的元音音位接近於「歌」的說法可從，那麼，「魚」部的音就有可能是〔a〕。但是兩個不同的韻部，其音值必不可完全相同，所以我們必須找出二韻部間音值上的區別。陳新雄的做法是將「歌」部訂有 -i 韻尾，「魚」部則維持〔a〕的音，如此一來，一方面在韻尾上區別二部的不同，一方面則節省了一個元音，並且於解釋韻部間的通轉情形時，也不會產生困難，因此，本文也把先秦楚方言的「魚」部擬作〔a〕。

　　將先秦楚方言「魚」部擬作〔a〕，則其相配的入聲韻部「鐸」部當擬作〔ak〕，陽聲韻部「陽」部也當擬作〔aŋ〕。所擬三部的音值，亦能合於先秦楚方言此類韻部的合韻情形，以言「魚」「侯」合韻，「魚」讀〔a〕，「侯」讀〔ɔ〕，主要元音接近。以言「東」「陽」合韻，「東」讀〔ɔŋ〕，「陽」讀〔aŋ〕，二部韻尾相同，主要元音接近。以言「幽」「魚」合韻，「幽」讀〔əu〕，「魚」讀〔a〕，韻尾不同，而主要元音接近。以言「魚」「月」合韻，「魚」讀〔a〕，「月」讀〔at〕，韻尾不同，主要元音相同。以言「陽」「耕」合韻，「陽」讀〔aŋ〕，「耕」讀〔eŋ〕，韻尾相同，主要元音相近。以言「陽」「眞」合韻，「陽」讀〔aŋ〕，「眞」讀〔en〕，韻尾不同，主要元音相近。以言「陽」「元」合韻，「陽」讀〔aŋ〕，「元」讀〔an〕，韻尾同，主要元音相同。此外，「魚」「侯」合韻爲先秦楚方言的用韻特色之一，「東」「陽」二部合韻的次數亦夥，對應關係頗爲完密，更加說明「東」部應該是與「侯」部相配的陽聲韻部。其對轉式爲：

　　「魚」〔a〕──「鐸」〔ak〕──「陽」〔aŋ〕
　　此類韻部的音值與《詩經》音無異。到中古時期的演變情形如下表：

〔註55〕參見錢玄同〈古韻魚宵兩部音讀之假定〉一文，此處引自陳新雄《古音學發微》，頁 1008。
〔註56〕同註48，頁 107。

	先秦楚方言	中 古 音		韻 字
魚部	-ịa	魚（開三）	-ịo	（平）居車魚疏如除鎮閭躇衢餘且 （上）與序予野佇女舉渚所緒楚呂暑鋁 （去）處去曙慮語遽譽御
	-ịa	虞（合三）	-ịu	（平）紆娛蕪衢躍遷（上）武輔宇舞雨羽父禹斧（去）懼賦搏簠
	-a	模（合一）	-u	（平）狐姑都徂戲壺乎途鑪呼（上）莽怒土古淵苦鼓浮溥補祖戶罟（去）故圄固瘉顧汙妒惡步
	-ea -eua -ịa	麻（開二） 麻（合二） 麻（開三）	-a -ua -ịa	（平）叚瑕假霞加家（上）下（去）假 （平）華 （平）姱（上）者野馬且（去）舍夜
鐸部	-ịak	藥（開三）	-ịɑk	（入）若
	-ak	鐸（開一）	-ɑk	（入）度薄博簿穫蠖廓索託酪蓴漠墼絡硌作泊溥搏
	-ak	模（合一）	-u	（去）度路錯暮惡璐慕露作
	-eak	陌（開二）	-ak	（入）迫柏白客擇澤
	-ịak	昔（開三）	-iɛk	（入）射釋蹠义繹石昔尺螫
陽部	-ịaŋ	陽（開三）	-ịɑŋ	（平）章央殃長張糧彰裳常芳方羊傷鄉陽揚湯颺良漿昌倡房妨亡芒霊量糧湘強將涼霜佯攘洋祥梁譽商王疆莊（上）爽像象上享饗（去）尚匠將忘狀壯永羌讓上向暢
	-ịuaŋ	陽（合三）	-ịuɑŋ	（平）王狂匡望翔（上）往
	-aŋ	唐（開一）	-ɑŋ	（平）當堂桑浪琅狼臧喪杭旁鶬鶴剛滂（去）葬
	-uaŋ	唐（合一）	-uɑŋ	（平）荒皇鴧光恍銧黃橫璜（上）廣蕩
	-eaŋ	庚（開二）	-ɑŋ	（平）行衡坑
	-euaŋ	庚（合二）	-uaŋ	（平）兄羮
	-ịaŋ	庚（開三）	-ịaŋ	（平）卿（去）慶迎
	-iaŋ	庚（開四）	-iaŋ	（平）明兵（去）病

　　表中「魚」部音讀的發展較為穩定，「麻」韻完全保留著原來的音讀，而「魚」「虞」二韻的主要元音，則因為受到-i-介音的影響而高化。至於從〔a〕變讀為「模」韻的〔u〕，其變化是漸近的，兩漢時期即已變讀為〔ɔ〕，南北朝時期則又高化成〔o〕，直到隋唐以後變讀為〔u〕之後，其音讀便固定下來了。「鐸」部的變化較複雜，主要元音〔a〕受到-i-介音的影響，有的高化為〔ɛ〕，有的後化為〔ɑ〕，而〔ak〕變讀為〔u〕的歷史音變過程為：

　　兩漢以前〔ak〕＞南北朝〔o〕＞隋唐〔u〕

　　「陽」部音讀的變化則是比較有規律，大概主要元音都是受到後面圓唇鼻

根音的影響而後化。

第六類：「支」「錫」「耕」

古音「支」「錫」「耕」三韻的主要元音，陳新雄先生認爲錢玄同所擬的〔ɐ〕，最能解釋上古音中這類韻部與他部合韻的情形。[註57] 而先秦楚方言中，「歌」「支」二部有著大量的合韻，二部音極近，以錢氏所擬的〔ɐ〕元音，正好能夠解釋這種現象。因爲〔ɐ〕屬央元音，其位置與「歌」部的元音〔a〕甚近，所以合韻很容易，可見「支」類韻部的主要元音，應該就是〔ɐ〕。再看看此類韻部的合韻情形，也能得到圓融的解釋。以言「之」「支」合韻，「之」讀〔ə〕，「支」讀〔ɐ〕，主要元音同爲央元音，只是音位有次低和次高的分別。以言「支」「脂」合韻，「支」讀〔ɐ〕，「脂」讀〔ɐi〕，韻尾不同，但二部的主要元音都讀作〔ɐ〕。以言「耕」「陽」合韻，「耕」讀〔ɐŋ〕，「陽」讀〔aŋ〕（詳見後面所擬），韻尾相同，主要元音接近。以言「耕」「眞」合韻，「耕」爲〔ɐŋ〕，「眞」爲〔en〕（詳見後面所擬），韻尾不同，然主要元音相同。以言「耕」「元」合韻，「耕」爲〔ɐŋ〕，「元」爲〔an〕，韻尾不同，主要元音相近。三部的對轉式爲：

「支」〔ɐ〕──「錫」〔ɐk〕──「耕」〔ɐŋ〕

本類韻部的音值與《詩經》音無別。到中古時期的演變情形如下表：

先秦楚方言	中　古　音		韻　字
-i̯ɐ -i̯uɐ	支（開三） 支（合三）	-i̯ɛ -i̯uɛ	（平）知訾卑雌疵枝兒（上）此 （平）規（上）弭
-iɐ	齊（開四） [註58]	-iei	（平）溪（上）啓
-iuɐ	齊（合四）	-iuei	（平）畦
-i̯ɐ	脂（開三）	-i̯e	（去）致
-eɐ	佳（開二）	-æi	（平）佳崖
-iuɐk	齊（合四）	-iuei	（去）締
-eɐk	卦（開二）	-æi	（去）隘解
-i̯ɐk	支（開三）	-i̯ɛ	（寘）臂
-eɐk	麥（開二）	-æk	（入）策謫
-euɐk	麥（合二）	-uæk	（入）畫

（支部為前六列，錫部為後五列）

〔註57〕同註2，頁1002～1004。

〔註58〕「齊」韻依《韻鏡》應分開合，且均歸於四等。

	-i̯ɐk	昔（開三）	-i̯ɛk	（入）積軛適益迹嗌
	-i̯uɐk	昔（合三）	-i̯uɛk	（入）役
	-i̯ɐk	錫（開四）	-iɛk	（入）績歷瀝擊愁惕敵
耕部	-i̯aŋ	庚（開三）	-i̯aŋ	（平）鳴生榮平驚
	-eaŋ	耕（開二）	-æŋ	（平）莖耕
	-i̯aŋ	清（開三）	-i̯ɛŋ	（平）情征旌營成傾清聲程輕名貞纓瓊精爭盈（上）靜（去）正盛政姓
	-i̯aŋ	青（開四）	-ieŋ	（平）青星庭靈冥刑零醒廷寧經（去）定聽

　　表中「支」部讀音的變化，除了「支」一「支」二的主要元音高化爲〔ɛ〕之外，其餘都發展爲複合元音〔ei〕和〔æi〕。而「錫」部，如果我們依照王力把它的上古音區分爲長入和短入，則顯然地，那些中古變入「麥」「昔」「錫」的部分，就是所謂的短入，因爲它們的後面都還留有-k韻尾，而變入「齊」「怪」「支」的部分正屬於長入，所以-k韻尾都失落了。在主要元音方面，受到韻頭（介音）-i-或-iu-的影響，普遍都有高化的現象。至於「耕」部，除「庚」三由上古〔i̯ɐŋ〕演變到中古讀〔i̯aŋ〕，是屬於一種不規則變化之外，其餘到了中古則主要元音均有高化的情形。

第七類：「脂」「質」「真」

　　對於「脂」「質」「眞」這一類韻部，錢玄同嘗考其中「眞」「質」二部的古讀爲〔æn〕、〔æt〕，其言曰：

> 「質」「眞」二部之古音，黃季剛以爲讀如今讀《廣韻》的「屑」「先」
> 二韻之音，其說近是。今國音讀《廣韻》的「屑」韻爲〔iɛ〕，「先」
> 韻爲〔æn〕。愚謂當以〔æ〕爲此二部之元音，因「質」與「錫」「月」
> 「物」（「沒」），「眞」與「耕」「元」「文」（「諄」）皆常通轉，其音
> 必密近，「錫」「耕」之元音假定讀〔ɐ〕，「月」「元」之元音假定讀
> 〔a〕，「物」（「沒」）「文」（「諄」）之元音假定讀〔ɛ〕，則「質」「眞」
> 之元音以假定讀〔æ〕爲最宜。……故今假定「質」「眞」讀〔æt〕、
> 〔æn〕。〔註59〕

準錢氏之說，則此類韻部的元音當作〔æ〕。以〔æ〕作爲「脂」「質」「眞」一類韻部的主要元音，在面對各韻部之間的合韻情形時，每能給予合理的解釋。然而爲了避免在一套語音系統中，造成過多的元音，因此本文的擬音不

〔註59〕錢氏之說引自陳新雄《古音學發微》，頁998～999。

采用〔ɛ〕、〔æ〕這些前元音。陳新雄先生的古音系統中，原亦采用〔ɛ〕、〔æ〕一類的元音，後來爲求元音的簡化，因此以〔ə〕、〔ɐ〕一類的央元音，來取代這類前元音。至於如何辨別不同韻部間的音值，陳先生則在元音之後加上不同的韻尾，以示區別。如「微」部原讀作〔ɛ〕，今則作〔əi〕，因爲〔ə〕之後加上韻尾 -i，既有別於「之」部的〔ə〕，同時也可節省一個元音〔ɛ〕等等。這樣的安排之下，於是形成了陳先生的「三元音系統」。〔註60〕這種方式事實上也適用於先秦楚方言的擬測。從「脂」「之」合韻、「脂」「支」合韻，可見「脂」部元音和「之」「支」二部的元音當相去不遠，再從中古「皆」韻的音讀爲〔ɐi〕和〔uɐi〕看來，把「脂」擬作〔ɐ〕，應是恰當的。但前已將「支」音擬作〔ɐ〕，則「脂」部勢不能再擬作〔ɐ〕，因此，爲求能夠區別，我們在後面加上 -i 韻尾，並且，加上 -i 韻尾之後，也就能夠交待從中古以至現代長沙方言中，許多從上古「脂」部分化出來的韻部，如「皆」「齊」等韻，都還帶有 -i 韻尾的現象。

今訂「脂」部的主要元音爲〔ɐi〕，則其相配的入聲韻部「質」部作〔ɐt〕、陽聲韻部「真」部作〔ɐn〕。此類韻部的對轉式如下：

「脂」〔ɐi〕──「質」〔ɐt〕──「真」〔ɐn〕

此類韻部的音值與《詩經》音無別。到了中古的演變情形如下表所示：

	先秦楚方言	中　古　音		韻　　字
脂部	-iɐi	脂（開三）	-i̯e	（平）祗夷私師資（上）死雉兕牝（去）示比冀
	-iɐi	齊（開四）	-iei	（平）棲迷（上）體底涕弟（去）濟
	-ɐɐi	皆（開二）	-ɐi	（平）偕
質部	-iɐt	脂（開三）	-i̯e	（去）至利致
	-iɐt	齊（開四）	-iei	（去）替
	-iɐt	質（開三）	-i̯et	（入）日一逸匹詰室失駣
	-iuɐt	術（合三）	-i̯uet	（入）卹
	-ɐɐt	櫛（開二）	-et	（入）瑟
	-iɐt	屑（開四）	-iet	（入）節
	-iɐt	職（開三）	-i̯ək	（入）抑
真部	-iɐn	眞（開三）	-i̯en	（平）人民嬪身鎮鄰轔陳陳神親眞賓（去）進信
	-iuɐn	諄（合三）	-i̯uen	（平）均

-iɐn	先（開四）	-ien	（平）天顛憐千年
-ǐuɐn	先（合四）	-iuen	（平）賓淵玄
-iɐn	仙（開三）	-iɐn	（平）翩川
-ǐuɐn	庚（合三）	-iueŋ	（去）命

「脂」部的語音演變到中古，受到 -i-介音或 -i 韻尾的影響，主要元音都有高化的傾向。此外，中古時「脂」韻脫落了 -i 韻尾，則正好符合陸法言《切韻序》所說的「『支』『脂』『魚』『虞』共爲一韻」的事實。「質」部和「脂」部一樣，是以開口呼爲主，其中變入「脂」一、「齊」一的部分爲長入，因此脫落了 -t 韻尾，並且主要元音有發展成爲複元音〔ei〕情形，其他保有 -t 韻尾的短入，主要元音則都受到 -i-介音的影響而高化。至於由〔iɐt〕變入「職」韻的〔iək〕，則是屬於不規則的變化。「眞」部音讀的變化，除了變入中古「庚」四的〔iueŋ〕，屬於不規則變化之外，其他韻在主要元音的高化上，則表現得很一致。

第八類：「微」「沒」「諄」

先秦楚方言中，「微」部和「歌」「脂」二部經常有合韻的情形，可見「歌」「脂」「微」三部的主要元音必相近。前面我們已訂「歌」部爲〔ai〕、「脂」部爲〔iɐ〕，可見「微」部的主要元音可能就是與〔a〕和〔ɐ〕接近的〔ə〕。不過，〔ə〕音已爲「之」部所有，爲分別「之」「微」二部的音值，我們同樣必須在〔ə〕元音之後，加上一個韻尾。從《廣韻》以至現代長沙方言中，止攝的韻部如「微」「尾」「未」諸韻，都還留有 -i 韻尾看來，這個待加的韻尾顯然就是 -i 韻尾，那麼，「微」部的音可能就是〔əi〕。其相配的陽聲韻部「諄」部爲〔ən〕，相配的入聲韻部「沒」部爲〔ət〕。用以觀察其合韻的情形，亦無不合，如「諄」讀爲〔ən〕，「脂」讀〔iɐ〕，「元」讀〔an〕，三部的韻尾不同，然主要元音〔ə〕、〔ɐ〕、〔a〕皆彼此相近，因此有「脂」、「諄」「元」三部合韻之例，「之」讀〔ə〕，「沒」讀〔ət〕，韻尾不同，而主要元音相同，故「之」「沒」得以合韻。又「沒」讀〔ət〕，「月」讀〔at〕（詳見後面所擬），二部韻尾相同，主要元音〔ə〕和〔a〕接近，故「月」「沒」得以合韻。此類韻部的對轉式爲：

「微」〔əi〕──「沒」〔ət〕──「諄」〔ən〕

先秦楚方言中，此類韻部的音值與《詩經》音無別。到了中古的演變情形如下表所示：

先秦楚方言	中　古　音		韻　　字
-iuəi	支（合三）	-ǐuɛ	（平）衰（上）毀（去）累
-iuəi	脂（合三）	-ǐuĕ	（平）悲遺追
-iəi	微（合三）	-ǐəi	（平）衣依譏希欷
-iuəi	微（合三）	-ǐuəi	（平）歸肥妃飛微幃
-euəi	皆（合二）	-uăi	（平）懷
-uəi	灰（合一）	-uɒi	（平）嵬雷徊
-iə	咍（合一）	-ɒi	（平）哀
-iuət	脂（合三）	-ǐuĕ	（去）嘳類遂
-iuət	微（合三）	-ǐuəi	（去）謂沫費
-uət	隊（合一）	-uɒi	（去）昧退
-ət	代（開一）	-ɒi	（去）慨愛
-uət	沒（合一）	-uət	（入）汨忽沒訥字
-iuət	術（合三）	-ǐuet	（入）出
-iuət	物（合三）	-ǐuət	（入）屈詘物紬
-iuət	薛（合三）	-ǐuɛt	（入）拙
-iən	齊（開四）	-iei	（平）西
-iən	眞（開三）	-ǐen	（平）塵貧垠（上）忍隕軫閔
-iuən	諄（合三）	-ǐuen	（平）春屯純（上）蠢
-iuən	文（合三）	-ǐuən	（平）雲云文汶聞分紛墳蘊
-iən	欣（開三）	-ǐə	（平）勤
-uən	魂（合一）	-uən	（平）門忳存溫昆昏涽尊芚（上）本（去）悶
-ən	山（開一）	-uæ	（平）艱鰥
-iən	先（開四）	-uai	（平）先侁

微部、沒部、諄部

　　表中「微」部變讀爲〔ǐuɛ〕、〔ǐuəi〕和〔iuɑi〕，是一種不規則的變化，其他部分則都保留著原有的讀音。「沒」部和「微」部都是以合口韻爲主的韻部，長入的字頗多，根據王力的說法，「月」「物」（「沒」）「質」三部入聲韻，比起其他入聲韻來，有一個特點就是長入字比較多。〔註61〕從先秦楚方言中，「沒」部字有比較多長入字的情形看來，王力此說是可信的。「諄」部的中古音變入「齊」韻的〔iei〕和「山」韻的〔uæ〕，都是一種不規則的變化。屬三等韻的字，在中

〔註61〕同註44，頁90。

古有二種變化，一是主要元音受到 -i-介音的影響而高化為 e，另一種則是主要元音雖然不變，但舌尖鼻音失落，如「欣」韻。王力說「『微』部合口字多，『文』（『諄』）部合口字也多」，但從本文所得的結果看來，「微」部的合口字較多，而「諄」部的合口字較少，二部的表現並沒有那麼一致，這或許就是方言上的不同。

第九類：「歌」「月」「元」

錢玄同於〈古韻廿八部音讀之假定〉一文中說：

> 「歌」後「麻」前，《切韻》、《廣韻》或賞如此分析，但先秦古音本無「歌」「麻」之別，古音「歌」部之ㄚ是前〔a〕，還是後〔ɑ〕、或中〔A〕，今不能確知，只因其對轉之「月」部與「元」部為〔t〕與〔n〕相隨，〔t〕與〔n〕是舌尖聲，與前元音相拼，較為順口，故今假定「月」部為〔at〕，「元」部為〔an〕，因之即假定「歌」部為〔a〕。……今吳越間方音亦有可以作證者，如蘇州「多日」讀ㄉㄚ ㄏ ㄧㄝ，紹興「破」讀ㄆㄚ，湖州「哥」讀ㄍㄚ，蘇湖紹等處「左手」讀ㄗㄧㄚ ㄕㄡ或ㄐㄧㄚ ㄕㄡ皆是。

錢氏舉以證「歌」當讀為〔a〕音的例證，非常充分，並且當中所提到的，都是南方的方音，也大概都屬於古楚語的範圍內，可與林蓮仙所舉江陵秭歸等地的現代方言中，所看到「歌」「戈」韻的幫、泥、知、莊、見系字的元音皆讀作〔a〕的例證相互參證。因此，我們可以相信先秦楚方言的「歌」部音值，應該是含有〔a〕元音的成分在內。王力《漢語史稿》原亦訂「歌」部音讀前元音〔a〕，但後來在《漢語音韻》中，則又改為複元音〔ai〕。王力並未說明其所以改讀的原因，然陳新雄推測說：

> 或因與收舌尖韻尾〔n〕、〔t〕對轉之「脂」「微」二部，王君皆定作複元音〔ei〕、〔əi〕，為求一律，故改定歟？

雖未能確知王力的真正用意為何，但是後來陳先生在擬定所謂的「三元音系統」當中，畢竟還是採用了這個意見，將「歌」「脂」「微」三部的元音之後，都附上一個 -i 韻尾。參酌諸家的說法之後，本文亦定「歌」部音為〔ai〕，其相配的入聲韻部「月」部讀作〔at〕，相配的陽聲韻部擬作〔an〕。此類韻部的對轉式為：

「歌」〔ai〕── 「月」〔at〕── 「元」〔an〕

先秦楚方言中本類韻部的音值，無別於《詩經》音。在中古時期的變化情形如下表：

先秦楚方言	中古音		韻　字
歌部			
-ĭai	支（開三）	-ĭɛ	（平）離馳螭池施宜儀醨移籬奇隨 （上）纚弛彼徙（去）被倚義僞戲惴
-ĭuai	支（合三）	-ĭuɛ	（平）虧爲麾吹（上）蕊
-ĭai	脂（開三）	-ĭe	（去）地
-ai	歌（開一）	-ɑ	（平）何阿歌河荷陀酡多蘿他訶它苛（上）可我
-uai	戈（合一）	-uɑ	（平）頗波
-ĭai	戈（合三）	-ĭɑ	（上）禍墮（去）過挫貨和
-eai	麻（開二）	-a	（平）嘉
-euai	麻（合二）	-ua	（平）化
-ĭai	麻（開三）	-ĭa	（平）差嗟蛇（上）也
月部			
-ĭat	祭（開三）	-ĭɛi	（去）蔽枻裔抓際說滯歲衛厲敝熱制
-at	泰（開一）	-ɑi	（去）艾䶀蓋汏大帶
-uat	泰（合一）	-uɑi	（去）入
-euat	夬（合二）	-uai	（去）敗邁昧
-eat	皆（開二）	-ɐi	（去）介殺
-ĭuai	廢（合三）	-ĭuɐi	（去）刈穢
-ĭat	月（開三）	-ĭɐt	（入）越發月厥罰蹶
-ĭuat	月（合三）	-ĭuɐt	（入）歇竭
-at	曷（開一）	-ɑt	（入）達割
-uat	末（合一）	-uɑt	（入）末活拔脫
-eat	黠（開二）	-ɐt	（入）察
-ĭat	薛（開三）	-ĭɛt	（入）折蠍裂
-ĭuat	薛（合三）	-ĭuɛt	（入）雪絕缺
元部			
-ĭan	元（開三）	-ĭɐn	（平）言軒（上）蹇（去）遠願怨
-ĭuan	元（合三）	-ĭuɐn	（平）婉媛娩（上）反遠
-an	寒（開一）	-ɑn	（平）安蘭寒壇餐澶（上）散（去）嘆爛
-uan	桓（合一）	-uɑn	（平）盤搏曼完官蔓（上）暖（去）伴亂判貫縵
-ean	刪（開二）	-an	（平）姦顏
-euan	刪（合二）	-uan	（平）還（去）患篡
-ean	山（開二）	-ɐn	（平）閑問閒山
-ian	先（開四）	-ien	（去）霰見
-ĭan	仙（開三）	-ĭɛn	（平）然遷愆延仙連筵矊蜒騫嫣娟便（上）善踐淺
-ĭuan	仙（合三）	-ĭuɛn	（平）傳全（去）變援譔

「歌」部的音讀原爲複元音〔ai〕，演變到中古，除了「佳」韻還保留著 -i 韻尾，其他中古韻讀中的 -i 韻尾都已經消失了。不過，我們可以推想，這些中古韻的 -i 韻尾在丟失之前，都還曾經影響它們的主要元音高化，因爲我們所看到由上古「歌」部變來的中古韻，其主要元音都較〔a〕爲高。「歌」部的長入字比其他韻部多，其特點和王力所說的一樣。除了變入「皆」韻的〔ɐi〕和變入「廢」韻的〔ʮuɐi〕，是屬於不規則的變化之外，變入其他各韻的主要元音都有高化的現象。「元」部大部分都是開口韻，當中除了變入「支」韻的〔ʮɛ〕，是屬於不規則的變化之外，所變入的其他韻的主要元音都有高化的現象。

第十類：「侵」「緝」

前人訂此二部之音，每都從二部的合韻之例考知，如陳新雄早先擬測「侵」「緝」二部的音值，便是透過「緝」「沒」合韻的例子中擬測出來的。因爲「緝」和「沒」二部的韻尾不同，而能合韻者，必定是主要元音相近的緣故，「沒」的主要元音爲〔ɛ〕，〔註62〕則「緝」部可訂爲〔əp〕，因爲半低元音與央元音相去不遠。準此例，本文擬測「侵」「緝」二部音，當亦可依據先秦楚方言中二部合韻的情形來進行。「侵」部在先秦楚方言中，是個窄韻，除了極少數自韻的例子之外，所見亦只有一「東」「侵」合韻例。「東」讀爲〔aŋ〕，主要元音爲〔a〕，則「侵」部的主要元音可以擬作〔ə〕或〔a〕，不過，由於先秦楚方言中「侵」部未見與「蒸」部合韻之例，故不宜將二部的音值擬得太近，因此「侵」部的主要元音只能是〔a〕。至於後面所附隨的韻尾，則遵循陳新雄所訂的原則：〔註63〕

> 前元音與舌尖鼻音〔n〕，舌尖塞音〔t〕相拼合較自然。後元音與舌根鼻音〔ŋ〕，舌根塞音〔k〕相拼合較自然。央元音與舌尖音、舌根音拼合皆自然。而雙脣鼻音〔m〕，雙脣塞音〔p〕與前元音、後元音、央元音拼合皆自然。

可見「侵」部的主要元音之後，應當是與舌根鼻音相拼合，但是如此一來，音值就跟「東」部的音完全相同了。因此本文認爲「侵」部只能取〔m〕做爲韻尾，其音值爲〔am〕，相配的入聲「緝」部則擬爲〔ap〕。其對轉式爲：

「侵」〔am〕——「緝」〔ap〕

先秦楚方言此類韻部的音值，與《詩經》音的差異如下：

〔註62〕 此乃陳先生早期在《古音學發微》一書中所擬之音，目前改擬其主要元音爲〔ə〕。
〔註63〕 同註2，頁997。

	詩經	先秦楚方言
侵	〔əm〕	〔ɑm〕
緝	〔əp〕	〔ɑp〕

《詩經》音中，「侵」「緝」二部的主要元音爲央元音〔ə〕，而先秦楚方言裡二部的主要元音則是後低元音〔ɑ〕，顯然先秦楚方言「侵」「緝」二部的主要元音是後化的。此類韻部到了中古時期的演變如下表所示：

先秦楚方言	中　古　音		韻　　字
侵部	-iəm	東（開三）-ioŋ	（平）風楓
	-iəm	侵（開三）-iəm	（平）心淫林沈湛
	-əm	覃（開一）-əm	（平）潭南
緝部	-iəp	緝（開三）-iəp	（入）急立悒入集
	-əp	合（開一）-əp	（入）合
	-eəp	洽（開二）-ɐp	（入）洽

　　表中「侵」部讀音由〔iəm〕變讀爲「東」韻的〔ioŋ〕，以及「侵」韻的〔iəm〕，如果單就韻母上看，並不見有任何分化的條件，因此，我們可以推想這是受到聲母不同的影響。而〔iəm〕變讀爲「東」韻的〔ioŋ〕，根據王力的解釋，-m尾合口呼所以會變爲 -ŋ，乃是由於異化作用。〔註64〕「緝」部變入中古的「洽」韻所以會唸成〔ɐp〕，是因爲開口二等韻的〔ə〕元音，受到韻頭 -e- 的影響而高化的緣故。

第十一類：「談」「盍」

　　先秦楚方言裡，「談」「盍」二部，也是屬於極窄的韻部，除了少數幾個自韻的例子之外，合韻方面，只有「談」「陽」合韻一例。「陽」讀爲〔aŋ〕，主要元音是〔a〕，則「談」部的主要元音有可能是〔ə〕或〔a〕。中古《廣韻》「談」「盍」一類所表現出來的韻讀有〔am〕和〔ap〕兩種，依照元音高化的演變規律，〔ə〕的音位高於〔a〕的音位，而〔a〕的音位與〔ɑ〕的音位相當，而前文已訂「侵」部的主要元音爲〔ɑ〕，因此，「談」部的主要元音應當擬作〔a〕。在韻尾的選擇上，主要元音〔a〕，應當是與舌尖鼻音〔n〕拼合，但如此一來，「談」「元」二部便會有完全相同的音值，所以「談」部也只能取〔m〕做爲其韻尾。其音值爲〔am〕，相配的入聲「盍」部，則應當擬作〔ap〕。此類韻部的對轉式爲：

〔註64〕　同註44，頁99。

「談」〔am〕──「盍」〔ap〕

先秦楚方言此類韻部的音值與《詩經》音無異。此類到了中古時期的演變如下表：

	先秦楚方言	中　古　音		韻　　字
談部	-am	談（開一）	-ɑm	（上）敢憺
	-ǐam	鹽（開三）	-ǐɛm	（平）淹漸炎詹
	-ǐam	嚴（開三）	-ǐɐm	（平）嚴
盍部	-ǐap	葉（開三）	-ǐɛp	（入）接涉
	-ap	狎（開二）	-ɑp	（入）甲
	-ǐap	業（開三）	-ǐɐp	（入）業

據王力的推測，上古「談」部實際上可能有兩類：一類是〔am〕，在中古是「談」「銜」「鹽」「添」；另一類是〔ɐm〕，在中古是「咸」「嚴」「凡」。〔註65〕而上古「葉」（「盍」）部可能也有兩類，一類是〔ap〕，在中古是「盍」「狎」「葉」「帖」；另一類是〔ɐp〕，在中古是「洽」「業」「乏」。〔註66〕王力據以推測的是較全面的漢語材料，說或可信，因此對於先秦楚方言中「談」部三等，既變爲中古的「鹽」，又變爲「嚴」；「盍」部三等，既變爲「葉」，又變爲「業」，在還無法確定其分化的原因之前，我們似乎也可假設上古「談」「盍」二部原本就有兩類。此外，二部在主要元音的變化上，也能夠符合元音高化的演變規律。

總結本節上述的討論，以下依先秦楚方言十一類二十九部音值之遠近，以及陰、陽、入三聲的對應情形，列表如下：

〈先秦楚方言韻系表〉

	陰聲韻	入聲韻	陽聲韻
第一類	之〔ə〕	職〔ək〕	蒸〔əŋ〕
第二類	幽〔əu〕	覺〔əuk〕	○
第三類	宵〔au〕	藥〔auk〕	○
第四類	侯〔ɑ〕	屋〔ɑk〕	東〔ɑŋ〕
第五類	魚〔a〕	鐸〔ak〕	陽〔aŋ〕

〔註65〕同註44，頁99。

〔註66〕同註44，頁91。

第六類	歌〔ai〕	月〔at〕	元〔an〕
第七類	支〔ɐ〕	錫〔ɐk〕	耕〔ɐŋ〕
第八類	脂〔ɐi〕	質〔ɐt〕	眞〔ɐn〕
第九類	微〔əi〕	沒〔ət〕	諄〔ən〕
第十類	○	緝〔ɑp〕	侵〔ɑm〕
第十一類	○	盍〔ap〕	談〔am〕

第八章　結　論

第一節　先秦楚方言韻系研究的價值

喻遂生在〈兩周金文韻文和先秦「楚音」〉一文結論中，指出：

> 先秦方音特別是先秦楚音是一個很值得研究的題目。但《老子》、《莊
> 子》、《楚辭》等楚人作品中究竟有沒有、有多少、有哪些楚音的成
> 份，還要在對楚語區和非楚語區的傳世材料和出土材料進行詳盡的
> 對比研究、對楚國的人文歷史特別是方域變遷進行深入的研究之
> 後，才能得出比較可靠的結論。

喻氏所論可謂先見之明，研究一種方言，尤其是先秦的楚方言，除了必須規劃
出方言區之外，並且需要進一步掌握其文化歷史的脈絡。就文化性而言，先秦
楚文化的形成，除了有自己特有的文化成份之外，它更糅合了中原文化的末流
和楚蠻文化的餘緒，藉著一種「師夷夏之長技而力求創新」的政治方針，交統
而成的一種與華夏文化對立的燦爛文化。正因為先秦楚文化對其他文化有著極
大的融合力量，所以當我們透視整個先秦楚文化時，往往會發現當中有著其他
文化的影子，尤其是早已臻於發展成熟的中原文化。如在語言文字上，就有「夏
化楚言」和「楚式的夏字」。[註1] 所謂「楚式的夏字」，意指夏字的楚化，那些
由殷人創製而由周人繼承的華夏古文字，被楚人移植到楚地去，從而含有南方

〔註 1〕參見張正明《楚文化史》，頁 98～104。

的特殊成分，帶有南方的特殊風格，而我們所以能夠明確分別楚夏文字的異同，是因為我們至今還可以看到當時所遺留下來的古文字材料。

但是研究當時的楚方音，可就沒有那麼容易了，因為我們除了從文獻上的記載，知道當時擁有「楚言」的存在之外，〔註2〕所能憑藉的大概就只是一些楚人的作品罷了。這些由楚人或在楚地完成的作品可以包括《楚辭》、《老子》、《莊子》，當然還應該包含屬於先秦楚國的古文字材料，但是這些材料中究竟含有多少楚音的成份，又是另一種難題。本文在研究上，首先力圖從楚文化的歷史痕跡，以及楚對外滅國和服國的政治策略中，規劃出一個較切合當時實際的楚方言區域，目的就在於確保這些材料的可用性，進而求得更可靠的結論。至於當中容或有不少接近於中原音（即《詩經》音）的地方，我們可以推想這些可能就是當時所謂「夏化的楚言」，〔註3〕這只能表示當時的楚言有夏化的傾向，但不應該以這些成份而抹殺了楚方音存在的事實，甚至將之完全納入《詩經》音系中。本文的研究價值，便是建立在上述種種原因的基礎上，歸納起來有兩點可資說明：

一、埔補語言學史上的空白

談漢語聲韻的分期，一般都以段玉裁為濫觴，段氏《六書音均表》首先分古音為三期，繼之有劉師培《中國文學教科・字音總論》分四期、章太炎《國學略說》分五期，錢玄同《文字學音篇》分六期，以及董同龢《漢語音韻學》所分的五期。諸家莫不求精求密，其中尤以錢氏能夠就文獻、材料、音韻結構上來分期，所分較其他各家清楚。大抵而言，各家都是以時代性的縱切面為分期的基礎，至於地域性的橫切面則鮮能顧及。孔仲溫以為，談語音的歷史分期，除了必須注意朝代更迭的時代脈絡，更不可撇開地域性的差異。尤其上古時期幅員廣闊，文化疏通不便，語音上的差別自然不只是時間遞變上的單一因素，而是更有著複雜之地域區隔上的糾葛，因此，孔先生於上古音的分期尤其兼顧地域性。其分期如下：

〔註2〕 《左傳・莊公》二十八年，記楚令尹子元以車六百乘代鄭，長驅而入都外郭，見内城的大門還開著，不禁起疑，於是「楚言而出，子元曰：『鄭有人焉』。」這是經傳中最早有「楚言」的記載。子元和身旁的人用楚言交談，無疑是不想讓鄭人聽明白他們在談些什麼。由此可知，楚言和夏言是不易相通的。

〔註3〕 張正明說：「可以推想，楚言和夏言原是兩種不同的民族語言。由於楚人長期與諸夏交往，使用諸夏的文字，誦讀諸夏的典籍，有很多楚人就學會了夏言，而言也逐漸與夏言靠近了。」參見《楚文化史》，頁100。

1. 殷商時期：係指盤庚遷殷至商紂滅亡為止。材料上以殷商甲骨文的諧聲分化字為主。

2. 西周春秋時期：材料有西周甲骨文、金文之諧聲字、分化字，及青銅器銘文用韻、《詩經》用韻等。其中又以《詩經》為主，地域偏北方黃河流域一帶。

3. 戰國時期從三家分晉至秦末（或可延續至漢初）：此時期材料除以《楚辭》為主外，就青銅器銘文用韻來看，也與西周春秋時期不同，地域則偏向南方。

本文所訂先秦楚方言的時代範圍，即是介於上述分期的第二、第三期之中，指東周到戰國末年之際。前人所劃分的上古音時期，幾乎總是包含周秦以迄漢初這一大段時間，就春秋時期而言，由於諸侯還是採「尊王攘夷」的政策，所以語言文字尚存有一個大概的標準，但是到了戰國時期，「諸侯力政，不統於王」的政局已然形成，如果我們還是執著於前人對於古音的分期，那麼，對於戰國時期「言語異聲」的語言現象，恐怕就無法說得明白。因此，本文在研究上，一方面劃清楚國的方言界域，另一方面則試圖釐清當時部份的語言面貌，目的就在於希望能夠填補語音研究史上的空白之處。

二、有益於研究近世楚地出土之古文字

近世從 1923 年以來，楚地大量出土先秦時期的文物，當中有許多古文字材料，如 1942 年湖南長沙市子彈庫戰國楚墓出土楚帛書一件；1953 年長沙仰天湖 25 號墓出土竹簡；1957 年安徽壽縣出土了戰國中期的鄂君啓節四枚；1957 年至 1958 年在河南信陽長台關楚墓出土信陽楚簡；1978 年隨縣曾侯乙墓出土大量鐘銘與簡文；1978 年淅川下寺楚墓群也出土大量青銅器銘文等等，這許多的古文字資料，使得古文字的研究邁向另一個高峰。然而學者們由於缺乏可用而完整的楚方言音系，因此在研究上每需藉助於研究已臻完整的《詩經》音系，如此所得的研究成果總覺得不夠圓滿，尤其根據本文的研究，先秦楚方言與《詩經》音確實是存在著差別。舉例來說，仰天湖楚簡有一「綎」字，這個字究竟應釋為何字，學者們頗有不同意見。而依據湯餘惠的考釋，此字當釋為「綖」，也就是典籍常用的「疏」字，[註4] 再以本文所訂先秦楚方言韻系考綎、綖、疏三字的聲音關係，得到綖、疏屬「魚」部，讀為〔ａ〕，綎屬「屋」部，讀為〔ａｋ〕，韻尾不同，而主要元音相近。透過這種聲音關係，足以補證湯氏之說。又

〔註 4〕參見湯氏《戰國文字考釋》（五則），頁 228～229。

長沙子彈庫戰國楚帛書乙篇；「曰（粵）故（古）黃能（熊）霾（包）盧（戲），
出自□霾，尻（居）于酈□，夅田？僬（漁），□□□女，夢夢墨墨，亡章弼弼，
□□水□風雨。」連劭名《長沙楚帛書與中國古代的宇宙論》說帛書乙篇所述
乃宇宙起源的情況。「夢夢墨墨」是天地生成以前的蒙昧狀態，讀為蒙昧，可見
連氏是以夢與蒙通讀。〔註5〕夢、蒙二字除同屬「明」母之外，以先秦楚方言韻
系考之，夢字屬「蒸」部，讀為〔əŋ〕，蒙字屬「東」部，讀為〔aŋ〕，主要元
音相近，韻尾相同，可以互相通轉，亦可補證連氏之說。以上所舉者只是當中
的部份情形，可見得獨立出一個完整的先秦楚方言的音系，不僅有其必要，並
且有益於先秦楚文字的研究。

第二節　相關論題的未來展望

　　本文限於篇幅以及時間等因素，只處理先秦楚方言韻系方面的論題，然而
事實上，還有一些相關的論題值得我們將來陸續探討，如先秦楚方言的聲系問
題，以及先秦楚方言而外的其他方言，以下且分兩點說明之。

一、先秦楚方言的聲系問題

　　為能真正構擬一個完整的先秦楚方言的音系，我們還必須展望先秦楚方言
聲母系統的建立。此外，漢語發展有一個特點，就是聲母對韻母是有影響的，
如王力〈先秦古韻擬測問題〉一文所說：

　　　　如果不從聲母的條件去說明韻母的分化，我們是不能把問題講清楚
　　　　的。

考求上古聲類的材料，據陳新雄《古音學發微》所舉有八種，〔註6〕其中較切合
於先秦楚方言材料的應用，有「古代韻文」一種。屬於先秦楚方言的韻文材料，
有《楚辭》、《老子》、《莊子》，以及青銅器、簡牘帛書中的用韻銘文，這些韻文
材料除了可藉以歸納韻部，更可藉以求其聲類。如黃季剛於〈論據詩經以考古
音之正變〉一文，曾就《詩經》中的連字或對字，以求聲類相通之常例與變例，
他說：〔註7〕

　　　　就連字以考聲類相通之常者，舉例如次：匍匐救之，匍匐雙聲，古

〔註 5〕 以上連氏之說引自王輝《古文字通假釋例》，頁 566。
〔註 6〕 此八種材料為：一、古代韻文，二、《說文》諧聲，三、經藉異文，四、《說文》
　　　　重文，五、漢儒音讀，六、音訓釋音，七、古今方音，八、韻書切語。
〔註 7〕 引自陳新雄《古音學發微》，頁 93～94。

皆在「並」母；領如蜥蟻，蜥蟻雙聲，古皆在「從」母，熠燿雙聲，
古皆在「影」母，……。就對字以考聲類相通之常者，舉例如次：
安且燠兮，安燠雙聲，古皆在「影」母，雞鳴喈喈，雞鳴膠膠，喈
膠雙聲，古皆在「見」母，……。就連字以考聲類相之變者，舉例
如次：我心蘊結，蘊結連言，一「影」一「見」，是「影」與「見」
通，……。就對字以考聲類相通之變者，舉例如次：昏姻，荒熒此
「影」「曉」之通，

在《楚辭》中，我們也可以看到不少雙聲連字，如侘傺雙聲，中古皆在「徹」
母，規矩雙聲，中古皆在「見」母，上古也十九聲紐的「見」母，猶豫雙聲，
中古皆在「喻」母，上古則十九聲紐之「定」紐，晻藹雙聲，中古皆在「影」
母，上古也屬十九聲紐之「影」母，夷猶雙聲，中古皆在「喻」母，上古則屬
十九聲紐之「定」紐，陰陽雙聲，古皆在「影」母，上古亦同屬十九聲紐之「影」
母，椒糈連言，一「精」一「心」，可見得「精」與「心」通等。

　　此外，古文字材料中，也有許多假借字，更是我們藉以考察先秦楚方言聲
系的重要材料。舉包山二號楚簡為例，當中的假借字如〈文書1〉〔註8〕著通作
著，箸、著雙聲疊韻，「知」母「魚」韻；〈文書16〉法借作廢，法、廢雙聲，
中古都在「非」母，並同屬古十九聲紐之「幫」母等等。

二、戰國時期其他方言音系之研究

　　許慎在〈說文解字敘〉中，早就為我們指出戰國時期語言、文字的發展，
已呈一種「言語異聲、文字異形」的混亂現象。我們相信正當戰國之世，諸侯
國之間雖然各自為政，但是透過彼此間的頻仍征伐與交際，不同的文化還是能
夠彼此傳遞的。不過，到了東漢揚雄、許慎的時代，仍然存在著這種地域上的
差異，可見當時密切的國際活動，並不能完全打破各國各自僅守的一套地域文
化。研究戰國時期的古文字學者，已能藉著不斷出土的文字材料，區別出當時
各國文字的不同風格。至於方國的語言，一方面由於相關的方音資料太少，一
方面則因為語音的流變之跡，無法像文字般較為完整的保留，所以至今除了楚
國由於出土材料豐富，再加上傳世的楚國典籍，使得我們得以進行較為全面的
楚方言研究之外，其他各國的方音研究則更待他日有較多的材料出土，再結合
相關的方國典籍，以進行完整的方音研究，深信不僅能夠呈顯戰國時期「言語
異聲」的語音大貌，並且可進一步補足春秋戰國時期語言研究上的空檔。

〔註 8〕指〈文書〉部份的第一簡，以下仿此例。

參考引用資料

壹、專著部分

一、先秦古藉專著

（一）民國以前（按作者時代先後排列）

1. 〔隋〕釋道騫，《楚辭音殘》（庚辰叢編本），台北：藝文印書館，1991 年，三編。

2. 〔宋〕洪興祖，《楚辭補注》，合印本，台北：長安出版社。

3. 〔宋〕朱熹，《楚縣集注》（百部叢書集成 75 輯），台北：藝文印書館，1974 年。

4. 〔明〕陳第，《屈宋古音義》（音韻學叢書本），台北：廣文書局，1987 年，二版。

5. 〔清〕王夫之，《楚辭通釋》（清人楚辭注三種本），台北：長安出版社，1980 年，三版。

6. 〔清〕蔣驥，《山帶閣註楚辭》（清人楚辭注三種本），台北：長安出版社，1980 年，三版。

7. 〔清〕戴震，《屈原賦註》（清人楚辭注三種本），台北：世界書局，1980 年，三版。

8. 〔清〕方績，《屈子正音》（五家楚辭注合編本），台北：廣文書局，1972 年，初版。

9. 〔清〕江有誥，《楚辭韻讀》（音韻學叢書本），台北：廣文書局，1987 年，二版。

（二）民國以後（按姓氏筆劃排列）

1. 王力，1980 年，《楚辭韻讀》，載《王力文集·六卷》，山東：山東教育出版社，初版。

2. 王家歆，1986 年，《九辯研究》，台北：商務印書館，初版。

3. 朱碧蓮，1993 年，《楚辭論稿》，香港：三聯書局，初版。

4. 周嘯天，1990 年，《詩經楚辭鑒賞辭典》，四川：辭書出版社，初版。

5. 易重廉，1991 年，《中國楚辭學史》，湖南出版社，初版。

6. 林蓮仙，1979 年，《楚辭音均》，香港：昭明出版社，初版。

7. 姜亮夫，1970 年，《楚辭書目五種》，泰順書局，初版。

8. 姜亮夫，1979 年，《屈原賦校注》，台北：世界書局，影印本。

9. 郎擎霄，1974 年，《莊子學案》，台北：河洛圖書出版社，初版。

10. 姚平，1992 年，《離騷研究》，中國文化大學出版社，初版。

11. 黃華表，1979 年，《離騷四釋》，台北：學生書局，初版。

12. 黃錦鋐，1985 年，《莊子讀本》，台北：三民書局，初版。

13. 孫作雲，1989 年，《天問研究》，北京：中華書局，初版。

14. 徐泉聲，1974 年，《楚辭韻譜》，台北：弘道文化事業，初版。

15. 高柏園，1992 年，《莊子內七篇思想研究》，台北：文津出版社，初版。

16. 翁世華，1988 年，《楚辭論集》，台北：文史哲出版社，初版。

17. 崔富章，1993 年，《楚辭書目五種續編》，上海古籍出版社，初版。

18. 陳鼓應，1991 年，《老子今註今譯及評介》，台北：商務印書館，修訂十四版。

19. 陳鼓應，1992 年，《莊子今註今譯》，台北：商務印書館，初版。

20. 傅錫壬，1973 年，《楚辭古韻攷釋》，淡江文學院。

21. 傅錫壬，1990 年，《新譯楚辭讀本》，台北：三民書局，九版。

22. 游國恩，1968 年，《楚辭概論》，台北：商務印書館，初版。

23. 游國恩，1980 年，《離騷纂義》，北京：中華書局，初版。

24. 游國恩，1993 年，《天問纂義》，台北：洪葉文化事業有限公司，初版。

25. 湯炳正，1984 年，《屈賦新探》，齊魯書社，初版。

26. 湯炳正，1988 年，《楚辭類稿》，巴蜀書社，初版。

27. 湯漳平、陸永品，1990 年，《楚辭論析》，山西：山西教育出版社，初版。

28. 聞一多，1977 年，《楚辭斠補》，台北：華正書局，初版。

29. 廖序東，1995 年，《楚辭語法研究》，北京：語文出版社，初版。

30. 趙沛霖，1993 年，《屈賦研究論衡》，天津：天津教育出版社，初版。

31. 鄭坦，1976 年，《屈賦甄微》，台北：商務印書館，初版。

32. 鄭在瀛，1992 年，《楚辭探奇》，香港：正之出版社，初版。

33. 劉永濟，1972 年，《屈賦通箋》，台北：學生書局，初版。

34. 劉師培，1970 年，《楚辭考異》，台北：廣文書局，初版。

35. 蕭兵，1990 年，《楚辭文化》，北京：中國社會科學出版社，初版。

36. 譚介甫，1982 年，《屈賦新編》，台北：里仁書局。

37. 嚴靈峰，1987 年，《老子達解》，台北：華正書局。

二、語言學專著

（一）民國以前（按作者時代的先後排列）

1. 〔宋〕陳彭年等重修、林尹校訂，《新校正切宋本廣韻》（澤存堂藏版），台北：黎明文化事業公司，十二版。

2. 〔宋〕朱熹，《詩集傳》，台北：中華書局，排印本。

3. 〔明〕陳第,《讀詩拙言》(音韻學叢書本),台北:廣文書局,1987 年,二版。

4. 〔明〕陳第,《毛詩古音考》(音韻學叢書本),台北:廣文書局,1987 年,二版。

5. 〔清〕顧炎武,《音學五書》(音韻學叢書本),台北:廣文書局,1987 年,二版。

6. 〔清〕江永,《古韻標準》(音韻學叢書本),台北:廣文書局,1987 年,二版。

7. 〔清〕段玉裁,《說文解字注》(附《六書音均表》)(經韻樓藏本),台北:黎明文化事業公司,1987 年,四版。

8. 〔清〕戴震,《聲類表》(音韻學叢書本),台北:廣文書局,1987 年,二版。

9. 〔清〕孔廣森,《詩聲類》(音韻學叢書本),台北:廣文書局,1987 年,二版。

10. 〔清〕王念孫,《古韻譜》(音韻學叢書本),台北:廣文書局,1987 年,二版。

11. 〔清〕江有誥,《音學五書》(音韻學叢書本),台北:廣文書局,1987 年,二版。

12. 〔清〕嚴可均,《說文聲類》(音韻學叢書本),台北:廣文書局,1987 年,二版。

13. 〔清〕朱駿聲,《說文通訓定聲》,台北:藝文印書館,1966 年,初版。

14. 〔清〕夏炘,《詩古韻表二十二部集說》(音韻學叢書本),台北:廣文書局,1987 年,二版。

(二) 民國以後 (按姓氏筆劃排列)

1. 丁啓陣,1991 年,《秦漢方言》,北京:東方出版社,初版。

2. 王力,1986 年,《漢語語音史》,北京:中國社會出版社,初版。

3. 王力,1986 年,《詩經韻讀》,山東教育出版社,載於《王力文集·六卷》,初版。

4. 王力,1987 年,《中國語言學史》,台北:谷風出版社,初版。

5. 王力,1988 年,《漢語史稿》,山東教育出版社,載於《王力文集·六卷》,初版。

6. 王力,1989 年,《古代漢語》,台北:藍燈文化事業股份有限公司,初版。

7. 王力,1992 年,《清代古音學》,北京:中華書局,初版。

8. 王叔岷,1972 年,《斠讎學》,影印本,台北:台聯國風出版社。

9. 孔仲溫,1989 年,《韻鏡研究》,台北:學生書局,初版二刷。

10. 北京大學中國語言文學系、語言學教研室編,1989 年,《漢語方音字匯》,文字改革出版社,二版。

11. 朱建頌,1992 年,《武漢方言研究》,武漢出版社,初版。

12. 邢福義,1990 年,《文化語言學》,湖北教育出版社,初版。

13. 何大安,1993 年,《聲韻學中的觀念與方法》,台北:大安出版社,二版。

14. 何九盈,1991 年,《上古音》,北京:商務印書館,初版。

15. 李方桂,2003 年,《上古音研究》,北京:商務印書館。

16. 李永明,1991 年,《長沙方言》,湖南出版社,初版。

17. 李新魁,1986 年,《古音概說》,台北:學海出版社,二版。

18. 李新魁、麥耘,1993 年,《韻學古籍述要》,西安:陝西人民出版社,初版。

19. 余迺永,1985 年,《上古音系研究》,香港:中文大學出版社。

20. 沈兼士,1984 年,《廣韻聲系》,台北:大化書局,四版。

21. 林尹,1990 年,《中國聲韻學通論》,台北:黎明文化事業公司,九版。

22. 林語堂,1989 年,《語言學論叢》,《民國叢書》第 1 編 51 冊,上海書局。

23. 周法高，1984 年，《中國音韻學論文集》，香港：中文大學出版社，初版。

24. 周祖謨，1966 年，《問學集》，北京：中華書局，初版。

25. 周祖謨，1992 年，《語言文史論集》，台北：五南書局，初版。

26. 周振鶴、游汝傑，1991 年，《方言與中國文化》，上海：人民出版社，初版三刷。

27. 周斌武，1987 年，《漢語音韻學史略》，安徽教育出版社，初版。

28. 袁家驊，1989 年，《漢語方言概要》，文字改革出版社，二版。

29. 高本漢著、聶鴻音譯，1987 年，《中上古漢語音韻綱要》，齊魯書社，初版。

30. 高本漢著、張洪年譯，1990 年，《中國聲韻學大綱》，台北：國立編譯館，二版。

31. 陸志韋，1947 年，《古音說略》，北京：中華書局，載於《陸志韋語言學著作集》一（1985.5 初版）。

32. 曹述敬主編 1991 年，《音韻學辭典》，湖南出版社，初版。

33. 黃季剛，1969 年，《黃侃論學雜著》，台北：學藝出版社，初版。

34. 章太炎，1973 年，《國故論衡》，台北：廣文書局，三版。

35. 郭錦桴，1993 年，《漢語聲調與語調闡要與探索》，北京語言學院，初版。

36. 張世祿，1986 年，《中國音韻學史》，台北：商務印書館，七版。

37. 張琨，1987 年，《漢語音韻學史論文集》，華中工學院出版社，初版。

38. 陳新雄，1973 年，《六十年來之聲韻學》，台北：文史哲出版社，初版。

39. 陳新雄，1983 年，《古音學發微》，台北：文史哲出版社，三版。

40. 陳新雄，1989 年，《毛詩》，台北：學海出版社，三版。

41. 陳新雄，1989 《語言學辭典》，台北：三民書局，初版。

42. 陳新雄，1990 年，《鍥不舍齋論學集》，台北：學生書局，初版。

43. 陳新雄，1991 年，《音略證補》，台北：文史哲出版社，增訂初版。

44. 陳新雄，1994 年，《文字聲韻論叢》，台北：東大圖書，初版。

45. 詹伯慧，1991 年，《現代漢語方言》，台北：新學識文教出版社，初版。

46. 董同龢，1978 年，《中國語音史》，台北：華岡出版有限公司，三版。

47. 董同龢，1989 年，《漢語音韻學》，台北：文史哲出版社，九版。

48. 董同龢，1991 年，《上古音韻表稿》，中研院史語所，四版。

49. 趙元任，1992 年，《語言問題》，台北：商務印書館，初版。

50. 趙誠，1991 年，《中國古代韻書》，北京：中華書局，初版。

51. 劉君惠，1992 年，《揚雄方言研究》，巴蜀書社，初版。

52. 羅常培、周祖謨，2007 年，《漢魏晉南北朝韻部演變研究》，北京：中華書局，初版。

三、其他文獻專著（按作者筆劃排列）

1. 方詩銘，1980 年，《中國歷史紀年表》，上海辭書出版社，初版。

2. 王輝，1993 年，《古文字通假釋例》，台北：藝文印書館，初版。

3. 王光鎬，1988 年，《楚文化源流新證》，武漢大學出版社，初版。

4. 林河，1990 年，《《九歌》與沅湘民俗》，上海：三聯書店，初版。

5. 邱德修，1990 年，《楚王子午鼎與王孫誥鐘銘新探》，台北：學海出版社，初版。

6. 河南省文物研究所、河南省江庫區考古隊發掘、淅川縣博物館，1991 年，《淅川下寺春秋楚墓》，北京：文物出版社，初版。

7. 姜亮夫、姜昆武，1991 年，《屈原與楚辭》，安徽教育出版社，初版。

8. 姚漢榮，1990 年，《楚文化尋繹》，學林出版社，初版。

9. 馬承源，1990 年，《商周青銅器銘文選》四，北京：文物出版社，初版。

10. 許進雄，1995 年，《古文諧聲字根》，台北：商務印書館，初版。

11. 徐少華，1994 年，《周代南土歷史地理與文化》，武漢大學出版社，初版。

12. 徐志嘯，1991 年，《玄妙奇麗的楚文化》，新華出版社，初版。

13. 陳偉，1992 年，《楚「東國」地理研究》，武漢大學出版社，初版。

14. 國家文物局古文獻研究室編，1980 年，《馬王堆漢墓帛書》，北京：文物出版社，初版。

15. 張正明，1987 年，《楚文化史》，上海人民出版社，初版。

16. 張正明等，1991 年，《楚文藝論集》，湖北美術出版社，初版。

17. 張崇琛，1993 年，《楚辭文化探微》，新華出版社，初版。

18. 張起鈞，1984 年，《道家智慧與現代文明》，台北：商務印書館，初版。

19. 楊寬，1986 年，《戰國史》（上、下），台北：谷風出版社，增訂本。

20. 董楚平，1988 年，《吳越文化新探》，浙江人民出版社，初版。

21. 羅運環，1992 年，《楚國八百年》，武漢大學出版社，初版。

22. 饒宗頤，1990 年，《楚地出土文獻三種研究》，北京：中華書局，再訂版。

參、期刊論文（按姓氏筆劃排列）

1. 王力，1989 年，〈由中古到上古的語音發展〉，《王力文集·十七卷》，頁 93～140。

2. 王力，1989 年，〈上古韻母系統研究〉，《王力文集·十七卷》，頁 116～196。

3. 王力，1989 年，〈上古漢語入聲和陰聲的分野及其收音〉，《王力文集·十七卷》，頁 197～247。

4. 王力，1989 年，〈先秦古韻擬測問題〉，《王力文集·十七卷》，頁 291～339。

5. 王力，1989 年，〈古韻脂微質物月五部的分野〉，《王力文集·十七卷》，頁 792。

6. 王力，1989 年，〈漢語語音史上的音變條件〉，《王力文集·十七卷》，頁 80～89。

7. 王建庵，1992 年，〈詩經韻的兩大方言韻系〉，《中國語文》3，頁 207～213。

8. 王顯，1984 年，〈屈賦的韻例和韻式〉，《語言研究》1，頁 43～46。

9. 王顯，1984 年，〈論離騷等篇的用韻和韻例兼論其作者〉，《中國語文》1，頁 42～51。

10. 王國維，1971 年，〈兩周金石文韻讀〉，載姬佛陀輯《學術叢編》6，頁 1～12。

11. 方孝岳，1978 年，〈上古音概述〉，《學術研究》2，頁 71～83。

12. 方孝岳，1956 年，〈關於先秦韻部的「合韻」問題〉，《中山大學學報》4，頁 28～48。

13. 孔仲溫，1994 年，〈論假借的意義與特質〉，《中山大學人文學報》2，頁 21～43。

14. 孔仲溫，1987 年，〈廣韻祭泰夬廢四韻來源試探〉，師大《國文學報》第 16 期，頁 137～154。另載於《聲韻論叢》第一輯。

15. 史存直，1984 年，〈古韻「之」「幽」兩部之間的交涉〉，《音韻學研究》第一輯，頁 296～313。

16. 江舉謙 1963 年，〈試論上古字調研究〉，《東海學報》5：1，頁 11～23。

17. 朱碧蓮，1985 年，〈略評幾種有影響的《楚辭》舊注本〉，《湖北大學學報》5，頁 83～87。

18. 李方桂，1971 年，〈上古音研究〉，《清華學報》9：1，2 合刊，頁 1～61。

19. 李尚行，1985 年，〈試論段玉裁「支脂之三分」說闡述的偏頗〉，《江西師範大學學報》1，頁 73～79，頁 88。

20. 李恕豪，1985 年，〈陳第古音研究探索〉，《四川師院學報》1，頁 51～57。

21. 李添富，1984 年，〈詩經例外押韻現象之分析〉，《輔仁學誌》13，頁 1～42。

22. 李裕民，1985 年，〈楚方言初探〉，《中國語文研究》9，頁 139～146。

23. 李毅夫，1982 年，〈上古韻是否有個獨立的冬部〉，《語文研究》2，頁 28～39。

24. 李毅夫，1984 年，〈上古韻祭月是一個還是兩個韻部〉，《音韻學研究》1，頁 286～295。

25. 李毅夫，1985 年，〈上古韻宵部的歷史演變〉，《齊魯學刊》4，頁 107～115。

26. 李毅夫，1986 年，〈先秦中部的獨立性及其在西漢北朝之間的變化〉，《齊魯學刊》6，頁 82～86。

27. 居思信，1985 年，〈元魂痕諸韻的歷史考察〉，《齊魯學刊》，頁 116～119；頁 128～129。

28. 金有景，1982 年，〈上古韻部新探〉，《中國社會科學》5，頁 181～198。

29. 易洛祖，1986 年，〈《楚辭》方言今證〉，收於吳文祺《語言文字研究專輯》下，頁 448～467。

30. 邵榮芬，1982 年，〈古韻魚侯兩部在後漢時期的演變〉，《中國語文》6，頁 410～415。

31. 邵則遂，1994 年，〈《楚辭》楚語今證〉，《古漢語研究》1，頁 62～64。

32. 周祖謨，1980 年，〈漢代竹書和帛中的通假字與古音的考訂〉，《語言文史論集》，頁 53～48。

33. 周祖謨，1984 年，〈漢字上古音東冬分部的問題〉，《語言文史論集》，頁 45～53。

34. 周祖謨，〈騫公《楚辭音》之協韻說與楚音〉，《問學集》，頁 168～176。

35. 周祖謨，〈古音有上去二聲辨〉，《周祖謨學術論著自選集》，頁 123～129。

36. 姚榮松，1981 年，〈由上古韻母系統試析詩經之例外押韻〉，《教學與研究》3，頁 11～27。

37. 姜亮夫，1983 年，〈智騫《楚辭音》跋〉，載《國學今論》，頁 179～195。

38. 晏昌貴，1990 年，〈楚靈王遷國移民考〉，《江漢論壇》12，頁 53～57。

39. 徐少華，1990 年，〈關於春秋楚縣的幾個問題〉，《江漢論壇》2，頁 69～72。

40. 殷煥先，1980 年，〈上古去聲質疑〉，《音韻學研究》第二輯，頁 52～62。

41. 殷崇浩，1980 年，〈春秋楚縣略論〉，《江漢論壇》4，頁 80～86。

42. 陸志韋，1947 年，〈楚辭韻釋〉，《燕京學報》33，頁 95～104。

43. 陳世輝，1981 年，〈金文韻讀續輯〉，《古文字研究》5，頁 169～191。

44. 陳邦懷，1984 年，〈兩周金文韻讀輯遺〉，《古文字研究》9，頁 449～462。

45. 陳新雄，1982 年，〈從詩經的合韻現象看諸家擬音的得失〉，載《鍥不捨齋論文集》，頁 37～59。原載 1982 年 6 月《輔仁學誌》11 期。

46. 陳新雄，1989 年，〈《毛詩》韻譜‧通韻譜‧合韻譜〉，載《文字聲韻論叢》，頁 259～302。原載 1989 年 2 月《中國學術年刊》10 期。

47. 陳新雄，1992 年，〈李方桂先生《上古音研究質疑》〉，載《文字聲韻論叢》，頁 47～61。原載 1992 年 11 月《中國語文》6 期。

48. 陳新雄，1993 年，〈黃季剛先生及其古音學，載《文字聲韻論叢》，頁 1～46。原載 1993 年 3 月《中國學術年刊》14 期。

49. 陳新雄，1994 年，〈《廣韻》二百零六韻擬音之我見〉，《語言研究》2，頁 94～111。

50. 陳燕，1992 年，〈試論段玉裁的合韻說〉，《天津師院學報》3，頁 57～64。

51. 陳廣忠，1985 年，〈帛書《老子》的用韻問題〉，《復旦學報》6，頁 78～81。

52. 黃典誠，1980 年，〈關於上古漢語高元音的探討〉，《廈門大學學報》1，頁 92～99，頁 71。

53. 黃綺，1980 年，〈論古韻分部及支、脂、之是否應分為三〉2，《河北大學學報》，頁 71～93。

54. 黃釗，1985 年，〈近年來《老子》研究綜述〉，《求索》3，頁 69～72。

55. 張亨，1966 年，〈楚辭斠補〉，《史語所集刊》36 卷下，頁 649～702。

56. 湯炳正，1992 年，〈屈賦語言的旋律美〉，《四川師院學報》4，頁 29～37；頁 42。

57. 湯炳正，1982 年，〈《楚辭韻讀》讀後感〉，《四川師院學報》1，頁 17～23；頁 69。

58. 湯餘惠，1986 年，〈戰國文字考釋（五則)〉，《古文字研究》第十輯，頁 281～291。

59. 郭云生，1983 年，〈論《詩經》韻部系統的性質〉，《安徽大學學報》4，頁 91～97。

60. 喻遂生，1993 年，〈兩周金文韻文和先秦《楚音》〉，《西南師範大學學報》2，頁 105～109。

61. 傅錫壬，1967 年，〈江有誥「楚辭韻讀」補正〉，《淡江學報》6，頁 93～113。

62. 傅錫壬，1968 年，〈楚辭假借字探究〉，《淡江學報》7，頁 103～128。

63. 傅錫壬，1970 年，〈楚辭方言考辨〉，《淡江學報》9，頁 75～93。

64. 董同龢，1981 年，〈與高本漢先生商榷「自由押韻」說兼論上古楚方音特色〉，《董同龢先生語言學論文選集》，頁 1～11。

65. 虞萬里，1984 年，〈從古方音看歌支的關係及其演變〉，《音韻學研究》3，頁 263～291。

66. 劉志成，1991 年，〈楚方言考略〉，《漢語言學國際學術研會論文集》（語音的研究），頁 53～56。

67. 劉寶俊，1986 年，〈《秦漢帛書音系》概述〉，《中南民族學院學報》2，頁 126～131。

68. 劉寶俊，1990 年，〈冬部歸向的時代和地域特點與上古楚方音〉，《中南民族學院學報》5，頁 79～86。

69. 魏建功，1929 年，〈古陰陽入三聲考〉，《國學季刊》2：2，頁 299～361。

70. 嚴學宭，1963 年，〈上古漢語韻母結構體製初探〉，《武漢大學學報》2，頁 63～83。

71. 籍成山，1983 年，〈「同聲必同部」之管見〉，《山東師大學報》6，頁 78～82。

肆、學位論文（依姓氏筆劃排列）

1. 伍明清，1989 年，《宋代古音學》，台大碩士論文。

2. 余迺永，1980 年，《兩周金文音系考》，台灣師大博士論文。

3. 吳靜之，1975 年，《上古聲調之蠡測》，台灣師大碩士論文。

4. 徐泉聲，1970 年，《楚辭研究》，台灣師大碩士論文。

5. 陳文吉，1995 年，《《楚辭》古韻研究》，台灣師大碩士論文。

6. 黃志高，1977 年，《六十年來之楚辭學》，台灣師大碩士論文。

附錄　〈先秦楚方言韻譜〉

凡　例

一、本韻譜各韻部名稱，是依據陳新雄先生《毛詩》韻三十部而訂。

二、本韻譜的排列次序是依陰、陽、入三聲二十九部音讀之遠近。

三、各部韻譜中首列韻譜，次列合韻譜。

四、所錄韻例，來自本文所界訂先秦楚方言範圍內的材料，包括《楚辭》、
《老子》、《莊子》，以及各種古文字材料。

五、韻譜中凡異部通押的韻例皆歸入合韻譜，且同一合韻例，既見於甲部，
則不復錄於乙部。

六、合韻例中屬於該部韻字者不作任何標識，屬於異部韻字者，則依序分
別標以·與。於各韻字下。

七、各部韻例參照本文第四章各部的韻字表，依調類的平、上、去、入、
平上、平去、平入、上去、上入、去入、平上去、平上入、上去入排
列。

〔陰聲韻〕

一、「之」部

（一）韻　譜

出　處	韻　例
《楚辭·離騷》	（平）茲詞、之思、疑之、媒疑（上）在莒、莒悔、悔醢、在理（平去）佩詒、時態（上去）能佩
《楚辭·湘君》	（平）來思
《楚辭·少司命》	（平）辭旗
《楚辭·山鬼》	（平）狸旗思來
《楚辭·天問》	（平）謀之、牛來、尤之、期之（上）氾里、子在、止殆、止子、子婦、市姒、趾在止（去）戒代（上去）祐喜
《楚辭·惜誦》	（平）肱之、尤之（上）恃殆（去）志態（平去）志咍
《楚辭·涉江》	（上）以醢
《楚辭·哀郢》	（平）持之、時丘之
《楚辭·抽思》	（平）思媒
《楚辭·懷沙》	（上）鄙改、采有
《楚辭·思美人》	（平）胎詒、之時期（平上）能疑（平去）詒志
《楚辭·惜往日》	（平）之疑辭之（去）代意置（平上）時疑娭治之否思之尤之（上去）祐喜
《楚辭·橘頌》	（上）友理、佩異態（上去）異喜、志喜
《楚辭·悲回風》	（上）恃止
《楚辭·卜居》	（去）意事、意異
《楚辭·九辯》	（平去）思事
《楚辭·招魂》	（上）里止、止醢里、止里久（去）代意、怪備代
《楚辭·大招》	（上）海理恥海士
《老子》1章	（上去）始母
《老子》8章	（平去）治能時尤
《老子》19章	（平上）倍慈有
《老子》20章	（上）海止（上去）俚母
《老子》22章	（平）哉之
《老子》23章	（去）志富
《老子》25章	（上去）改母
《老子》29章	（平上）之已

《老子》32 章	（平）有止殆
《老子》35 章	（上去）餌止
《老子》44 章	（上）止殆、以久
《老子》51 章	（上）有恃宰
《老子》52 章	（上去）始母母子母殆
《老子》57 章	（上）起有（去）事富
《老子》59 章	（上去）母久
《老子》64 章	（平）持謀
《老子》73 章	（平）來謀
《莊子・應帝王》	（上）己恃喜有
王孫誥甬鐘	（平上）喜士趣期之
叔嬭番妃縢簠	（平）期之
東姬會匜	（平）期之
楚帛書甲篇	（平）時思
蔡侯鐘	（平）期之
上都府簠	（平）期之
鄧公鼎	（平）期之
徐王子旃鐘	（平）熙期之（上）祀士喜
子璋鐘	（平上）喜士期之
王孫遺者鐘	（平上）熙期子之
者減鐘	（平上）子之
沇兒鐘	（平上）祀喜士趣期之
郘子鐘	（平上）喜友趣期已之
許子鐘	（平上）喜友趣謀已之

（二）合韻譜

合韻韻部	出　處	韻　　例
之幽	《楚辭・天問》	（上）首在
	《楚辭・惜往日》	（平）憂求游之（上去）佩好
	《楚辭・遠遊》	（平）疑浮
	《老子》14 章	（上）道有始記
	《老子》16 章	（上）道久怠
	《老子》20 章	（平）熙牢臺
	《老子》33 章	（上去）久壽
	蔡姞作尹叔簠	（平去）姬壽

	者減鐘一	（平上去）鼇考壽壽
	其耄勾鑃	（平上去）考壽之
	喬君鉦	（平上去）考壽之
之宵	《老子》2 章	（去）事教
	《老子》20 章	（平上）兆咳
	《荀子・賦》	（上）表裏理
之侯	《楚辭・惜往日》	（平）廚牛之
之魚	《楚辭・招魂》	（平）都饟駈牛災
	《老子》2 章	（平上）始恃居
	《老子》24 章	（平）之居
之歌	《老子》8 章	（平）慈和
之支	《老子》65 章	（平）治知
之職	《楚辭・天問》	（上入）識喜
	《楚辭・惜往日》	（去入）載備異再識
	《老子》10 章	（上入）有宰德
	《老子》52 章	（去入）事棘
	王孫誥甬鐘	（上去入）趩國祀福飤
之沒	《楚辭・離騷》	（平去）茲沫
之幽覺	《楚辭・大招》	（去入）秀霤畜囿

二、「幽」部

（一）韻　譜

出　　處	韻　　　　例
《楚辭・離騷》	（平）遊求、留茅、流啾（上）好巧
《楚辭・湘君》	（平）猶州修舟流
《楚辭・山鬼》	（平）蕭憂
《楚辭・天問》	（平）流求、憂求（上）嫂首、道考
《楚辭・惜誦》	（平）仇雠（上）保道
《楚辭・抽思》	（平上）浮慅
《楚辭・思美人》	（平）悠憂
《楚辭・橘頌》	（平）求流（上）道醜

《楚辭·遠遊》	（平）遊浮、留由
《楚辭·九辯》	（平）秋楸悠愁
《楚辭·大招》	（平）淑悠膠寥
《老子》1 章	（上）道道
《老子》9 章	（上）保守咎道
《老子》30 章	（上）老道早
《老子》47 章	（平上）牖道
《老子》55 章	（上）老道早
《老子》67 章	（上）寶保
召叔山父簠	（上去）考壽寶
王孫遺者鐘	（上去）孝考壽
王子午鼎	（平上去）孝考幽
者減鐘	（平上去）彫孚考壽

（二）合韻譜

合韻韻部	出　處	韻　　　例
幽侯	《老子》14 章	（上）首後
	《老子》62 章	（上去）注寶保
幽宵	《楚辭·惜誦》	（平）流昭幽聊由
	《老子》41 章	（上去）道笑、笑道
幽魚	《楚辭·思美人》	（上）莽草
幽東	《楚辭·離騷》	（平去）同調
	《楚辭·天問》	（平）龍游
幽覺	《楚辭·天問》	（去）告救
	《楚辭·抽思》	（去）救告
	《老子》25 章	（平入）寂繆

三、「宵」部

（一）韻　譜

出　處	韻　　　例
《楚辭·離騷》	（平）遙姚
《楚辭·山鬼》	（上去）笑窕
《楚辭·天問》	（去）到照

（二）合韻譜

合韻韻部	出　　處	韻　　例
宵魚	《楚辭·大招》	（平去）昭遽逃遙
宵藥	《楚辭·遠遊》	（去）耀驁（平入）撟樂
	《楚辭·九辯》	（去）約效（平去入）教樂高
	《老子》1 章	（上去）眇噭

四、「侯」部

（一）韻　譜

出　　處	韻　　例
《楚辭·離騷》	（上）詬厚
《楚辭·天問》	（上）厚取
《楚辭·卜居》	（平）駒驅
《莊子·齊物論》	（去）構鬥（平上）偶樞
《老子》41 章	（平）偷渝隅
《老子》78 章	（上）詬主

（二）合韻譜

合韻韻部	出　　處	韻　　例
侯魚	《老子》17 章	（上去）譽侮
	《老子》30 章	（上）主下
	《老子》66 章	（上去）下後
侯屋	《楚辭·離騷》	（去入）屬具
	《楚辭·天問》	（去入）屬數

五、「魚」部

（一）韻　譜

出　　處	韻　　例
《楚辭·離騷》	（平）狐家、車舒、都居（上）與莽、武怒、輔土、馬女、下女、女女、女下（去）舍故、固惡（平上）予野、下予、與予（上去）寙古、宇惡
《楚辭·湘君》	（上）渚下浦女與
《楚辭·湘夫人》	（上）浦者與（平上）渚予下

《楚辭・大司命》	（平）華居疏（平上）下女予
《楚辭・少司命》	（平上）蕪下予苦
《楚辭・東君》	（平上）鼓簴姱舞
《楚辭・河伯》	（平上）浦予、魚渚下
《楚辭・山鬼》	（平上）下雨予
《楚辭・國殤》	（上）馬鼓怒野
《楚辭・禮魂》	（上）鼓舞與古
《楚辭・天問》	（平）衢居如（上）所處羽（去）故懼（上去）怒固
《楚辭・惜誦》	（上）下所
《楚辭・涉江》	（平）如居（上）雨宇
《楚辭・哀郢》	（平）如蕪
《楚辭・抽思》	（平）姑徂（平上）姱怒
《楚辭・懷沙》	（上）莽土
《楚辭・悲回風》	（平）紆娛居（去）處慮曙去
《楚辭・遠遊》	（平）都如、居戲霞除（去）語曙（平）予居都閭
《楚辭・九辯》	（平）躍衙（上）下苦（平去）處踖（上去）下處
《楚辭・招魂》	（上）舞下鼓楚呂（平去）假賦故居（平上）宇壺、輔予
《楚辭・大招》	（平）姱都娛舒
《老子》20 章	（上去）古去父
《老子》36 章	（平上）與予
《老子》47 章	（上）戶下
《老子》54 章	（上入）下溥
《老子》64 章	（上）土下
《老子》68 章	（上）武怒與下
《老子》73 章	（去）惡故
《老子》77 章	（上）舉補
《莊子・逍遙遊》	（上）者下罟、野下、斧者罟
《莊子・大宗師》	（上）戶戶
楚帛書甲篇	（平上）魚女
楚帛書乙篇	（上）土雨
配兒鉤鑃	（平上）父娛
曾伯棗簠	（平去）鑪簠
儆兒鐘	（平上去）父鋁且憮語

（二）合韻譜

合韻韻部	出　處	韻　例
魚歌	《楚辭·九辯》	（平）瑕加
魚揚	《楚辭·離騷》	（去）迎故
	《老子》76 章	（上）下上
魚元	《楚辭·大招》	（去）賦亂變譔
魚鐸	《楚辭·離騷》	（去）路步、圃暮（上去）序暮（去入）索妒、夜御
	《楚辭·天問》	（上去）錯洿故
	《楚辭·涉江》	（去）璐顧圄
	《楚辭·懷沙》	（去）故慕、慕故、錯懼
	《楚辭·思美人》	（去）度暮故
	《楚辭·九辯》	（去）固錯（去入）顧路漠壑（上去）錯路御去舉
	《楚辭·招魂》	（平入）絡呼居
	《楚辭·大招》	（去）假路慮
	《老子》38 章	（平入）泊華
	《老子》55 章	（去入）螫搏固
	曾伯陭壺	（平上入）壺客
魚月	《楚辭·九辯》	（去）蔽汙

六、「歌」部

（一）韻　譜

出　處	韻　例
《楚辭·離騷》	（平）他化、化離、馳蛇、差頗
《楚辭·大司命》	（平）何虧為
《楚辭·少司命》	（平）池阿哥
《楚辭·河伯》	（平）河波螭
《楚辭·山鬼》	（平）阿蘿
《楚辭·天問》	（平）為化、加虧、施化、多何、宜嘉、嘉嗟、施何
《楚辭·抽思》	（平）儀虧

《楚辭·悲回風》	（平）儀為
《楚辭·遠遊》	（平）馳蛇、麾波
《楚辭·漁父》	（平）移波醨為
《楚辭·九辯》	（平）化何
《楚辭·招魂》	（平）羅歌荷酡波奇離、蛇池荷波陀籬為
《楚辭·大招》	（平）苛罷麾施為
《老子》18 章	（去）義偽
《老子》20 章	（平）訶何
《老子》29 章	（平上去）隨吹挫墮
《老子》37 章	（平）為化
《老子》44 章	（平去）貨多
《老子》57 章	（平上）也化
《老子》58 章	（上）禍倚
《老子》64 章	（平去）賻過為

（二）合韻譜

合韻韻部	出　處	韻　　例
歌支	《楚辭·大招》	（平）佳規施卑移
	《楚辭·少司命》	（平）離知
	《老子》10 章	（平）離兒疵知雌為
	《老子》12 章	（上）彼此
	《老子》28 章	（平）離兒
歌微	《楚辭·東君》	（平）雷蛇懷歸
	《楚辭·九辯》	（上）毀弛
歌脂微	《楚辭·遠遊》	（平）妃歌夷蛇飛徊

七、「支」部

（一）韻　譜

出　處	韻　　例
《楚辭·九辯》	（平）知訾
《老子》28 章	（平）雌溪
《莊子·人間世》	（平）兒兒畦畦崖崖

（二）合韻譜

合韻韻部	出　處	韻　　例
支脂	《楚辭·遠遊》	（上）涕弟
支錫	《老子》27 章	（上去）啓解

八、「脂」部

（一）韻　譜

出　　處	韻　　例
《楚辭·天問》	（上）死體、底雉
《楚辭·懷沙》	（去）濟示
《老子》6 章	（上）死牝
《老子》7 章	（平）私私
《老子》27 章	（平）師資迷、師資

（二）合韻譜

合韻韻部	出　　處	韻　　例
脂微	《楚辭·離騷》	（平）幃袛
	《楚辭·九辯》	（平）歸棲衰肥、哀悲偕（去）冀欷
脂質	《楚辭·九辯》	（上去）濟至死
	《楚辭·悲回風》	（去）至比
	曾伯霥簠	（平去）致夷

九、「微」部

（一）韻　譜

出　　處	韻　　例
《楚辭·河伯》	（平）歸懷
《楚辭·天問》	（平）依譏、懷肥
《楚辭·涉江》	（平）哀嵬
《楚辭·遠遊》	（平）懷悲、飛徊
《楚辭·九辯》	（平）歸悲、哀歸
《老子》14 章	（平）微希夷
《老子》20 章	（平去）累歸
《莊子·人間世》	（平）衰追

（二）合韻譜

合韻韻部	出　處	韻　　　例
微諄	《楚辭・漁父》	（平）衣汶
	《老子》20 章	（平上）遺蠢
微諄元	《楚辭・招魂》	（平上）先還先兒

〔**陽聲韻**〕

十、「蒸部」

（一）韻　譜

出　　處	韻　　　例
《楚辭・國殤》	（平）弓懲凌雄
《楚辭・天問》	（平）興膺
《楚辭・悲回風》	（平）膺仍
《楚辭・招魂》	（平）乘烝
《老子》73 章	（平）勝應
《老子》76 章	（平）勝恆

（二）合韻譜

合韻韻部	出　處	韻　　　例
蒸諄	《楚辭・天問》	（平）陵文
蒸陽	《楚辭・離騷》	（平）常懲
蒸元	《楚辭・離騷》	（平去）言勝

十一、「東」部

（一）韻　譜

出　　處	韻　　　例
《楚辭・離騷》	（平去）庸降
《楚辭・雲中君》	（平去）降中窮懺
《楚辭・天問》	（平）功同、從通（平去）躬降
《楚辭・哀郢》	（平）江東
《楚辭・抽思》	（平）同容
《楚辭・懷沙》	（平）豐容

《楚辭·悲回風》	（平）江洶
《楚辭·卜居》	（平）忠窮
《楚辭·九辯》	（平）重通、從容（平去）通從誦容
《楚辭·招魂》	（平去）眾宮
《老子》5 章	（平）窮中
《老子》16 章	（平）容公
《老子》21 章	（平）容從
《老子》54 章	（平）邦豐
《莊子·齊物論》	（平）中窮
楚帛書乙篇	（平）同凶、從凶（平上）終奉

（二）合韻譜

合韻韻部	出　　處	韻　　　例
東陽	《楚辭·河伯》	（平）堂宮中
	《楚辭·涉江》	（平）中窮行
	《楚辭·卜居》	（平）長明通
	《老子》12 章	（平上）盲聾爽狂妨
	《老子》16 章	（平）常凶
	《老子》22 章	（平）章明功長
	《老子》26 章	（平）行重
	《老子》67 章	（平上）勇廣長
	楚帛書甲篇	（平去）行行降
	郘公平侯鼎	（平上）公公疆享
東元	《楚辭·大招》	（平）蜒婉騫躬
東諄	《老子》45 章	（平上）沖窘
東侵	《楚辭·天問》	（平）沈封
	《楚辭·九辯》	（平上）中湛豐

十二、「陽」部

（一）韻　譜

出　　處	韻　　　例
《楚辭·離騷》	（平）荒章、央芳、殃長、當浪、桑羊、當芳、長芳、行糧、英傷、鄉行

《楚辭・東皇太一》	（平）良皇琅芳漿倡堂康
《楚辭・雲中君》	（平）英芳央光章
《楚辭・湘夫人》	（平）堂房、張芳衡（平上）望張上
《楚辭・大司命》	（平）翔陽坑
《楚辭・東君》	（平）桑明、裳狼漿行
《楚辭・河伯》	（平去）望蕩
《楚辭・國殤》	（平）行傷
《楚辭・天問》	（平）揚光、明藏、方桑、堂藏、臧羊、兄長、方狂、長彰、行將、將長（去）尚匠（平上）饗喪、饗長（平去）尚行
《楚辭・惜誦》	（平）杭旁、糧芳
《楚辭・涉江》	（平）陽傷、英光湘、當行
《楚辭・哀郢》	（平）亡行
《楚辭・抽思》	（平）傷長
《楚辭・懷沙》	（平）章明、量臧、強像
《楚辭・思美人》	（平）將當、揚章
《楚辭・橘頌》	（平上）長像
《楚辭・悲回風》	（平）湯行（平去）傷倡忘長芳章芳既羊明
《楚辭・遠遊》	（平）行芒、涼皇、鄉行（平去）行鄉陽英壯放
《楚辭・九辯》	（平）藏當光、霜藏橫黃傷當、房飈芳翔明傷、佯將攘堂芳明（平去）臧恙
《楚辭・招魂》	（平）方祥、房光、堂梁
《楚辭・大招》	（平）洋鬢狂傷、梁芳羹嘗、張商倡桑、倉鶬鶊翔、昌張明當（平上）方梁行芳羹漿鶬爽館蕩涼漿妨（平去）明堂卿張讓王
《老子》14 章	（平上去）狀象恍
《老子》16 章	（平）常明
《老子》20 章	（平）荒央
《老子》21 章	（平上）恍象
《老子》33 章	（平）明強
《老子》35 章	（上）像往
《老子》36 章	（平）張強
《老子》44 章	（平）藏亡（平去）亡病
《老子》52 章	（平）明強光明殃長
《老子》54 章	（平）鄉長
《老子》55 章	（平）常明祥強
《老子》69 章	（平）行兵
《老子》71 章	（去）尚病
《老子》78 章	（平）祥王、剛強行

《莊子・人間世》	（平）陽行
楚王盦章鎛	（平上）旟瀧享
楚帛書乙篇	（平）當堂行常、祥瀧方、兵王、霣行（平上）荒常羊明享
掷陵君豆	（平）譽兄疆
掷陵君鑑	（平）譽兄疆
曾伯霖簠	（平）陽行滂（平上）行梁享疆享
曾子仲宣鼎	（平上）兄疆享
曾伯陭壺	（平上）享疆
者減鐘	（平去）方向
吳王光鑑	（平去）光銚疆忘
陳公子甗	（平去）行梁疆尚
蔡侯盤	（平去）暢彰王昌疆
蔡侯鐘	（平去）忘王匡慶
徐王子旃鐘	（平）旟皇方
沈兒鐘	（平）旟皇
許子鐘	（平）旟光皇

（二）合韻譜

合韻韻部	出　　處	韻　　　　例
陽耕	《楚辭・招魂》	（平）瓊光張璜
	楚帛書甲篇	（平）靈行
陽眞	《楚辭・惜誦》	（平）明身
	《老子》36 章	（平）強淵人
	《老子》60 章	（平）人傷
	楚帛書乙篇	（平）神行莊行
陽談	《楚辭・天問》	（平）亡嚴

十三、「元」部

（一）韻　譜

出　　　處	韻　　　　例
《楚辭・離騷》	（平）然安、遷盤（上）反遠
《楚辭・湘夫人》	（平）蘭言湲
《楚辭・山鬼》	（平）昌蔓閒
《楚辭・國殤》	（上）反遠

《楚辭‧天問》	（平）安遷（平上）暖寒言
《楚辭‧惜誦》	（平）言然（去）伴援（上去）變遠
《楚辭‧涉江》	（平上）遠壇
《楚辭‧哀郢》	（平）愆遷（去）霰見
《楚辭‧橘頌》	（平去）摶爛
《楚辭‧遠遊》	（平）仙延
《楚辭‧九辯》	（平去）漣嘆
《楚辭‧招魂》	（平）瞞閒、姦安軒山連寒湲蘭筵
《楚辭‧大招》	（平）安延言、曼顏安、娟嫣娟便
《老子》64章	（上去）判散亂
《莊子‧齊物論》	（平）閑閒

（二）合韻譜

合韻韻部	出　　處	韻　　　例
元耕	《老子》22章	（平去）全正
元眞	《楚辭‧抽思》	（去）願進、翩淺閒
	《老子》16章	（平）全天
	《老子》18章	（平去）亂臣
	《老子》25章	（平）天然
	《老子》79章	（平上去）怨怨善人
元諄	《楚辭‧抽思》	（平去）聞患
	《楚辭‧悲回風》	（平）還聞、霧媛
	《楚辭‧遠遊》	（平）傳垠然存先門
	《楚辭‧九辯》	（平）溫餐垠春
元鐸	《老子》26章	（平入）官若

十四、「耕」部

（一）韻　譜

出　　　處	韻　　　　　例
《楚辭‧離騷》	（平）情聽（平去）正征
《楚辭‧湘君》	（平）征庭旌靈
《楚辭‧少司命》	（平）青莖成（平去）旌星正
《楚辭‧山鬼》	（平）冥鳴

《楚辭·天問》	（平）營成傾、聽刑、營盈、寧情
《楚辭·抽思》	（平）星營（平去）正聽
《楚辭·懷沙》	（去）盛正（平去）正程
《楚辭·遠遊》	（平）征零成情程
《楚辭·卜居》	（平）輕鳴名貞
《楚辭·漁父》	（平）清醒、清纓
《楚辭·大招》	（上去）靜定
《老子》1 章	（平）名名
《老子》2 章	（平）生成形盈
《老子》15 章	（平）盈盈成、清生
《老子》21 章	（平）冥精
《老子》22 章	（平）爭爭
《老子》25 章	（平）成生
《老子》37 章	（上去）靜正
《老子》39 章	（平去）清寧靈盈正
《老子》45 章	（上去）靜正
《老子》57 章	（上去）靜正

（二）合韻譜

合韻韻部	出　　處	韻　　　　例
耕真	《楚辭·離騷》	（平）名均
	《楚辭·哀郢》	（平）天名
	《楚辭·遠遊》	（平）榮人征
	《楚辭·卜居》	（平）耕名身生眞人情榾
	《楚辭·九辯》	（平）平生憐、天名、清清人新
	《楚辭·大招》	（去）盛命盛定
	《老子》13 章	（平）驚身
	《老子》16 章	（上去）靜命
	《莊子·養生主》	（平）名刑經身生親年
	《莊子·德充符》	（平）天人形情形人情身人天、形身神情暝形鳴
	徐王子旃鐘	（平）賓生
耕鐸	《楚辭·惜誦》	（平去）情路
耕真諄	《楚辭·招魂》	（平）天人千侁淵暝身

十五、「真」部

（一）韻　譜

出　　處	韻　　　例
《楚辭・天問》	（平）民嬪、真填
《楚辭・涉江》	（平）人身
《楚辭・抽思》	（平去）鎮人
《楚辭・大司命》	（平）轔天人
《老子》8 章	（平去）淵信
《老子》21 章	（平去）真信
《老子》32 章	（平）全均、臣賓
《老子》44 章	（平）身親
《老子》54 章	（平）身真
《老子》60 章	（平）神人
《老子》79 章	（平）親人

（二）合韻譜

合韻韻部	出　　處	韻　　　例
真諄	《楚辭・天問》	（平）分陳、鰥親
	《楚辭・遠遊》	（平）天聞鄰
	《楚辭・招魂》	（平）分紛陳先
	《楚辭・大招》	（平）敶存先、雲神存昆
	《老子》1 章	（平）玄門
	《老子》15 章	（平）川鄰

十六、「諄」部

（一）韻　譜

出　　處	韻　　　例
《楚辭・湘夫人》	（平）門雲
《楚辭・大司命》	（平）門雲塵
《楚辭・國殤》	（平）雲先（上）忍隕
《楚辭・天問》	（平）云先
《楚辭・惜誦》	（平）貧門、聞忳（上）忍軫
《楚辭・遠遊》	（平）勤聞
《楚辭・招魂》	（平）門先

《老子》4 章	（平）紛塵、存先
《老子》6 章	（平）門根、存勤
《老子》7 章	（平）先存
《老子》16 章	（平）雲根
《老子》20 章	（平去）昏悶
《老子》26 章	（平）根君（平上）本君
《老子》52 章	（平）門勤
《老子》56 章	（平）紛塵
《老子》57 章	（平）貧昏
《老子》58 章	（平上）悶屯
《莊子·齊物論》	（平）湣尊苊純蘊

（二）合韻譜

合韻韻部	出　　處	韻　　例
諄質	《楚辭·離騷》	（平去）艱替 ·
	楚帛書乙篇	（平去）西至 ·

十七、「侵」部韻譜

出　　處	韻　　例
《楚辭·離騷》	（平）心淫
《楚辭·涉江》	（平）風林
《楚辭·哀郢》	（平）心風
《楚辭·抽思》	（平）潭心
《楚辭·招魂》	（平）楓心南、心淫

十八、「談」部韻譜

出　　處	韻　　例
《楚辭·抽思》	（上）敢擔
《楚辭·招魂》	（平上）淹漸

〔入聲韻〕

十九、「職」部

（一）韻　譜

出　　處	韻　　例
《楚辭·離騷》	（入）極服、服則、息服、極翼

《楚辭‧湘君》	（入）極息側
《楚辭‧天問》	（入）惑服、極得、牧國、得殛、億極、極識
《楚辭‧惜誦》	（入）服直
《楚辭‧哀郢》	（入）極得
《楚辭‧抽思》	（入）北域側得息
《楚辭‧橘頌》	（入）服國
《楚辭‧遠遊》	（入）得則、息德
《楚辭‧卜居》	（入）翼食
《楚辭‧九辯》	（入）息軾得惑職直
《楚辭‧招魂》	（入）食得極賊
《老子》22 章	（入）得惑
《老子》58 章	（入）福伏
《老子》59 章	（入）極國、嗇服德克極
《老子》65 章	（入）式德、賊德
楚帛書乙篇	（入）匿德
蔡侯鐘	（入）德國弍

（二）合韻譜

合韻韻部	出　處	韻　　例
職覺	《楚辭‧懷沙》	（入）默鞠

二十、「覺」部韻譜

出　處	韻　　例
《楚辭‧天問》	（入）育腹、竺燠
《楚辭‧哀郢》	（入）復慼
《老子》12 章	（入）腹目
《老子》16 章	（入）篤復

二十一、「屋」部

（一）韻　譜

出　處	韻　　例
《楚辭‧天問》	（入）欲祿
《楚辭‧思美人》	（入）木足
《楚辭‧遠遊》	（入）屬轂

《楚辭·漁父》	（入）濁足
《老子》15章	（入）樸濁谷
《老子》19章	（入）足屬樸欲
《老子》28章	（入）足樸
《老子》37章	（入）樸辱
《老子》39章	（入）祿玉
《老子》41章	（入）谷辱足
《老子》44章	（入）足辱
《老子》52章	（入）辱谷
《老子》57章	（入）欲樸
《莊子·人間世》	（入）曲足

（二）合韻譜

合韻韻部	出　處	韻　　例
屋鐸	《老子》27章	（入）作鐸

二十二、「藥」部

（一）韻　譜

出　　處	韻　　例
《楚辭·離騷》	（入）邀樂

（二）合韻譜

合韻韻部	出　處	韻　　例
藥月	《老子》58章	（去入）割刺紲曜

二十三、「鐸」部

（一）韻　譜

出　　處	韻　　例
《楚辭·離騷》	（去）度路、錯度（入）迫索
《楚辭·山鬼》	（入）若柏作
《楚辭·天問》	（入）射若、度作
《楚辭·惜誦》	（入）釋白
《楚辭·涉江》	（入）薄薄
《楚辭·哀郢》	（入）躓客薄釋

《楚辭‧抽思》	（入）作穫
《楚辭‧思美人》	（去入）度路
《楚辭‧遠遊》	（去）路度
《楚辭‧漁父》	（入）白蠖
《楚辭‧九辯》	（入）薄索、廓繹客薄
《楚辭‧招魂》	（去）夜錯（入）薄博、簿迫白、託索石釋託
《楚辭‧大招》	（入）作澤客昔、路尊薄擇
《老子》15章	（入）客釋
《老子》20章	（去入）惡若
《老子》39章	（入）硌石
《老子》69章	（入）客尺
郘王糧鼎	（入）客若

（二）合韻譜

合韻韻部	出　　處	韻　　　例
鐸錫	《楚辭‧悲回風》	（入）愁適迹益釋

二十四、「月」部

（一）韻　譜

出　　處	韻　　　例
《楚辭‧離騷》	（去）刈穢（去入）薉折、艾害
《楚辭‧湘君》	（去入）枻雪末絕
《楚辭‧湘夫人》	（去）裔澨逝蓋
《楚辭‧少司命》	（去）帶逝際
《楚辭‧天問》	（去）害敗、摯說（入）鼈達
《楚辭‧涉江》	（去）汏滯
《楚辭‧抽思》	（去）歲逝
《楚辭‧思美人》	（入）發達
《楚辭‧遠遊》	（去）厲衛
《楚辭‧九辯》	（入）月達
《老子》25章	（去）大逝
《老子》35章	（去）害太
《老子》39章	（去入）裂發歇竭厥
《老子》45章	（去入）缺敝

《老子》54 章	（入）拔脫絕
《老子》58 章	（入）察缺
《老子》73 章	（去入）殺活害
《莊子·人間世》	（入）滅蹶孽

（二）合韻譜

合韻韻部	出　　處	韻　　　　例
月質	《老子》79 章	（去入）契徹
沒月	《楚辭·九辯》	（去）帶介慨邁穢敗昧
	《楚辭·招魂》	（去）沬穢
	楚帛書乙篇	（去）歲祭遂（入）發汨孛月

二十五、「錫」部韻譜

出　　處	韻　　　　例
《楚辭·離騷》	（去入）隘績
《楚辭·天問》	（入）晝歷
《楚辭·悲回風》	（去）解締（入）積擊策迹適
《楚辭·卜居》	（入）軛迹
《楚辭·九辯》	（入）適惕策益
《楚辭·大招》	（入）嗌役歷惕
《老子》27 章	（入）迹謫策
《老子》69 章	（去入）臂敵

二十六、「質」部韻譜

出　　處	韻　　　　例
《楚辭·東君》	（入）節日
《楚辭·懷沙》	（去入）抑替
《楚辭·遠遊》	（入）一逸
《楚辭·招魂》	（入）日瑟
《老子》14 章	（入）詰一
曾姬鄦卹壺	（去入）卹駛室至

二十七、「沒」部韻譜

出　　處	韻　　　　例
《楚辭·懷沙》	（去）喟謂愛類（去入）汨忽慨謂
《老子》1 章	（入）出沒
《老子》5 章	（入）屈出

《老子》14 章	（去）忽物
《老子》21 章	（入）物忽
《老子》41 章	（去）費退纇
《老子》44 章	（去）愛費
《老子》45 章	（去）詘拙絀訥

二十八、「緝」部韻譜

出　處	韻　例
《楚辭·離騷》	（入）急立
《楚辭·天問》	（入）悒急
《楚辭·九辯》	（入）入集洽合

二十九、「盍」部韻譜

出　處	韻　例
《楚辭·國殤》	（入）甲接
《楚辭·哀郢》	（入）接涉